SUSANNE LIEDER

SOPHIA UND DIE SUCHE NACH TROJA

atb aufbau taschenbuch

SUSANNE LIEDER ist in der Nähe von Bad Oeynhausen aufgewachsen und lebt mit ihrer Familie südlich von Bremen. Seit 2012 arbeitet sie hauptberuflich als Schriftstellerin und hat sich damit ihren Kindheitstraum erfüllt. Sie schreibt Unterhaltungsromane, historische Romane und Romanbiographien.

Im Aufbau Taschenbuch liegen ihre Romane »Astrid Lindgren«, »Die Elemente des Lebens« und »Agatha Christie« vor.

Heinrich Schliemann ist in seiner Homer-Begeisterung besessen von dem Vorhaben, das legendäre Troja zu finden. In Sophia Engastroménos findet er die Frau, die seine Liebe zu Homer teilt. Dass es das sagenumwobene Troja tatsächlich gegeben hat, kann sie zunächst nicht glauben, aber Sophia beeindruckt, wie sehr Heinrich an seine Idee glaubt, und schließlich lässt sie sich von seiner Leidenschaft anstecken. Ihre Begeisterung für Troja bringt sie einander näher und lässt aus tief empfundener Zuneigung eine große Liebe wachsen. Sophia teilt Heinrichs Träume, seine Hoffnungen, schenkt ihm Mut. Schließlich begleitet sie ihn zu Grabungen, und die gemeinsame mühevolle Arbeit bringt sie einander noch näher. Können sie mit ihren Grabungsfunden beweisen, dass es Troja wirklich gegeben hat?

SUSANNE LIEDER

SOPHIA
UND DIE
SUCHE NACH
TROJA

Historischer Roman

 aufbau taschenbuch

MIX
Papier | Fördert
gute Waldnutzung
FSC® C083411

ISBN 978-3-7466-3937-6

Aufbau ist eine Marke der Aufbau Verlage GmbH & Co. KG

2. Auflage 2025
© Aufbau Verlage GmbH & Co. KG, Berlin 2025
www.aufbau-verlage.de
10969 Berlin, Prinzenstraße 85
Der Verlag behält sich das Text- und Data-Mining
nach §44b UrhG vor, was hiermit Dritten
ohne Zustimmung des Verlages untersagt ist.
Bei Fragen zur Sicherheit unserer Produkte wenden Sie sich
bitte an produktsicherheit@aufbau-verlage.de.
Umschlaggestaltung und Motiv www.buerosued.de, München
Satz LVD GmbH, Berlin
Druck und Binden CPI books GmbH, Leck, Germany

Printed in Germany

1. Teil

1869 – 1870

Sie muss sich für Homer begeistern können.
Und sie muss griechischen Typus haben, schwarzes Haar,
und wenn möglich, soll sie schön sein.
Meine Hauptbedingung aber ist ein gutes und liebreiches
Herz.

– HEINRICH SCHLIEMANN IN EINEM BRIEF AN
BISCHOF VIMBOS –

Lieber will ich sterben
als an der Seite dieses Mannes leben ...

– SOPHIA ENGASTROMÉNOS –

KAPITEL 1

Kolonós im Spätsommer 1869

E in Gewitter tobte über der Stadt.
Der Sturm rüttelte an Fenstern und Türen, Dach-
ziegel wurden durch die Luft gewirbelt. Prasselnde Regenschauer ergossen sich über die Häuser, als wollten
sie sie fortspülen, und Schlammmassen wälzten sich
durch die Gassen.

Seit Tagen war es entsetzlich heiß gewesen, die Luft
flirrend und staubtrocken. Dann war das Wetter umgeschlagen, und eine kaum zu ertragende Schwüle hatte
sich wie eine Glocke über Athen gestülpt. Mücken-
schwärme und anderes Stechgetier hatten sich auf jedes
freie Stück Haut gestürzt, sodass man nur noch verhüllt
ins Freie gehen mochte.

Sophia Engastroménos lag in dieser Nacht hellwach
im Bett, die dünne Decke ans Fußende geschoben. Der
herrenlose Hund, dem sie regelmäßig ein paar Fleisch-
brocken zuwarf, wenn ihre Mutter es nicht sah, jaulte so
herzzerreißend, dass sie ihn am liebsten in ihr Zimmer
geholt hätte. Sie sah ihre Mutter kopfschüttelnd vor sich.
»Bist du von Sinnen, Sophia? Er ist ein Streuner, und er

stinkt zum Himmel.« Was sie gar nicht wissen konnte, denn sie machte stets einen großen Bogen um ihn.

Erneut grollte ein heftiger Donner, gleich darauf spaltete ein greller Blitz den Himmel. Sophia stieß einen leisen Schrei aus und presste die Hand vor den Mund. Hoffentlich hatte es ihr jüngerer und unerschrockener Bruder Panajótis, der in der Kammer nebenan schlief, nicht gehört. Er würde sie genüsslich mit ihrer Schreckhaftigkeit aufziehen.

Auch ihr Bruder Ioánnis, der auf der anderen Seite schlief, würde keine Gelegenheit auslassen, um sie damit zu necken.

Doch das Gewitter war nicht der Hauptgrund, weswegen sie keinen Schlaf finden konnte. Sie fürchtete sich vor dem kommenden Tag, dem Tag, der ihr Leben verändern würde.

Wieder und wieder stellte sie sich die Begegnung mit dem Mann vor, der um sie warb und den sie, wenn es nach ihren Eltern ging, heiraten sollte. Heinrich Schliemann, so hieß er, war ein deutscher Kaufmann, ein früherer Schüler und guter Freund ihres Onkels. »Er hat mich gebeten, mich nach einer möglichen Heiratskandidatin umzusehen«, hatte er Wochen zuvor verkündet.

»Wieso hier in Griechenland und nicht in Deutschland?«, hatte ihr Vater Konstantínos wissen wollen.

»Weil er sich eine Griechin wünscht.«

Ihre Eltern hatten sich einen seltsamen Blick zugeworfen, und Sophia hatte sich verwirrt und erschrocken zugleich gefragt, ob sie etwa eine mögliche Heiratskandidatin war. So viele Fragen hatten ihr auf der Zunge gelegen, dass sie um ein Haar damit herausgeplatzt wäre. Doch sie hatte sich beherrschen können. Das lag ihr ohnehin, vielleicht hatte sie es im Laufe der Jahre aber auch nur sehr gut gelernt. Man sagte schnell etwas, das einem hinterher leidtat.

Als ihre Mutter den Onkel gebeten hatte, mehr über den Deutschen zu erzählen, hätte sie sie dafür küssen können.

»Heinrich ist nicht nur sehr reich, er ist auch ungeheuer wissbegierig. Ein weit gereister, überaus kluger Mann, der mehrere Sprachen spricht.«

Sie war beeindruckt gewesen. Doch sie hätte gern gewusst, wie dieser Schliemann aussah, was er für ein Mensch war. War er attraktiv, männlich? Liebenswürdig und großherzig?

»Und er hat eine Schwäche für Homer.« Ihr Onkel hatte geschmunzelt. »Deshalb wünscht er sich eine griechische Frau, die Homer genauso liebt.« Dabei hatte er ihr zugezwinkert.

Sophia hatte eine Leidenschaft für Homers Schriften, besonders für die *Ilias*. Eine Geschichte voller Tragik, Liebe, Täuschung und Verlust. Die Seherin Kassandra, eine der Töchter des trojanischen Königs Priamos, war ihre persönliche Heldin; eine tragische Figur, die Gutes tun wollte und der man nicht geglaubt hatte.

Sophia war das ungute Gefühl gekommen, dass ihr Onkel ihre Liebe zu Homer für seine Zwecke benutzte. Er verschacherte sie an einen wildfremden Mann, von dem sie kaum mehr als den Namen wusste.

Als ihr Onkel schließlich damit herausgerückt war, dass der Deutsche ein zweites Mal heiraten wollte, war sie erschüttert gewesen. »Er war schon mal verheiratet?«

»So ist es, mein Liebes. Er ist frisch geschieden und möchte sich wieder vermählen.« Ganz vergnügt hatte ihr Onkel ausgesehen. Als wären eine Scheidung und eine zweite Ehe etwas durchweg Positives. Dabei glaubte er gar nicht an die Ehe. Er bezeichnete sie als einen Sack voller Schlangen, in der sich ein einziger Aal befand. »Mit viel Glück erwischt man ihn«, behauptete er gern. »Mit sehr viel größerer Wahrscheinlichkeit aber erwischt man eine der Schlangen.«

Sophia glaubte an die Ehe, an Zusammengehörigkeit und Liebe.

Es musste wundervoll sein, jemanden zu finden, den man lieben konnte und von dem man geliebt wurde. Aber diesen Jemand wollte sie sich selbst aussuchen.

Endlich hatte sie sich getraut zu fragen, wie alt der Deutsche war.

»Siebenundvierzig.«

»Wie bitte? Siebenundvierzig? Aber ... dann ist er dreißig Jahre älter als ich!«, hatte sie hervorgebracht.

Onkel Theóklitos hatte ihren Einwand einfach überhört. »Ich habe Heinrich nach Athen eingeladen, damit ihr euch kennenlernt.«

Er bot sie an wie ein gut abgehangenes Stück Ziegenfleisch oder eine Kiste reife Oliven. Und ihre Eltern standen dabei und machten gute Miene zum bösen Spiel.

»Mama, Papa!« Sophia hatte die beiden flehend angeschaut und war schließlich aus dem Zimmer gestürmt.

Jetzt schwang sie die Beine aus dem Bett und stellte sich ans Fenster. Der Regen hatte etwas nachgelassen, genau wie der Sturm. In ihrem Inneren jedoch tobte und brodelte es weiter.

KAPITEL 2

Auch Heinrich Schliemann lag in dieser Unwetternacht in seiner Suite im Athener Hôtel d'Angleterre wach.

Er stellte sich vor, wie die junge bildhübsche Sophia Engastroménos, die seine neue Ehefrau werden sollte, in ihrem Bett lag und schlief. Vielleicht hatte sie den Kopf auf den Arm gebettet, das dunkle Haar wie ein Fächer auf dem Kissen ausgebreitet.

Es war bestimmt ein berührender, wunderschöner Anblick, den er zu gern genießen würde. Als Vimbos ihm Fotos von griechischen Heiratskandidatinnen geschickt hatte, war Sophia ihm sofort aufgefallen. Die sollte, die musste es sein! Die und keine andere.

Er hatte sich den anderen Fotografien gewidmet, doch keine hatte seine Seele so berührt wie die von Sophia Engastroménos.

Am Abend hatte er ihre Fotografie wieder zur Hand genommen, Sophias Antlitz bewundert, ihre dunklen Augen, das zurückhaltende Lächeln. Ein anmutiger Charakter, hatte er wohlwollend gedacht, so hatte sein Freund Theóklitos Vimbos sie ihm beschrieben. »*Aber ich kann und werde sie Dir nur geben, wenn Du sie lieben*

kannst«, hatte in dem Brief gestanden, der dem Foto bei-
lag.

Heinrich seufzte und drehte sich auf die andere Seite.
Lieben. Seine erste Frau hatte er wohl geliebt, bis sich
eine Wand zwischen ihnen aufgetan hatte. Er war zu viel
auf Reisen gewesen, hatte sich auch innerlich mehr und
mehr von ihr und den drei gemeinsamen Kindern entfernt. Bis sie ihm so fremd geworden waren, dass er sich
gefragt hatte, ob das Gefühl, das er empfunden hatte,
wirklich Liebe gewesen war.

Wieder seufzte er und schloss die Augen. Er sollte
wenigstens ein paar Stunden Schlaf finden, damit er
sich ausgeruht fühlte, wenn er am folgenden Tag nach
Kolonós aufbrechen würde. Dort, etwas außerhalb von
Athen, lebte die Familie Engastroménos seit einiger
Zeit. Ihr Haus nahe der Akropolis hatten sie aufgegeben.
Aus Geldgründen, wie er wusste.

Konstantínos Engastroménos war früher ein erfolg-
reicher, wohlhabender Textilimporteur gewesen, doch
die Geschäfte liefen nicht mehr gut, wie Vimbos ihm
anvertraut hatte.

Umso wichtiger, dass sich die zweitälteste Tochter gut
vermählte.

Die Scheidung von seiner ersten Ehefrau hatte Heinrich erst vor wenigen Wochen hinter sich gebracht. Eine
haarige, kostspielige Angelegenheit. Wahrscheinlich war
es auch haarsträubend, sich sofort wieder Gedanken
über eine neue Ehefrau zu machen. Ja, ganz sicher war
es das, und er hätte die Idee möglicherweise auch aus
seinem Kopf bekommen, wenn da nicht Sophias Antlitz

gewesen wäre, das ihn augenblicklich eingenommen, fasziniert hatte. Eine Griechin, wie sie im Buche stand!

Heinrich sehnte sich nach einer Frau, mit der er über Homer philosophieren konnte. Das war seine Bedingung an Vimbos gewesen. Seit seiner Kindheit hatte er eine Schwäche für den Dichter und dessen Epen, besonders die *Ilias* hatte es ihm angetan. So manches Mal hatte ihn die träumerische Vorstellung, ein Held im Trojanischen Krieg zu sein, über sein damaliges armseliges und unglückliches Leben als Sohn eines ewig betrunkenen Pfarrers hinweggetröstet.

Doch für ihn war die *Ilias* keine Erfindung und damit phantastische Geschichte, sie war real, tatsächlich geschehen, vor etwa dreitausend Jahren. Und er, Heinrich Schliemann, würde eines Tages den Beweis dafür erbringen.

Heinrich rollte sich auf den Rücken und verschränkte die Hände im Nacken. Er war nass geschwitzt, noch immer war es unerträglich schwül im Zimmer. Das lang ersehnte Gewitter schien nicht die Abkühlung und Erfrischung zu bringen, die sich alle erhofft hatten.

Er überlegte, was er am morgigen Tag anziehen, was er sagen sollte, wenn er das erste Mal vor Sophia stand. Er kam sich mit einem Mal wie ein blutjunger, bis über die Ohren verliebter Mann vor. Wie würde es sein, wenn er seiner Auserwählten, seiner Angebeteten gegenüberstehen würde?

Sechs lange Jahre hatte er sich in Verzicht geübt, auch wenn die sinnlichen, die körperlichen Freuden ihn nie über die Maßen begeistert hatten. Heinrich parlierte, diskutierte und philosophierte einfach lieber. Für ihn die beste und innigste Verbindung, die Menschen zuteilwerden konnte.

Seiner jungen Ehefrau – und er war davon überzeugt, dass Sophia Engastroménos ihn heiraten würde – wollte, musste er jedoch mehr bieten als gute, tiefsinnige Gespräche.

Wie sie wohl roch, überlegte er und seufzte erneut. Und wie sich wohl anfühlte?

Darüber solltest du besser nicht nachdenken, rief er sich zur Ordnung. Am Ende bekäme er kein Auge mehr zu und wäre am nächsten Tag unausgeruht und unansehnlich, mit wenig vorteilhaften dunklen Ringen unter den Augen.

Zeig dich von deiner besten Seite, war das Letzte, was er dachte, bevor er in den Schlaf glitt.

KAPITEL 3

Erst im Morgengrauen hatte Sophia ein wenig Schlaf finden können. Ein furchtbarer Traum hielt sie eisern fest, als bereits die ersten Sonnenstrahlen ins Zimmer fielen.

Mühsam schüttelte sie ihn ab und setzte sich auf. Sie hatte geträumt, dass sie von einem Ungeheuer verfolgt wurde, das sie durch Athen trieb und mit spitzen Zähnen nach ihr greifen wollte. Sie war barfuß gewesen und hatte nur ein Nachthemd getragen.

Sophia stand auf und warf einen Blick aus dem Fenster. Es würde ein herrlicher Spätsommertag werden, die Vögel zwitscherten in den Bäumen, und es duftete nach Zitronen und Jasmin. Sie liebte den großen Garten mit den Obstbäumen und den Zypressen und Platanen, die ihn umgaben. Gleich gegenüber dem Grundstück lagen Thymianfelder, deren betörender Duft zu ihr herüberwehte.

Ja, es könnte ein wunderbarer Tag werden, wenn heute nicht dieser Heinrich Schliemann käme, der sich in den Kopf gesetzt hatte, sie ehelichen zu wollen.

Bestimmt würde sie ihre Eltern mit konsequenter Weigerung, die nicht den Hauch von Trotz beinhalten durfte, davon überzeugen, dass sie und Schliemann unmöglich heiraten konnten. Er war zu alt, noch dazu geschieden und kein Grieche.

Alles würde gut werden, ganz bestimmt, versicherte sie sich selbst, während sie sich wusch und anzog. Sie hielt inne und blickte an sich herab. Sollte sie dieses Kleid tragen? Es war hübsch, aber ein wenig zu … verspielt, zu jugendlich.

Ich bin *jugendlich*, dachte sie mit einem Anflug von Ärger. Sie konnte nichts dafür, dass Schliemann schon fast fünfzig war. Wie ihr Vater. Sie sollte allen Ernstes einen Mann heiraten, der so alt war wie ihr Vater?

Lieber sterbe ich!

Sophia sank aufs Bett und streckte die Beine aus, um sie zu betrachten. Sie waren wohlgeformt, wie eigentlich alles an ihr. Nicht sie selbst war dieser Auffassung, vielmehr hatten das sowohl ihre Mutter als auch ihre Schwestern gemeint. Und ihre beste Freundin.

Würde das auch Schliemann so sehen? Würde er sie ungeniert angaffen und im Geiste bereits auskleiden?

Sophia setzte sich auf die Hände und baumelte mit den Beinen. Aber was, wenn er gut aussah, wenn er attraktiv und freundlich war? Wenn er ihr Herz zum Klopfen brachte und er ihr vor Augen führte, was Verliebtheit war?

Wenig später nahm sie im Kreis ihrer Familie ein Frühstück zu sich, das aus einem Laib Brot, Oliven und Ziegenkäse bestand. Es wurde geschwatzt und gelacht, fast so, als sei dieser Morgen kein besonderer Morgen. Doch Sophia bemerkte die Blicke, die ihre Eltern sich immer wieder zuwarfen. Sie bemerkte auch, dass Marigó, die jüngere Schwester, sie mitleidig anschaute. Mitleidig!

Schließlich schob sie energisch den Teller von sich und verkündete mit fester, lauter Stimme: »Hört auf, mich so anzusehen! Es genügt, wenn das später dieser Schliemann tun wird.«

»Sophia«, mahnte ihre Mutter Viktoría mit tadelndem Blick. »Sieh ihn dir erst mal an.«

»Und wenn er mir nicht gefällt? Werde ich ihn trotzdem heiraten müssen?«

Ihre Mutter lächelte nachsichtig. »Und wenn er dir gefällt, mein Schatz? Was dann? Wirst du noch in der Nacht mit ihm durchbrennen?«

Ihr Vater lachte unbehaglich.

»Das ist nicht lustig, Papa!«, ereiferte sie sich, wohl wissend, dass sie gleich wieder getadelt würde. »Ich will diesen Schliemann nicht heiraten! Er ist genauso alt wie du!«

»Ich weiß.« Mehr sagte Konstantínos nicht.

»Du willst mich wirklich mit diesem ... diesem uralten Mann verheiraten?« Sie sprang auf und stieß gegen das Tischbein. Das Geschirr schepperte.

»Sophia Engastroménos! Du wirst dich sofort wieder setzen und brav sein!«, polterte ihre Mutter mit hochrotem Gesicht. »Und du wirst dir Heinrich Schliemann erst einmal anschauen, ja?«, fügte sie mit sanfterer Stimme hinzu.

»Ich werde davonlaufen!«

»Na, na.«

»Sophia.« Ihr Vater räusperte sich. »Du könntest ein Leben in Wohlstand führen. Er könnte dir jeden Wunsch erfüllen. Er könnte ...« Er warf Viktoría einen hilfesuchenden Blick zu, doch die hatte den Kopf gesenkt. Vielleicht waren ihr die Argumente ausgegangen. »Ich finde den Vorschlag deiner Mutter sehr vernünftig, ihn dir erst einmal anzusehen.«

Sophia presste den Kiefer aufeinander. Einerseits wollte sie eine gehorsame Tochter sein, andererseits spürte sie blanke Panik aufkommen und das unbändige Verlangen aufzubegehren.

»Du solltest dich umziehen«, meinte Viktoría wenig später, als sie Sophia gefolgt war, die im Garten unter dem Zitronenbaum saß.

»Was gefällt dir an diesem Kleid nicht?« Mit einem Mal fühlte Sophia sich müde, erschöpft. In ihr war es leer, als sei das Leben innerhalb der letzten Stunde aus ihr gewichen.

»Es ist hübsch.« Ihre Mutter setzte sich neben sie und griff nach ihrer Hand. »Aber du solltest etwas Angemessenes tragen.«

»Vielleicht gleich ein Hochzeitskleid?«, fragte sie spitz.

»Nun, ich dachte eher an unsere Tracht.«

Ja, das würde Schliemann sicher gefallen.

Plötzlich brach Sophia in Tränen aus. Sie schämte sich für ihre Ungezogenheit, ihre Widerborstigkeit, ihre

Eltern meinten es doch nur gut. »Verzeih mir, Mama, aber ich habe solche Angst«, flüsterte sie unter Tränen.

»Vor Schliemann?«, fragte Viktoría mit weicher Stimme.

Sie nickte matt.

»Er wird kein Unhold sein, Sophia. Hätte dein Onkel einem Ungeheuer ein Foto von dir geschickt?«

Schniefend schüttelte sie den Kopf.

»Na, siehst du.«

Ihr ging auf, dass ihre Mutter sicher ebenfalls Bedenken hatte, dass auch sie in Sorge war. »Aber wenn er *doch* ein Unhold ist ...« Sophias Stimme bebte. »Dann muss ich ihn nicht heiraten, nicht wahr?«

Doch anstatt einer Antwort, einem »Natürlich nicht«, das sie sich so wünschte, lächelte ihre Mutter nur.

Ein Lächeln, das Sophias ungutes, unheilvolles Gefühl noch bestärkte, bis sie letztlich begriff, dass ein »Nein« von ihrer Seite keine Option war. Wahrscheinlich nie gewesen war.

Mithilfe ihrer Mutter zog Sophia die griechische Tracht an, setzte die Haube auf – und zwang sich zu einem Lächeln, das ihr unendlich schwerfiel. Immer wieder huschte ihr nervöser Blick zur Uhr. Noch zwei Stunden.

Noch eine.

Schliemann würde in wenigen Minuten da sein.

Ihre Handflächen waren feucht, ihre Blase drückte.

Als sie das schmiedeeiserne Tor hörte, setzte ihr Herzschlag für einen Moment aus. Doch dann wich das

Gefühl der Ablehnung und der Verweigerung, stattdessen spürte Sophia, wie sie sich aufrichtete und wappnete.

Sie wollte Heinrich Schliemann beherzt begegnen und ihm zeigen, dass sie eine brave, wohlerzogene Tochter aus gutem Hause war. Sie würde ihren Eltern keine Schande machen.

KAPITEL 4

Heinrich betrat den Vorgarten und blickte sich um. Es roch würzig und zugleich süßlich nach Blüten und Zitronen.

Der Garten war gepflegt, wahrscheinlich kümmerte sich Viktoría Engastroménos mit Hingabe darum. Eine Aufgabe, die sie sich, wie so viele Frauen, deren Kinder erwachsen und aus dem Haus waren, nicht nehmen lassen wollte.

Ob ihre Tochter auch so geartet war? Würde Sophia ein großer, blühender und duftender Garten gefallen?

Heinrich trat näher, den Blick auf die Haustür gerichtet.

Stand sie dahinter und beäugte ihn durchs Schlüsselloch?

Ich würde es tun, dachte er.

Er betätigte den Türklopfer und wartete.

Nach nur wenigen Sekunden wurde die Tür geöffnet. Eine junge Dienerin machte ihm auf, warf ihm einen verstohlenen Blick zu und knickste. »Herr Schliemann, nehme ich an?«

Er nickte und nahm den Hut ab. Er machte ihn größer, stattlicher.

»Man erwartet Sie bereits.« Sie trat zur Seite und ließ ihn ins Haus.

Es war angenehm kühl auf der Diele, und er spürte erst jetzt, wie ihm der Schweiß zwischen den Schulterblättern entlanglief. *Natürlich erwartet man mich*, dachte er und war versucht, der Dienerin einen missbilligenden Blick zu senden. Doch er ließ es bleiben. Es war nicht die Zeit für Maßregelungen und Vorhaltungen. Sein eigenes Personal würde besser instruiert und erzogen werden.

»Wenn Sie hier einen Moment warten wollen?«

Er wollte eigentlich nicht, am liebsten wäre es ihm nämlich, wenn er gleich in die gute Stube stürmen und Sophia in Augenschein nehmen könnte. Aber er nickte herablassend und zog die Handschuhe aus, die sie ihm hätte abnehmen müssen.

Wahrscheinlich konnten die Engastroménos sich kein anständiges Personal leisten. *Nun, das könnte sich bald ändern*, dachte Heinrich und blickte sich um.

Es war ein hübsches, komfortables, aber bescheidenes Haus. Reichtümer würde er hier nicht vorfinden, aber das hatte er auch nicht erwartet. Die Bediensteten schienen es immerhin sauber zu halten.

Eine Tür ging auf, und ein recht groß gewachsener, dunkelhaariger Mann mit Schnauzbart kam heraus. »Doktor Schliemann.« Er streckte die Hand aus, ergriff Heinrichs und schüttelte sie so fest, dass er ihm fast die Schulter auskugelte. »Wir sind sehr erfreut. Kommen Sie, bitte kommen Sie doch herein, Herr Doktor.«

Heinrich fühlte sich geschmeichelt, dass er mit seinem Doktortitel angeredet wurde. Vor zwei Jahren hatte er eine Studie über Ithaka, die Peloponnes und Troja veröffentlicht und dafür von der Rostocker Universität den Doktortitel erhalten.

Er folgte dem wohlbeleibten dunkelhaarigen Mann, den Blick erwartungsvoll nach vorn gerichtet. Gleich würde er vor ihr stehen, seiner zukünftigen Ehefrau.

Er betrat den Wohnraum, ein behaglich eingerichtetes Zimmer mit mehreren Teppichen, einem geschnitzten Sekretär und weiteren Möbelstücken, die nicht billig gewesen waren. Heinrich hatte ein Auge für teure Dinge, schließlich umgab er sich gern damit, wenn auch nicht im Übermaß.

Bis auf eine Frau, die am Fenster stand und sich zu ihm umdrehte, war das Zimmer leer.

Konstantínos stellte sie sogleich als seine Ehefrau vor. »Darf ich bekannt machen: Doktor Schliemann, meine Gattin Viktoría.«

»Sehr angenehm«, sagte Heinrich auf Griechisch, das er genauso gut beherrschte wie die anderen Sprachen, die er sich angeeignet hatte. Er verbeugte sich. »Wo ist das Fräulein Tochter, wenn ich fragen darf?«

Hatten sie es sich anders überlegt? Wollte Konstantínos doch nicht die Annehmlichkeiten genießen, die Heinrich ihm durch Vimbos versprochen hatte?

»Oh, sie wird gleich da sein, Doktor Schliemann, keine Sorge, keine Sorge«, beeilte sich der Hausherr ihm zu versichern.

Sie hätte ihn direkt begrüßen sollen, fand Heinrich. Eine ziemliche Unhöflichkeit, wenn nicht Frechheit. In ihrer Ehe würde er so etwas nicht dulden. »Nun denn.«

Er schaute sich fragend um. War es erlaubt, Platz zu nehmen?

»Oh, bitte, setzen Sie sich doch.« Konstantínos deutete auf den Sessel am Fenster, die einzige Sitzmöglichkeit, die frei im Raum stand. Wahrscheinlich wollte er nicht, dass seine Tochter und ihr zukünftiger Ehemann Knie an Knie nebeneinander auf dem Sofa saßen. »Sie sprechen unsere Sprache sehr gut, Herr Doktor.«

Heinrich bedankte sich mit einem knappen Nicken.

Viktoría Engastroménos musterte ihn, das spürte er, auch wenn er nicht in ihre Richtung sah. Was mochte sie von ihm als ihrem baldigen Schwiegersohn denken?

Er schlug die Beine übereinander, Handschuhe und Hut noch immer in Händen.

Die Hausherrin errötete beschämt und rief sofort nach der Dienerin. »Bring Doktor Schliemanns Sachen fort, aber rasch«, wies sie mit leiser Stimme an.

Die Dienerin knickste, griff nach Hut und Handschuhen und verließ das Zimmer so schnell und unauffällig, wie sie es betreten hatte.

Wie lange würde Sophia sich wohl noch Zeit lassen, fragte Heinrich sich. Ob sie ganz in der Nähe stand und ihn bereits neugierig angeschaut hatte? Oder hatte sie etwa gar nicht vor, freiwillig herzukommen?

Daran mochte Heinrich gar nicht denken. Er stellte sich seine zukünftige Gattin lieber als liebreizendes, williges Geschöpf vor, das nur zu gern Heimat und Familie verlassen würde, um mit ihm zu leben.

Während man ein bisschen Konversation machte, schaute Heinrich sich im Zimmer um. Die Teppiche und Möbelstücke waren in der Tat kostbar, Zeugen einer besseren, einer wohlhabenderen Zeit.

»Wie kommt es, dass Sie so gut Griechisch sprechen?«, erkundigte sich Konstantínos.

»Das Erlernen fremder Sprachen fällt mir recht leicht«, gab er zu. »Auch wenn es natürlich dennoch ein hohes Maß an Disziplin und Eifer bedeutet.«

»Ich verstehe, ich verstehe. Dann hatten Sie ganz offenbar gute Lehrer.«

Heinrich lächelte. »Durchaus, ja. Aber die meisten Sprachen habe ich mir selbst beigebracht.« Es klang stolz, und das war er auch. Inzwischen sprach er mehr als zwölf Sprachen.

Er überlegte, es den Gastgebern zu sagen, entschied sich aber dagegen. Er wollte nicht prahlen, auch wenn es ihm stets ein Heidenvergnügen bereitete. »Wo bleibt denn nur Ihre Tochter, Konstantínos?«, fragte er ein wenig ungehalten. Er nannte seinen Schwiegervater in spe einfach beim Vornamen.

»Viktoría?« Er sah seine Frau bittend an.

Sie erhob sich. »Sie wird im Garten sein. Ich lasse sie holen.«

Heinrich schnappte nach Luft. Im Garten? Das war unerhört. Wollte Sophia ihn zum Narren halten?

»Sie ist eine folgsame, ganz reizende junge Frau, wirklich«, sagte Konstantínos rasch und blickte nervös zur Tür.

Heinrich war mittlerweile so aufgebracht, dass er sogar für einen kurzen Moment überlegte, einfach aufzustehen und zu verschwinden.

Da ging die Tür auf, und Viktoría kam wieder herein. Gleich neben ihr die Tochter.

Wie schön, wie bezaubernd Sophia war! Wie anmutig sie sich bewegte, und wie betörend ihr Lächeln war.

Heinrich schluckte.

KAPITEL 5

Sophia war einer Ohnmacht nahe.

Sie konnte nicht anders, als den Mann anzustarren, der hastig aufgesprungen war, als sie hereinkam.

Das also war Heinrich Schliemann, der wohlhabende Mann, den ihr Onkel seinen deutschen Freund nannte. Der Mann, der sie zur Frau wollte.

Behauptete sie, ihn sich anders vorgestellt zu haben, träfe es nicht annähernd das, was sie empfand, als sie beide sich die Hände schüttelten.

»*Erítimos despossíni*. Gnädiges Fräulein.« Errötete er gerade?

»Doktor Schliemann«, sagte sie leise und sittsam und senkte den Blick. Nicht, weil sie verlegen war, sondern weil sie ihn nicht weiter ansehen wollte.

Heinrich Schliemann mochte klug, weit gereist und schwerreich sein, aber er war vor allem eines: hässlich.

Er war klein – fast einen Kopf kleiner als sie –, von schmächtiger Statur, und sein Gesicht glich dem eines Kobolds. Jedenfalls stellte sie sich einen Kobold so vor.

Um ein Haar hätte sie entsetzt aufgestöhnt, sie konnte es gerade noch zurückhalten.

Sie hörte, wie ihre Mutter sich räusperte und sie

damit ohne Worte ermahnte. Reiß dich zusammen, Sophia!

»Lassen Sie uns einen Spaziergang machen«, schlug Schliemann vor, und sie wünschte, sie könnte sich unsichtbar machen. In Luft auflösen, jetzt sofort. »Dann können wir in Ruhe miteinander reden, uns besser kennenlernen.«

Schließlich werden wir bald heiraten. Er hatte es nicht ausgesprochen, doch das musste er auch gar nicht. Die Worte schwebten durch den Raum, hingen über ihr in der Luft, wie an einer Schnur aufgereiht. Dort prangten sie, baumelten über ihrem Kopf und verursachten ihr solche Übelkeit, dass sie nach Atem ringen musste.

»Sophia?« Viktoría sah sie besorgt an.

Sie nahm sich zusammen, nickte.

Heinrich Schliemann bot ihr seinen Ellbogen und erwartete offenbar, dass sie ihre Hand darauflegte.

Eine Berührung konnte sie sich nicht vorstellen, sie wäre ihr zuwider. Sie tat es trotzdem und bemerkte, wie ihre Mutter erleichtert aufseufzte.

»Sie könnten mir den Garten zeigen«, schlug Schliemann vor. Seine Stimme war angenehm, ganz im Gegensatz zu seinem Aussehen.

Es sind nur Äußerlichkeiten, sagte Sophia sich, während sie neben ihm das Haus verließ und in den Garten hinausging.

Eine Lerche sang ihr Lied, was Sophia daran erinnerte, dass es auf eine Weise eben doch ein gewöhnlicher Tag war.

»Es ist herrlich hier.« Schliemann blieb stehen und

blickte in den Himmel. »Ich liebe Ihre Heimat, Ihr Land, Sophia.«

Sie war gerührt, dass er das sagte, aber vielleicht wollte er nur nett sein. »Sie sprechen unsere Sprache sehr gut, Doktor Schliemann.«

»Vielen Dank und bitte nennen Sie mich Heinrich«, bat er.

»Mein Onkel sagt, Sie sprechen mehrere Sprachen fließend.«

Er nickte.

Sophia fiel auf, dass er die ganze Zeit das Kinn gereckt hielt und auf den Zehenspitzen wippte. »Wie viele Sprachen sprechen Sie, Doktor Schliemann? Heinrich.«

»Inzwischen sind es zwölf.«

»Allmächtiger! Wie ist das möglich?« Sie kam sich albern vor. Wieder hatte sie geredet, ohne nachzudenken.

Sein Lächeln war milde, nachsichtig. »Nun, ich scheine eine gewisse Begabung zu haben.« Er deutete auf die kleine Steinbank, die sich unter einem von Weinblättern berankten schmiedeeisernen Bogen befand. »Wollen wir uns dort drüben setzen? Ein besonders hübscher Platz.«

»Meine Mutter hat ihn angelegt, damit man sich vor der Sonne schützen kann.«

Heinrich nahm Platz und klopfte neben sich. Die Bank war schmal, sie würden recht eng nebeneinandersitzen.

Sophia versuchte, so viel Abstand wie möglich zu halten.

So viele Fragen brannten ihr unter den Nägeln. Warum wollen Sie unbedingt wieder heiraten? Warum keine gleichaltrige Frau? Wo wollen Sie mit mir leben? Haben Sie vor, noch eine Familie zu gründen?

Sie holte tief Luft und biss sich auf die Zunge.

Heinrich ließ den Blick schweifen, die Stirn gerunzelt. »Ich glaube, mir würde ein eigener Garten gefallen.«

Das war die Gelegenheit, ihn zu fragen, wo er zu wohnen gedachte. Doch Sophia wagte es nicht, zu groß war die Furcht vor seiner Antwort. Was, wenn er mit ihr am Ende der Welt leben wollte? Immerhin schmückte er sich damit, ein weitgereister Mann zu sein.

Plötzlich drehte er den Kopf und sah ihr in die Augen. Sein Blick war stechend, unangenehm. »Sie hätten doch bestimmt auch gern einen eigenen Garten, nicht wahr?«

Zögernd nickte sie. Sie spürte, wie ihre Kehle sich zuschnürte. Das alles hier aufgeben zu müssen, zu verlieren, erschien ihr völlig undenkbar, absolut unvorstellbar. »Werden wir hier in Athen wohnen?«, fragte sie nun doch mit leiser Stimme.

Er schüttelte den Kopf, und ihr Herz und ihr Magen zogen sich schmerzhaft zusammen. »Ich habe eine geräumige, sehr schöne Wohnung in Paris. Waren Sie schon mal in Paris, Sophia?«

»Nein.« Paris. Lieber Himmel, das war wirklich beinahe am Ende der Welt.

»Sie werden es mögen.« Er lächelte sie an. »Ich werde Ihnen ein guter Ehemann sein, Sophia. Und Sie? Werden Sie mir eine gute Gemahlin sein?«

Sophia schluckte und schluckte. Was sollte sie nur sagen?

»Wir ... wir kennen uns doch kaum«, brachte sie schließlich hervor.

Er lachte leise. »Das kann sich ändern.« Er stand auf und ging vor ihr auf die Knie. »Heiraten Sie mich, Sophia. Bitte werden Sie meine Frau, und ich werde der glücklichste Mann auf Erden sein.«

Sie saß kerzengerade da, das Blut rauschte in ihren Ohren.

Er war vor ihr niedergekniet, er legte ihr sein Herz zu Füßen!

Selbst wenn ihres aus Stein wäre, hätte diese Geste sie gerührt. »Herr Schliemann ... Heinrich«, stammelte sie.

»Wir werden ein schönes Leben haben, Sophia, ein wundervolles Leben, das verspreche ich Ihnen. Ich habe noch sehr viel vor.« Er lächelte flüchtig. »Und es wäre so schön, wenn Sie daran teilhaben würden. Ich bin sehr viel älter als Sie, ja, und ja, es wird meine zweite Ehe sein. Aber ich versichere Ihnen, dass ich kein Mann bin, der ...« er schien nach den richtigen Worten zu suchen, »der ständig unzufrieden ist und deshalb ...« Er verstummte kurz, schaute sie zerstreut und nachdenklich an und sprach schließlich weiter. »Was ich damit sagen möchte, Sophia: Ich sehne mich nach einer Frau, mit der ich mein Leben teilen kann.«

Ihr schossen Tränen in die Augen, sie konnte es nicht verhindern. Sie hätte gern etwas gesagt, nur was?

»Sie lieben Homer, genau wie ich, Sophia.« Wieder ein flüchtiges Lächeln. »Auch das wird uns verbinden.«

Sophia rang nach Worten. Was könnte, was sollte sie sagen?

Die Wahrheit war: Schliemann imponierte ihr, seine Worte, die so unerwartet sanft waren, berührten, bewegten sie. Aber würde sie auf alle Ewigkeit hintanstellen können, dass er nicht der Mann ihrer Träume war? Dass er unattraktiv war? Dass sie sich mehr erhoffte als schöne Worte, Reichtümer und Versprechen?

Mit einem Ruck stand sie auf, wischte die feuchten Hände an ihrem Rock ab und schluckte. »Heinrich, ich ... Ich danke Ihnen für Ihre freundlichen Worte ...«

»Bevor Sie weitersprechen, Sophia ...« Er hatte die Hand gehoben. »Ich würde gern auch noch etwas sagen.«

Sophia war erleichtert. Vielleicht würden ihr doch noch die passenden Worte einfallen. Sie wollte ihn um etwas Bedenkzeit bitten.

Heinrich deutete auf ihre Tracht. »Hübsch, wirklich hübsch.«

Sie blinzelte verdutzt. Wieso dieser plötzliche Themenwechsel?

»Aber wenn ich ehrlich sein darf, Sophia – ich finde, Sie sollten besser ein sanft fallendes Kleid tragen. Dieses schmeichelt Ihrer Figur nicht eben.«

Sophie blinzelte erneut, dann wandte sie sich ab und lief zurück ins Haus, die Fingernägel in die Handflächen gebohrt.

KAPITEL 6

Was hatte er denn nur Falsches gesagt, fragte Heinrich sich.

Er hatte Sophia doch lediglich darauf hingewiesen, dass sie seiner Meinung nach fließende Kleider tragen sollte. Weil sie ihrer Figur schmeichelten. Was war daran falsch?

Er stand auf und blickte sich unschlüssig um. Sollte er ihr folgen und sich näher erklären oder einfach gehen?

Die Frage erübrigte sich, denn Konstantínos kam aus dem Haus gelaufen, das Gesicht gerötet. »Doktor Schliemann! Herr Doktor!«, rief er von Weitem und fuchtelte mit der Hand. »Kommen Sie, ich lade Sie auf ein Glas Wein ein.«

Heinrich machte sich nicht viel aus Alkohol. Ganz im Gegensatz zu seinem Vater, der fast täglich betrunken gewesen war. »Vielleicht sollte ich besser …«

»Aber nein, aber nein!« Konstantínos schob ihn beinahe ins Haus, vorbei an der Dienerin, die sofort den Blick senkte. »Kommen Sie, Herr Doktor, kommen Sie. Oder möchten Sie vielleicht einen starken Kaffee und etwas Lukum? Ganz frisch zubereitet?«

»Da kann ich wohl nicht Nein sagen.«

Konstantínos strahlte. »Nein, das können Sie nicht, Herr Doktor. Meine Gemahlin bereitet es selbst zu, das lässt sie sich nicht nehmen.«

Heinrich war verstimmt, doch das wollte er Sophias Vater nicht spüren lassen. Jedenfalls nicht jetzt. Sicher ergäbe sich später noch eine Gelegenheit.

Konstantínos führte ihn in den Wohnraum, wo Viktoría bereits wartete. Auf dem niedrigen Tisch vor ihr stand ein Tablett, darauf drei Tassen, eine Silberkanne und kleine Schälchen mit Gebäck und Lukum, einer Süßigkeit, die aus gekochten Früchten und Nüssen bestand. Heinrich liebte sie und hatte häufig Mühe, sich zurückzuhalten.

»Doktor Schliemann.« Viktoría lächelte ihn an und deutete auf den Sessel ihr gegenüber. »Bitte nehmen Sie Platz und trinken Sie eine Tasse Kaffee mit uns.« Sie warf ihrem Mann einen kurzen Blick zu. »Sie müssen unserer Tochter verzeihen. Sophia ist ... Wie soll ich sagen? Nun, ich fürchte, sie ist ein wenig überfordert. Aber sie wird sich wieder fangen«, versicherte sie, während sie Kaffee einschenkte.

Heinrich fragte sich, warum das nicht die Dienerin übernahm. Als ahne die Gastgeberin seine Gedanken, erklärte Viktoría: »Ich kümmere mich gern selbst um unsere Gäste. Kochen und Backen sind meine Leidenschaft.«

Er lehnte sich zurück, nachdem er einen Schluck getrunken und nach einem Stück Lukum gegriffen hatte, das köstlich zubereitet war. Auch der Kaffee war hervorragend.

»Selbstverständlich verzeihe ich Ihrer Tochter«, sagte er gönnerhaft. »Sie ist noch sehr jung und braucht eine starke Hand.« Als er Konstantínos' Blick sah, fügte er hinzu: »Womit ich keinesfalls behaupten will, dass Sie kein strenger Vater sind, mein lieber Konstantínos.«

»Oh, das bin ich, das bin ich. Ich habe vier Söhne und drei Töchter, Herr Doktor ...«

»Bitte nennen Sie mich Heinrich«, bat er aus einer Laune heraus. Möglicherweise würde er es später bereuen, aber nun war es heraus.

Konstantínos strahlte. »Oh, das mache ich sehr gern, Herr Doktor. *Efkharîsto*, Verzeihung. Heinrich. Ich wäre nichts ohne meine Kinder, meine Familie«, sagte er weiter. »Sie haben auch Kinder, wie ich hörte?«

Heinrich nickte zögernd. Er wollte nicht gern daran erinnert werden, dass auch er Vater war, eine Familie hatte. Er fühlte sich lausig, wusste, dass er sie all die Jahre vernachlässigt hatte, auch wenn er stets gut für sie gesorgt hatte. Es mangelte ihnen an nichts – außer an seiner Gegenwart.

»Einen Sohn und zwei Töchter.«

»Sie werden furchtbar stolz auf sie sein.«

Das ließ er so stehen. Natürlich war er stolz, auch wenn er kaum noch etwas über sie und ihr Leben wusste.

»Wie alt sind Ihre Kinder, wenn die Frage erlaubt ist?«

»Die Mädchen sind elf und acht, Sergej ist vierzehn.« Und damit gerade mal drei Jahre jünger als Sophia.

Wieder tauschten Konstantínos und seine Frau einen raschen Blick. Wechseln wir lieber das Thema, schien er zu bedeuten.

»Theóklitos erzählte mir, dass Sie sich bereits aus Ihren Geschäften zurückgezogen haben.« Konstantínos schlug die Beine übereinander und stellte die Tasse auf seinem Knie ab.

»So ist es.« Heinrich nickte erneut und nahm ein weiteres Stück Lukum. »Das schmeckt ganz vortrefflich, meine liebe Viktoría.« Er wandte sich wieder Konstantínos zu. »Ich habe genug gearbeitet, bin zu Wohlstand gekommen. Jetzt will ich endlich das tun, wonach mir schon lange der Sinn steht: Ich möchte mich als Archäologe betätigen.«

»Als Archäologe?«, fragte Konstantínos verwundert.

Heinrich beugte sich vor. »Ich möchte das legendäre Troja ausgraben. Und ich würde mich freuen, wenn Sophia mich dabei begleiten würde.«

Konstantínos schaute ihn verdutzt an. »Aber Troja ist, wie Sie schon sagen, eine Legende, eine Sage. Es hat nicht existiert. Homer hat es erfunden.« Er warf seiner Frau einen Blick zu. Ich fürchte, Heinrich hat nicht alle beisammen, schien der zu bedeuten.

»Wer will behaupten, dass es nicht existiert hat? Sie? Troja *hat* existiert«, erklärte Heinrich bestimmt. »Davon bin ich überzeugt. Und ich glaube sogar zu wissen, wo es gelegen hat.«

»Aber woher glauben Sie das zu wissen, verehrter Heinrich?«

»Ich war bereits dort.« Heinrich lächelte in Erinnerung an diese unvergessene Zeit. »Ich habe alles, was Homer über die sagenumwobene Stadt geschrieben hat, mit dem Ort, dem Hügel verglichen, unter dem ich Troja vermute. Und ich werde es ausgraben und der ganzen Welt zeigen.«

~

Sophia lag ausgestreckt auf ihrem Bett, das Gesicht im Kissen vergraben, und schluchzte. Sie war so wütend! Was fiel Schliemann ein, ihr zu sagen, sie solle etwas anderes tragen!

Gerade hatte sie begonnen, ihn von einer anderen Seite zu sehen, seine Weichheit zu erkennen, die irgendwo unter seiner rauen Schale verborgen schien, und dann diese unhöfliche Äußerung!

Es klopfte, und Marigó kam herein. »Warum liegst du hier und heulst, Sophia?«

»Lass mich allein, geh wieder.«

»Ich denke ja gar nicht daran.« Ihre Schwester setzte sich zu ihr auf die Bettkante und strich über ihre Schulter. »Es ist wegen diesem Doktor Schliemann, nicht? Du magst ihn nicht. Du findest ihn grässlich.«

Sophia setzte sich auf und wischte sich mit dem Handrücken übers Gesicht. »Hast du ihn gesehen?«

»Natürlich. Ich hatte mich im Garten hinter dem Feigenbaum versteckt, als ihr euch auf die Bank gesetzt habt.« Marigó kicherte. »Wie er dir hinterhergeschaut hat, als du davongestürmt bist. Du warst ziemlich wütend auf ihn, nicht wahr?«

»Er hat gesagt, ich solle lieber fließende Kleider tragen, die würden mir besser stehen.«

Marigó lachte. »Und das hat dich so wütend gemacht?«

»Wärst du nicht wütend, wenn man so etwas zu dir sagt?«, fragte Sophia verständnislos. »Ich fand es sehr unhöflich und unverschämt.«

Ihre Schwester zuckte die Schultern. »Ich hätte mich nicht darüber geärgert.«

»Ich glaube dir kein Wort.« Sie senkte die Stimme und blickte zur Tür. »Ist er schon fort?«

»Nein, er sitzt unten bei Mama und Papa und trinkt Kaffee.«

»Auch das noch.« Sophia stöhnte auf. »Mir wäre es lieb, er würde gehen und nicht wiederkommen.«

»Aber er will dich heiraten, Sophia. Glaubst du wirklich, er verzichtet einfach auf dich?«

»Er soll eine andere heiraten«, erwiderte sie unglücklich. »Eine, die ihn vergöttert, die ihn lieben kann. Ich kann es jedenfalls nicht, Marigó.« Es klang verzweifelt, und sie fühlte sich auch so.

»Mama sagt, man kann lernen, jemanden zu lieben.«

»Und Onkel Theóklitos sagt, die Ehe sei ein Sack voller Schlangen«, sagte Sophia säuerlich.

Marigó umschlang ihr Knie mit beiden Händen. »Ich verstehe dich ja. Ich will auch nur einen Mann heiraten, den ich liebe. Und der mich liebt.«

Sophia schwieg. Sie schämte sich, mochte das aber nicht zugeben. Sie hatte sich wie ein kleines Mädchen verhalten, das getadelt worden war. Sie hätte nicht davonlaufen, sondern Heinrich sagen sollen, dass sie seine Äußerung nicht sehr freundlich fand. Das wäre erwachsen gewesen.

Es klopfte, und ihre Mutter trat ein. »Hier bist du«,

sagte sie vorwurfsvoll. »Doktor Schliemann verabschiedet sich gerade, und ich finde, du solltest nach unten kommen und Auf Wiedersehen sagen.«

»Aber ich will gar kein Wiedersehen, Mama.«

»Sophia.« Es klang mahnend.

»Ich kann nicht.«

»Wieso kannst du nicht?« Viktoría war näher gekommen.

»Ich kann ihm nicht unter die Augen treten.«

»Du hast dich sehr unhöflich verhalten, Sophia. Du könntest es wiedergutmachen, indem du ihm die Hand gibst und sagst, wie sehr du dich freuen würdest, wenn er wiederkäme.«

»Aber ... das wäre gelogen. Und du hast mich dazu erzogen, nicht zu lügen.«

Ihre Mutter stemmte die Hände in die Hüften und funkelte sie an. »Sophia Engastroménos! Ich *verlange*, dass du nach unten gehst und Doktor Schliemann Auf Wiedersehen sagst.«

Sophia begann wieder zu schluchzen. »Aber ich kann das nicht, Mama, bitte zwing mich nicht dazu.«

In diesem Moment waren unten in der Diele laute Stimmen zu hören, die ihres Vaters und die Schliemanns.

»Er geht«, raunte ihre Mutter und rang die Hände. »Sophia!«

Dann fiel die Tür ins Schloss, und eine äußerst unangenehme Stille lag in der Luft.

Die drei Frauen schauten sich betreten an, bis Sophia sich rücklings aufs Bett warf und das Gesicht in den

Händen vergrub. Sie hatte Schliemann vergrault, in die Flucht geschlagen – und das Schlimme war, sie konnte sich nicht darüber freuen.

KAPITEL 7

Sophia hatte nicht gewagt, aus ihrem Zimmer zu kommen. Sie wusste, dass ihr Vater enttäuscht und böse auf sie war.

Sie hatte sogar auf ihr Abendessen verzichtet und war im Bett liegen geblieben. Sie hatte versucht, etwas zu lesen, konnte sich aber nicht konzentrieren.

Nach einer unruhigen Nacht mit nur wenigen Stunden Schlaf kam sie am Morgen in die Küche, wo ihre Mutter und ihre Schwester am Tisch saßen und aufblickten.

»Es tut mir leid, Mama«, brachte sie zerknirscht hervor und setzte sich. Sie schenkte sich Kaffee ein und brach ein Stück Brot ab.

Es gab schon länger kein Personal mehr bei den Engastroménos. Die Frau, die am Tag zuvor da gewesen war, hatte Konstantínos nur für Schliemanns Besuch eingestellt. Er hatte unbedingt einen guten Eindruck hinterlassen wollen.

Sophia fand es überhaupt nicht schlimm, dass sie kein Personal hatten. Sie und ihre beiden Schwestern hatten immer ganz selbstverständlich mitgeholfen, und genau wie ihre Mutter liebte sie es, zu kochen und zu backen.

»Es gibt Hoffnung, Sophia«, berichtete ihre Mutter mit einem freudigen Lächeln. »Herr Doktor hat dir etwas zukommen lassen.«

Marigó war aufgesprungen und lief aus dem Zimmer. Kurz darauf war sie zurück und stellte eine kleine Schachtel vor Sophia auf den Tisch. »Das ist vorhin gekommen.«

Sophia nahm den Deckel ab. Obenauf lag ein Kärtchen, auf dem stand in griechischen Buchstaben: *Machen Sie mir die Freude und nehmen mein kleines Geschenk an, Sophia.*

»Er beherrscht sogar unsere Schrift«, sagte Viktoría bewundernd.

Unter dem Kärtchen lag eine zierliche Kette aus Korallen.

»Oh, sieh nur, Sophia!«, rief Marigó. »Die ist aber hübsch!« Sie stellte sich hinter sie, um ihr die Kette anzulegen.

Ganz unten in der Schachtel war ein weiteres Kärtchen, darauf stand: *Geben Sie auf die Schnur acht, sie ist sehr dünn.*

Sophia schnaubte und warf das Kärtchen auf den Tisch. »Hält er mich für so ungeschickt?«

Ihre Mutter hatte ebenfalls gelesen. »Er bittet dich nur achtzugeben, Sophia.«

Sie wollte etwas entgegnen, ließ es aber bleiben.

»Die Kette steht dir.« Marigó legte den Kopf schief. »Wenn du sie nicht willst ... Ich nehme sie.«

»Marigó!«, sagte Viktoría streng. Dann wurde ihre Stimme wieder weicher. »Er hat uns zu einer Bootspartie eingeladen. Damit ihr euch noch besser kennenlernt.«

Noch besser kennenlernen bedeutete vermutlich, dass sie die Gelegenheit bekamen, einander noch mehr schlechte Eigenschaften zu offenbaren.

Doch auch das sagte Sophia nicht. Sie trank ihren Kaffee und knabberte an ihrem Brot. Sie hatte nie eine Wahl gehabt, von Anfang hatte festgestanden, dass sie Schliemann heiraten sollte. Es ging nicht darum, einander kennenzulernen, um zu sehen, ob sie zueinander passten. Es ging nur darum, ein paar Sätze miteinander zu wechseln, damit sie sich nicht ganz und gar fremd waren, bevor sie den Bund der Ehe eingingen.

Sophia schluckte am letzten Bissen Brot, der nicht durch ihren Hals wollte. Dann erhob sie sich langsam und so würdevoll wie möglich. »Ich werde mich umkleiden.« Und hoffen, dass er nicht wieder etwas an meinem Kleid auszusetzen hat, fügte sie im Stillen hinzu.

Ihre Mutter auf diese Weise zu verblüffen fühlte sich weit besser an, als sich trotzig und ungezogen zu verhalten.

~

Heinrich frühstückte ausgiebig, lobte das köstliche Brot, die Oliven, den herzhaften Käse und das frische Öl und gab ein angemessenes Trinkgeld. Er hatte erstaunlich gut geschlafen, obwohl er recht verstimmt gewesen war. Sophia Engastroménos hatte sich nicht nur unhöflich verhalten, sie schien eine Seite zu haben, die er nicht billigen würde.

Dennoch hatte er ihr eine Korallenkette zukommen lassen, um ihr seine unbeirrbare Zuneigung zu versichern.

Er war fest entschlossen, sie zur Frau zu nehmen. Im Grunde hatte er den Entschluss bereits gefasst, als er einen ersten Blick auf ihre Fotografie geworfen hatte. Aus Respekt und Wohlwollen würde Liebe entstehen, davon war er überzeugt.

Doch er war nicht bereit, Sophia Trotz und Widerspenstigkeit durchgehen zu lassen.

Heinrich säuberte seinen Mund mit der Serviette, legte sie neben den Teller und stand auf.

Das Wetter war herrlich, bestes Wetter für einen kleinen Bootsausflug.

Sophia trug ein atemberaubendes Kleid, das ihn gehörig ins Schwitzen brachte, auch wenn er geglaubt hatte, gegen solche weiblichen Reize immun zu sein. Um den Kopf hatte sie ein Tuch gebunden, das im Wind flatterte, als sie in Piräus das Boot betraten, das er gemietet hatte.

Ein lauer Wind wehte, und die Sonne stand an einem blauen, wolkenlosen Himmel.

Galant nahm Heinrich Sophias Hand und führte sie sicher an Bord. Das Boot schwankte leicht, und sie umschlang seine Hand. Er lächelte in sich hinein, genoss die unerwartete Berührung. »Wollen wir uns an den Bug stellen?«, schlug er vor. »Man hat eine großartige Sicht. Ich möchte mir die Landschaft ansehen, wenn wir an der Küste entlangfahren.«

»Ich möchte Sie um Verzeihung bitten, Herr Doktor. Heinrich«, sagte Sophia, kaum dass sie am Bug standen und aufs Wasser hinausschauten. Sie schien vollkommen verändert, ruhiger und vernünftiger. Als wäre sie über Nacht gereift.

Heinrich überlegte, ob ihre Eltern ihr ins Gewissen geredet hatten. Oder hatte sie selbst die Erkenntnis gewonnen, dass eine Heirat mit ihm kein Übel, sondern eine angenehme Zukunft bedeutete?

»Ich nehme Ihre Entschuldigung an.« Er ergriff ihre Hand und hauchte einen Kuss darauf. »Gefällt Ihnen die Kette?«

Sie trug sie, wie er sofort gesehen hatte.

»Sehr. Vielen Dank, Heinrich.«

Eine Zeit lang standen sie still da, blickten aufs tiefblaue Wasser und hielten sich mit einer Hand an der Reling fest. Das Boot schaukelte ordentlich, Heinrich machte das nichts aus. Sophia dagegen war ein wenig grün im Gesicht geworden.

»Sie werden mir doch nicht seekrank?«

»Nein, nein«, versicherte sie hastig, etwas zu hastig.

»Möchten Sie sich lieber setzen?«

»Nein, danke, ich bleibe lieber stehen.«

Das Boot hüpfte über eine größere Welle, und sie verzog das Gesicht.

Ihre Eltern standen auf der anderen Seite des Bootes und unterhielten sich leise. Keiner von beiden schaute zu ihnen herüber. Heinrich rechnete es ihnen hoch an, sie schienen sich bewusst zurückzuhalten.

Sie fuhren an der Küste Attikas entlang, und er lehnte

sich an die Reling, um die hügelige, in sanfte Grün- und Brauntöne gehüllte Landschaft zu betrachten. Wie er dieses Fleckchen Erde liebte! Hier war man der Antike und den Göttern nahe. Wer noch nicht hier gewesen war, würde das nicht verstehen. Heinrich seufzte und schloss für einen Moment die Augen. Und hier neben seiner Braut zu stehen fühlte sich wunderbar an.

Er roch ihr Haar, als eine Böe eine Strähne aus dem Tuch zerrte und umherwirbelte.

»Ich habe mir überlegt, dass wir unsere Hochzeitsreise nach Italien machen könnten. Was würden Sie davon halten, Sophia?«

»Das klingt sehr schön.« Sie lächelte ihn scheu an.

»Ich dachte, wir reisen zuerst nach Messina, dann nach Neapel. Was wissen Sie über die Städte Pompeji und Herculaneum?«

Er schien sie kurz aus der Fassung gebracht zu haben, doch sie fing sich schnell wieder. »Beide wurden durch einen Vulkanausbruch verschüttet.«

»Richtig.« Er nickte zufrieden. »Ich möchte sie mir ansehen. Danach reisen wir weiter nach Rom und Florenz.«

Sie hob die Augenbrauen, sagte aber nichts.

»Ich dachte, ich könnte Sie unterwegs in Sprachen unterrichten«, schlug er vor. Eigentlich war es kein Vorschlag, sondern eine Ankündigung. »Sie sollten unbedingt Deutsch sprechen können, Sophia, meine Muttersprache.« Er schenkte ihr ein breites Lächeln. »*O germanós* – ein Deutscher. Wiederholen Sie, Sophia.«

»Ein Deutscher«, wiederholte sie schüchtern und mehr schlecht als recht.

»Das SCH ist etwas tückisch für eine Griechin, ich weiß«, sagte er verständnisvoll. »Aber mit etwas Übung werden Sie das hinbekommen.« Er lehnte sich über die Brüstung und stellte amüsiert fest, dass sie erschrocken nach Luft schnappte. »Keine Angst, ich falle schon nicht ins Wasser. Und wenn doch – ich bin ein guter Schwimmer. Sie können doch gewiss auch schwimmen, Sophia?«

Sie schüttelte den Kopf.

»Nicht?« Er runzelte die Stirn. »Nun, dann werde ich Ihnen auch das beibringen.«

Als das Boot erneut über eine Welle hüpfte, zog Sophia ein Taschentuch aus der Rocktasche und hielt es sich vor den Mund.

»Ist Ihnen übel?«, fragte er besorgt.

»Nur ein wenig.«

Heinrich räusperte sich. Er musste sie einfach fragen, er musste es wissen, aus ihrem Mund hören. »Werden Sie mich heiraten, Sophia?«

Wieder verzog sie das Gesicht, und er wusste nicht, ob es an seiner Frage oder am Seegang lag. »Wenn Sie sich doch lieber setzen wollen ...«

Sie schüttelte matt den Kopf. Dann nickte sie. »Ja, ich werde Sie heiraten, Heinrich.« Sie schaute ihn nur kurz an.

Sein Hals war wie zugeschnürt. Ob sie sich doch in ihn verliebt hatte? War das der Grund für ihr verändertes Benehmen? »Sie machen mich zu einem sehr glücklichen Mann, Sophia. Aber eines muss ich noch wissen:

Warum? Warum werden Sie mich heiraten?« Sein Herz pochte in freudiger Erwartung, und er war versucht, die Hand beruhigend daraufzulegen.

Sophia sah ihn flüchtig an, dann senkte sie den Blick. »Weil meine Eltern es wünschen.«

Er war wie vor den Kopf geschlagen. Ihm war, als sei alles Blut aus ihm gewichen. Seine Beine zitterten, sein Magen zog sich schmerzhaft zusammen.

»Das ist der wahre Grund?«, fragte er mit rauer Stimme.

Sie nickte und schaute aufs Wasser.

Er überlegte, sie anzufahren, wüst zu beschimpfen, was sie sich erlaube. Doch er tat es nicht, auch wenn ihm sehr danach war. Noch war zu viel Anstand in ihm, auch wenn er sich fühlte, als sei er verprügelt worden und müsse sich verteidigen.

Den Rest der Fahrt schwieg er, presste den Kiefer so fest aufeinander, dass er schmerzte.

Als das Boot endlich für einen kurzen Landgang mit einem Picknick anlegte, verließ Heinrich es mit großen Schritten. Er verabschiedete sich weder von Sophia noch von ihren Eltern.

Den Blick auf seine Schuhe gerichtet, eilte er über den schmalen Steg an Land. Er hörte noch, wie Konstantínos erschrocken rief: »Was haben Sie denn, Herr Doktor?«

Es kümmerte ihn nicht.

Er würde sich nach Athen zurückbringen lassen, seine Sachen packen und die Stadt noch am Abend verlassen.

Und nie wieder zurückkehren.

KAPITEL 8

Sophia hatte sich einiges von ihren Eltern anhören müssen, sogar Marigó hatte fassungslos den Kopf geschüttelt und gemeint: »Du kannst ihm doch nicht sagen, du würdest ihn heiraten, weil unsere Eltern das wollen.«

Inzwischen wusste Sophia, dass es ein Fehler gewesen war, ein grober, unverzeihlicher Fehler. Ihr war entsetzlich übel gewesen, und sie hatte sich so krank gefühlt, dass sie sich überallhin gewünscht hätte, nur nicht auf dieses grässliche schaukelnde Boot. Sie war froh gewesen, dass sie sich nicht vor Heinrichs Augen übergeben musste. Ein paarmal war sie kurz davor gewesen. Ja, sie hätte auf seine Frage anders reagieren müssen. Manchmal war es besser, nicht die Wahrheit zu sagen. Sie hatte sich ungeschickt und taktlos verhalten, aber ihr war so elend gewesen.

»Das ist keine Entschuldigung«, schimpfte ihre Mutter am Abend, als sie im Bett lag, ein kühles Tuch auf der Stirn. »Wie konntest du nur, Sophia!«

Sophia war aufrichtig zerknirscht. »Es tut mir leid, Mama, wirklich. Aber er hat gesagt, er will mit mir in Paris leben.«

»Und deshalb sagst *du* ihm, du würdest ihn nur heiraten, weil *wir* es wollen?«

Sophia sank in sich zusammen. »Ich will nicht fort aus Athen. Kannst du das nicht verstehen? Ich würde euch vielleicht nie wiedersehen.«

»Sei nicht albern, natürlich wirst du uns wiedersehen.«

»Aber ich ... ich würde umkommen vor Sehnsucht nach euch, Mama!«

»Sophia Engastroménos! Es wird Zeit, dass du dich wie eine erwachsene Frau benimmst!« Viktoría schnaubte. »Er ist einfach von Bord gegangen, ohne sich zu verabschieden. Wer weiß, wahrscheinlich hat er die Stadt bereits verlassen.«

Sophia schwankte zwischen Hoffnung, dass er es sich wirklich anders überlegt hatte, und Scham, weil sie ihre Eltern ein weiteres Mal enttäuscht hatte.

Viktoría setzte sich neben sie und legte die Hand auf ihre. »Sei so gut und nimm das Tuch ab, damit ich dich ansehen kann«, bat sie. »Vielleicht ist es noch nicht zu spät. Schreib ihm, Sopháki, bitte ihn um Verzeihung, erklär ihm, dass du dich elend, krank gefühlt hast und deshalb so schroff warst.« Sie seufzte. »Möglicherweise versteht er es.« Sehr hoffnungsvoll klang es nicht.

Sophia setzte sich halb auf und lehnte die Stirn an die Schulter der Mutter. »Und wenn er bereits fort ist?«

»Wirst du keinen wohlhabenden Mann heiraten, der dir ein sorgenfreies Leben ermöglichen kann.« Viktoría erhob sich und strich ihren weißen Rock glatt, den etliche gestickte Blüten zierten und der ihre runden Hüften betonte. »Das hättest du dir selbst zuzuschreiben.« Damit wandte sie sich ab und ging zur Tür.

Sophia legte sich wieder hin und schloss die Augen. Die Seekrankheit war verschwunden, doch sie fühlte sich grauenvoll. Einerseits schämte sie sich entsetzlich, andererseits versuchte sie noch immer ihr Verhalten zu rechtfertigen. Die Vorstellung, mit Heinrich Schliemann fortgehen und künftig an seiner Seite leben zu müssen, ließ ihren Magen zusammenkrampfen. Sie war naiv gewesen zu glauben, eines Tages einen gut aussehenden Mann heiraten zu können, der ihr die Sterne vom Himmel holen würde. Das Schicksal hatte offenbar etwas anderes für sie vorgesehen.

Sie sollte sich endlich von ihren romantischen Träumen verabschieden und der Realität ins Auge blicken. Wenn es stimmte, was ihre Mutter behauptete, ergab letztlich alles einen Sinn, auch wenn der sich ihr noch nicht erschloss.

Ihr Vater hatte ihr und ihren Geschwistern die beste Bildung angedeihen lassen, und sie war immer stolz darauf gewesen. Zudem verfügte sie über eine rasche Auffassungsgabe.

Wovor ihr stets gegraust hatte, war Langeweile. Vielleicht hatte das Schicksal ihr Heinrich vor die Füße gelegt, weil es mit ihm nicht langweilig werden würde. Ihr Onkel hatte ihr versichert, dass Heinrich eine gebildete Frau wollte. Er schätzte Bildung und Klugheit und gab mehr auf innere Werte als auf Äußerlichkeiten. Mit ihm würde sie interessante Gespräche führen, über Literatur diskutieren und reisen, auch wenn ihr genau davor ein wenig grauste. Sie litt immer so schnell an Heimweh.

Sophia setzte sich auf. Heinrich würde ihr vielleicht nicht die Sterne vom Himmel holen, aber er war imstande, ihr ein gutes und sicher auch aufregendes Leben zu bieten.

Sie würde etwas erleben und von der Welt sehen. War das nichts?

~

Heinrich war die ganze Nacht aufgeblieben und in seiner Suite umhergegangen. Ab und an hatte er sich ans Fenster gestellt und in die Dunkelheit hinausgestarrt, die Arme vor der Brust verschränkt, als wollte er sein Herz schützen.

Er hatte es an Sophia verloren, das war das Dumme. Wäre dem nicht so, hätte er Athen längst verlassen und ihm vielleicht wirklich für immer den Rücken gekehrt.

So jedoch brachte er es nicht über sich, auch wenn er, als er gekommen war, seinen Koffer aufs Bett geworfen und zu packen begonnen hatte. Hemden, Hosen, zwei Westen und zwei Anzugjacken lagen darin auf einem Haufen, er hatte nicht auf Sorgfalt geachtet. Der Zylinder, den er bei seiner Hochzeit hatte tragen wollen, lag zuoberst. Sein Hochzeitsanzug hing am Kleiderschrank, als wollte er ihn verhöhnen.

Heinrich stapfte zum Koffer, nahm den Zylinder und schleuderte ihn durchs Zimmer. Er überlegte, auch noch darauf herumzutrampeln, um sich Luft zu machen.

Hinterher aber würde er sich ärgern. Der Zylinder war maßangefertigt und damit sehr teuer gewesen.

Stattdessen griff er nach einem der Kissen, die auf dem Bett lagen, und boxte mit den Fäusten darauf herum. Schließlich musste er um Atem ringen, sank aufs Bett und unterdrückte den Wunsch, laut zu schreien.

Irgendwann musste er eingenickt sein und schreckte hoch, als ein Sonnenstrahl ins Fenster fiel und ihn blendete.

Verwirrt setzte er sich auf und rieb sich das Gesicht. Seine Wangen kratzten, er brauchte dringend eine Rasur. Und ein heißes, wohltuendes Bad, er war ganz verspannt.

Er klingelte nach einem Diener, der wenig später in der Tür stand. »Sie wünschen?«

»Ich möchte ein heißes Bad und eine Rasur. Und wenn jemand meine Kleider ausbürsten und aufbügeln würde?«

»Natürlich, mein Herr.« Der junge Mann verbeugte sich und verschwand.

Heinrich öffnete das Fenster und atmete die frische, angenehm kühle Luft ein. Er war überrascht, dass er gebeten hatte, seine Kleidung herzurichten. Bis dahin war ihm gar nicht bewusst gewesen, dass er bleiben wollte.

Zwei Stunden später frühstückte er in aller Ruhe, las die Tageszeitung, die jeden Morgen auf dem Tisch lag, und überlegte dann, ob er einen Spaziergang machen sollte.

Gerade als er sich erheben wollte, kam ein Dienstmädchen, knickste und überreichte ihm auf einem Tablett einen Brief, der leicht nach Jasmin duftete. Oder waren es Veilchen?

Sophia!, schoss es ihm durch den Kopf. Er spürte, wie seine Wangen zu glühen begannen, scheuchte das Mädchen weg und riss ungeduldig den Umschlag auf.

Lieber Heinrich,

ich schäme mich in Grund und Boden, Sie so verletzt zu haben.
Es ist unverzeihlich, ich weiß, dennoch flehe ich Sie an, mir zu vergeben. Es war die Seekrankheit, die meinen Geist vernebelt hatte und mich solche Dinge sagen ließ. Bitte glauben Sie mir, ich möchte Sie noch immer heiraten. Wollen auch Sie es noch?
Ich bin in großer Sorge, Sie könnten bereits abgereist sein. Das würde ich mir nie verzeihen, mein lieber Heinrich. Seien Sie versichert, dass es mein freier Wille, mein Wunsch ist, Sie zum Mann zu nehmen.

Ihre Sophia Engastroménos

Er musste sich zurücklehnen, so heftig schlug sein Herz.

Er konnte kaum einen klaren Gedanken fassen.

Meinte sie es ernst? War es ihr Wunsch, ihr freier Entschluss?

Durfte er darauf vertrauen?

Auf butterweichen Beinen lief er zurück in seine Suite, setzte sich hin und beantwortete Sophias Brief.

Sophia,

wie froh es mich machen würde, wäre es wirklich Ihr Wunsch, mich zu heiraten. Ich weiß aber nicht, ob ich darauf vertrauen kann. Kann ich es?
Lassen Sie mir eine Nachricht zukommen, in der Sie es mir erneut versichern. Vielleicht kann und will ich es dann glauben.

Ihr getreuer Heinrich Schliemann

Es war theatralisch, das wusste er. Aber es würde hoffentlich in Sophias Herz dringen, in ihr Gewissen. Er wollte sich ihrer Aufrichtigkeit, ihrer Zuneigung versichern, andernfalls könnte er sie nicht heiraten.

Ungeduldig wartete er auf ihre Antwort. Sie traf am Nachmittag ein.

Mein lieber Heinrich,

bitte glauben Sie mir! Ich flehe Sie sogar an, mir zu glauben. Ich will Ihre Ehefrau werden, treu an Ihrer Seite

stehen und für den Rest meines Lebens um Ihr Wohlerge-
hen besorgt sein.

Ihre ebenfalls getreue
Sophia Engastroménos und zukünftige Frau Schliemann

Heinrichs Hand zitterte, als er ihre Zeilen las. Um ein
Haar hätte er laut und triumphierend aufgeschrien. Vielleicht wäre er sogar zum offenen Fenster gelaufen und
hätte es ganz Athen zugerufen.

Das erste Blatt Papier zerknüllte er, weil seine Hand
beim Schreiben so heftig zitterte, dass die Buchstaben
unleserlich waren.

Sophia,

wie glücklich Sie mich machen!
Lassen Sie uns die Hochzeit auf den dreiundzwanzigsten
dieses Monats festsetzen. Sagen Sie und Ihre Eltern auch
dazu Ja?

In freudiger Erwartung,
Ihr Heinrich

Noch am selben Tag bestätigten Sophia und ihre Eltern
den Termin. Heinrich konnte sein Glück kaum fassen.
Er hatte das ganz große Los gezogen.

~

Zur gleichen Zeit saß Sophia im Garten, Heinrichs Brief im Schoß. Sie horchte in sich. Bedauerte sie ihren Entschluss bereits? Nein, sie hatte richtig gehandelt. Ihr Herz schlug zwar nicht für Heinrich, aber sie glaubte, dass Zuneigung entstehen könnte. In vielem waren sie beide sich ähnlich, und gemeinsame Interessen verbanden. Das war weit mehr, als manch andere junge Frauen bei einer Eheschließung erwarten durften. Sophia würde ihre Familie, ihre Heimat furchtbar vermissen, aber wenn Heinrich Wort hielt, kämen sie regelmäßig nach Athen. *Und er ist ein Mann des Wortes*, dachte sie.

Sophia hob den Kopf und blickte in den blauen, wolkenlosen Himmel.

Auch das behauptete ihre Mutter: Liebe kam nicht unbedingt angeflogen und machte schwindelig. Liebe konnte wachsen und einen Menschen formen.

Vielleicht kann ich Heinrich eines Tages lieben.

KAPITEL 9

Heinrich und Sophia wurden in der kleinen Kirche des Heiligen Melétios getraut. Die Kirche lag in Sichtweite des Hauses der Engastroménos. Sophias Schwestern hatten am Tag zuvor den Altar und die Ikonen geschmückt, ihr jüngster Bruder Panajótis trug die Schleppe ihres Kleides.

Sophia hatte kaum zwei Stunden geschlafen und fühlte sich bereits am Nachmittag so erschöpft, dass sie befürchtete, an der festlich gedeckten Tafel einzuschlafen. Doch die Aufregung, nun eine verheiratete Frau zu sein und Sophia Schliemann zu heißen, verhinderte es.

Es wurde ausgiebig gegessen, getrunken und getanzt.

Wobei ihr frisch angetrauter Ehemann in allem sehr zurückhaltend war. Er aß nur wenig, trank keinen Wein und mochte auch nicht tanzen. Auch das kirchliche »Brimborium«, wie er es nannte, hatte ihm als Protestanten nicht sonderlich behagt. Aber er hatte sich gefügt, weil er wusste, dass es Sophia viel bedeutete.

»Komm, Heinrich«, sagte sie am frühen Abend leise zu ihm, als er mit ihrem Vater und ihren Brüdern am Tisch saß. »Sie erwarten, dass wir miteinander tanzen.«

Er runzelte die Stirn, aber nur sehr flüchtig, dann stand er auf, nickte in die Runde und nahm ihre Hand. Diese Berührung war so zart, so liebevoll, dass sie nicht umhinkonnte, sich vorzustellen, wie wohl ihre Hochzeitsnacht verlaufen würde.

Heinrich war kein begabter Tänzer, wie auch, er tanzte ja nie.

Sophia zeigte ihm geduldig die Schritte, während die Hochzeitsgäste im Kreis um sie herumstanden und sangen und klatschten.

»Endlich bist du meine Frau«, flüsterte Heinrich ihr ins Ohr, als sie später am Abend nebeneinander am Kopf der langen Tafel saßen.

»Ja«, raunte sie und stellte verblüfft fest, wie gut es sich anfühlte.

Die Tische waren festlich gedeckt und mit Blumen geschmückt.

Mehrere Frauen waren dabei, die Speisen aufzutragen, bis die Tische sich unter der Last bogen. Es gab gebratene Ziegen und Lammfleisch in Hülle und Fülle, dazu verschiedene Käsesorten, kleine flache Brote, eingelegte Oliven und eine Vielzahl an kandierten Früchten, Lukum und süßes Gebäck, das mit Rosenwasser getränkt war. Der Wein floss in Strömen.

Heinrich stand auf, räusperte sich und stieß mit der Gabel an sein Glas. »Werte Gäste, liebe Familie und Freunde.«

Sophia lächelte in sich hinein. Freunde. Heinrich

hatte hier in Athen außer ihrem Onkel keine Freunde, er kannte ja außer ihrer Familie niemanden.

Während er eine langweilige, ausufernde Rede hielt, schweiften ihre Gedanken schon bald ab.

Sie versuchte sich ihr Leben in Paris vorzustellen. Sie würde einen eigenen Haushalt führen, was ihr sehr reizvoll erschien. In einem eigenen Heim schalten und walten zu können, davon hatte Sophia immer geträumt.

Ich werde mich als umsichtige Hausherrin erweisen.

Und sie würde sich nicht davon abbringen lassen, ihrem Mann selbst etwas zu kochen. Auch aufs Backen verstand sie sich hervorragend. Heinrich würde beides schon bald zu schätzen wissen.

Als ihr Mann sich wieder setzte und sie erwartungsvoll ansah, verschluckte sie sich am Wein und musste husten.

»Hat es dir gefallen?«, fragte er sie.

»O ja, es war sehr schön«, schwindelte sie. In Wahrheit hatte sie kaum zugehört. Das Träumen und Abschweifen sollte sie besser ablegen, nahm sie sich vor.

Katíngo, ihre ältere Schwester, kam zu ihr und küsste sie auf die Wange. »Ich freue mich so für dich, Sopháki«, raunte sie ihr zu. »Aber ich bin etwas enttäuscht, dass ihr schon so bald abreist. Ich dachte, ihr würdet wenigstens ein, zwei Tage bleiben.«

Sophia blinzelte zerstreut. Sie verstand nicht, was ihre Schwester meinte.

»Wir werden euch zum Schiff begleiten«, sagte Katíngo weiter. »Dein Mann sagt, es sei ihm recht.«

So? Sagte er das? Sophia spürte, wie ihr heiß wurde, sie hätte doch besser zuhören sollen. »Heinrich?«, flüsterte sie, und er beugte sich zu ihr. »Wann, sagst du, geht unser Schiff?«

»Nach Mitternacht.«

»In ... dieser Nacht?«, wisperte sie und versuchte, sich nicht anmerken zu lassen, wie erschrocken sie war.

»Natürlich in dieser Nacht. Das sagte ich doch soeben. Wir werden direkt nach Messina aufbrechen. Deine Mutter und deine Schwester haben deine Sachen bereits gepackt.«

Von alldem hatte ihr niemand ein Sterbenswort gesagt, und es war einfach über ihren Kopf hinweg entschieden worden. Sophia war fassungslos und wütend und wurde von noch anderen Gefühlen übermannt: Furcht, Ohnmacht, Entsetzen, Verunsicherung und blanker Panik. Sie war noch nicht bereit! Sie war nicht bereit, ihre Familie, ihr geliebtes Athen zu verlassen.

Doch sie riss sich zusammen. Es würde eine Gelegenheit geben, Heinrich zu sagen, dass sie nicht so mit sich umspringen ließ.

Also rang sie sich ein Lächeln ab und sagte: »Wie nett von ihnen, mir die Arbeit abzunehmen.«

Tief in ihrem Inneren brodelte es – ein Feuer, das, so befürchtete sie, sollte es zu sehr entfacht werden, eines Tages zu einem gewaltigen Brand werden könnte.

Kurz vor Mitternacht standen sie, ihr Mann und ihre Familie und Freunde am Hafen. Ihr Gepäck war bereits aufs Schiff gebracht worden. Das Schiff, das sie nach Messina bringen sollte, hieß Aphrodite. Es knarzte und ächzte leise, und Sophia stellte sich vor, wie sie in wenigen Stunden auf dem Meer sein würden und die Seekrankheit sie wieder in den Klauen hätte.

Heinrich reiste mit nur einem Koffer, sie dagegen hatte drei bis obenhin vollbepackte dabei, außerdem eine große Kiste mit ihrer Aussteuer und eine weitere, in der sich die Hochzeitsgeschenke befanden.

Sophia war schrecklich zumute, und sie fühlte sich wie betäubt. In wenigen Minuten würde sie ihre geliebte Heimat, ihre Familie, ihre Freunde verlassen. Ihre Freundin umarmte sie fest und flüsterte ihr zu, wie sehr sie sich für sie freue. Ihre Mutter und ihre Schwestern dagegen standen still da und schienen mit den Tränen zu kämpfen. Würden sie weinen, würde Sophia hemmungslos mitweinen müssen.

Heinrich schüttelte Hände und ließ sich die Schulter klopfen. Immer wieder wanderte sein besorgter Blick zu Sophia. Befürchtete er, sie könnte im letzten Moment doch noch Reißaus nehmen?

»Gib gut auf sie acht, hörst du?« Ihr Vater drosch ihm auf die Schulter. Sie würde am nächsten Tag bestimmt grün und blau sein.

»Das werde ich, Konstantínos, keine Sorge.« Wieder huschte sein Blick zu Sophia.

Sie erwiderte ihn mit einem strahlenden Lächeln, das ihr erstaunlich leichtfiel.

KAPITEL 10

B ei Seekrankheit hält man sich am besten an Deck
auf«, riet Heinrich, nachdem die *Aphrodite* abgelegt
hatte.

»Mir geht es gut«, versicherte Sophia mit fester
Stimme. Sie hatte ihrer Familie und den Freunden lange
zugewinkt, obwohl die Dunkelheit sie alle rasch verschlungen hatte. Zu wissen, dass sie dort am Hafen
standen und ihnen nachblickten, hatte Sophia genügt.
»*Ta leme*, Auf Wiedersehen«, hatte sie wieder und wieder gerufen.

Dann war sie ihrem Mann gefolgt, der in der Kabine
auf dem Bett lag und in einem Buch blätterte. Beim Anblick der weißen Laken war sie zusammengezuckt. Die
Hochzeitsnacht. Sie hatte geschluckt. Viel wusste sie
nicht über diese Dinge außer dem Wenigen, das ihre
Schwester ihr erzählt hatte. Würde Heinrich sich als
zärtlicher, rücksichtsvoller Liebhaber erweisen?

Das Blut war ihr in die Wangen geströmt, und rasch
hatte sie den Blick abgewendet.

Möglicherweise hatte ihr Mann ihre Verwirrung be-
merkt, denn er hatte die Beine vom Bett geschwungen
und sie aufs Deck gebracht.

Hier standen sie seit einigen Minuten, beide in eine Decke gehüllt und schauten in den Nachthimmel, an dem so viele Sterne funkelten, dass einem schwindelig werden konnte.

Täuschte sie sich, oder schwankte das Schiff gerade deutlich mehr als eben noch?

Bitte nicht, flehte Sophia. *Lass uns heil in Messina ankommen.*

Um sich abzulenken, bat sie ihren Mann, ihr mehr von sich zu erzählen. Sie wusste noch immer viel zu wenig über ihn.

»Was möchtest du denn wissen?« Er stand breitbeinig und regungslos da, den Kopf im Nacken.

Sophia betrachtete sein Profil und versuchte sich vorzustellen, wie es wäre, wenn Heinrich gut aussehend und attraktiv wäre, groß und mit breiten Schultern, an die sie sich lehnen könnte. Wie würde es sich wohl anfühlen, wenn sie bis über die Ohren in ihn verliebt wäre? Wenn sie die Hochzeitsnacht kaum erwarten könnte?

Wieder errötete sie und schluckte bemüht. Man muss den Dingen Zeit geben, würde ihre Mutter sagen. Und genau das wollte sie tun, ihrer Ehe Zeit und Raum geben. »Alles. Ich weiß ja kaum etwas über dich.«

Er holte Luft. »Nun denn.« Er nahm seine Decke von den Schultern und legte sie ihr um.

Ihr war nicht kalt, aber sie fand die Geste rührend und bedankte sich.

»Ich bin in einer kleinen Gemeinde aufgewachsen, als fünftes von neun Kindern«, begann er. »Mein Vater war Pastor, meine Mutter starb kurz nach der Geburt des jüngsten Kindes. Sie war ...« Seine Stimme schien kurz zu brechen, doch er hatte sich rasch wieder im Griff. »Sie war eine liebevolle Mutter. Sie konnte Klavier spielen und singen. Mein Vater dagegen ...« Wieder schien seine Stimme zu brechen. »Statt ein gottesfürchtiger Mann zu sein, wie es sich für einen Pastor gehören sollte, rannte er jedem Rock nach. Und er soff wie ein Loch.«

Sophia war erschrocken über seine harschen Worte. Noch nie hatte sie ihn so reden hören.

»Ein hurender, ständig betrunkener Pastor, du kannst dir sicher vorstellen, dass er nicht sehr beliebt war.« Heinrich lachte bitter auf. »Ich erinnere mich noch daran, wie traurig meine Mutter oft ausgesehen hat, wie leise ihre Stimme war, als wollte sie ihn nicht stören. Als wollte sie unsichtbar sein, seine Aufmerksamkeit nicht auf sich ziehen.« Er machte eine kurze Pause, bevor er weitersprach. »Ich habe eine Kaufmannslehre in einem Krämerladen gemacht, und mit neunzehn bin ich endlich weg aus Mecklenburg, nach Hamburg. Ich wollte auswandern, weg, nur weg, möglichst weit. Ich bin auf ein Schiff nach Venezuela gegangen, doch das Schiff ist keine zwei Wochen später gestrandet. Und so hat es mich nach Amsterdam verschlagen. Dort ergatterte ich eine Stelle als Kontorgehilfe in einem Handelshaus. Ich fing an, Fremdsprachen zu erlernen, als erste natürlich Niederländisch.«

Sophia hörte aufmerksam und interessiert zu. Sie mochte es, wenn Heinrich erzählte, wenn seine Stimme diesen besonderen Klang bekam. Er war stolz auf das, was er erreicht hatte.

»Ich bekam schließlich eine Stelle als Buchhalter in einem großen Handelsunternehmen. Das war der Moment, als sich das Blatt für mich wendete. Es gab viele wichtige russische Kunden, und weil ich so schnell Russisch lernte, durfte ich die Kunden betreuen und wurde schließlich als Stellvertreter nach St. Petersburg geschickt.«

Sophia hing an seinen Lippen. »Hast du dich sehr fremd in diesem Land gefühlt?«

»Anfangs ja. Aber ich bin jemand, der sich schnell mit neuen Gegebenheiten anfreundet. Ich verdiente viel Geld und begann meine eigenen Geschäfte aufzubauen. Ich investierte in Papier und in Baumwolle.« Er seufzte leise, schien kurz zu überlegen und fuhr fort. »Und dann kam der Goldrausch, und ich machte mich auf den Weg nach Amerika, nach Sacramento. Ich handelte mit Gold und gründete eine Bank, um den Goldsuchern Geld für ihr Abenteuer zu leihen.« Er lachte. »Wie leichtgläubig viele waren. Sie ließen alles stehen und liegen, wenn irgendwo ein Körnchen Gold gefunden wurde. Manche haben den Verstand verloren, hatten nur noch das Gold im Kopf. Viele wurden krank, andere haben sich gegenseitig umgebracht.«

»Wirklich?«, fragte sie ungläubig.

Er nickte und sprach weiter. »Ich war inzwischen reich, so reich, dass ich wusste, ich müsste mir nie mehr Sorgen machen. Ich kehrte nach St. Petersburg zurück, wo ich ...« Er verstummte abrupt.

»Sprich nur weiter, Heinrich. Es ist so interessant.«

»Ich habe geheiratet.«

»Über deine Ehe musst du mir natürlich nichts erzählen.«

»Es gibt auch nichts zu erzählen«, erklärte er ein wenig schroff. »Wir bekamen drei Kinder und schließlich ...« Er räusperte sich. »Ging jeder von uns seiner Wege.«

So rasch war es sicherlich nicht vonstattengegangen, aber Sophia hakte nicht weiter nach.

»Ich wollte die Welt bereisen, noch mehr Sprachen erlernen«, fuhr er nach einer Weile schließlich fort. »An der Sorbonne in Paris habe ich Sprachen, Philosophie und Literatur studiert. Und ich unternahm viele Reisen, Bildungsreisen. Nach Ägypten, Indien, China und Japan. Nach Havanna und Mexiko. Zwei ganze Jahre lang.«

»Und deine Frau?«, fragte sie nun doch zaghaft.

»Sie wollte in Russland bleiben, ihre Heimat nicht verlassen«, lautete die knappe Antwort.

Dann hat sie die gemeinsamen Kinder allein großgezogen, ging ihr durch den Kopf, und sie fragte sich, ob sie Mitleid mit der Frau hatte. Oder empfand sie außer einer gewissen Bewunderung gar Eifersucht?

»In St. Petersburg lernte ich schließlich deinen Onkel kennen«, sagte Heinrich weiter, und sie konnte hören, dass er dabei lächelte. Sie konnte ihn nur noch schemenhaft sehen.

Der Himmel hatte sich verdunkelt, die Sterne waren verschwunden. Ob ein Unwetter aufzog?

Auch das noch, dachte sie entsetzt.

»Theóklitos war ein großartiger Lehrer, und ich lernte fleißig Griechisch. Später reiste ich nach Korfu, Ithaka und auf die Kykladen.« Er verlagerte sein Gewicht, wie sie am Rascheln seiner Kleider hören konnte. »Und schließlich dorthin, wo ich Troja vermute.«

»Mein Vater sagt, du glaubst, dass es wirklich existiert hat.«

»So ist es. Glaubst du das etwa nicht?«

»Als ich das erste Mal darüber las, war ich sicher, dass es existiert hat. Später hätte ich gern daran geglaubt.« Sie sah ihren Mann ernst an. »Du bist wirklich sicher, dass es nicht nur eine Geschichte ist, nicht wahr?«

»Ich bin davon überzeugt.« Er schenkte ihr ein Lächeln. »Und ich nehme mir vor, dich damit anzustecken, bis du es eines Tages auch glaubst. Nein, bis du sicher bist.« Ein wenig unbeholfen legte er den Arm um ihre Schultern und zog sie sacht an sich. »Wir beide werden es gemeinsam ausgraben, Sophia.«

Sie war tief bewegt von seinen Worten und seiner scheuen Zärtlichkeit. Sie war auch beeindruckt von seinem Lebenslauf, seinem Werdegang. Er hatte das geschafft, wovon so viele träumten. Vielleicht war Heinrich nicht der strahlend schöne Held mit den breiten Schultern, den sie sich erhofft hatte, aber er war ein Mann, der Unglaubliches erreicht hatte und noch immer nicht stillstand.

Daran, dass das sagenumwobene Troja wahrhaftig existiert hatte, konnte sie nicht glauben. Es war ein Hirngespinst, wenn auch ein schönes. Aber es gefiel ihr, wie felsenfest Heinrich daran glaubte und wie sicher er war, sie mit seinem Feuer anzustecken.

»Ja, das werden wir«, antwortete Sophia deshalb mit einem warmen Gefühl in der Brust.

KAPITEL 11

N och in der Nacht wurde Sophia so seekrank, dass Heinrich sie ins Bett tragen musste. Er saß bei ihr und hielt ihre Hand, ließ eine Schüssel und ein feuchtes Tuch bringen.

Mehrmals übergab sie sich, bis sie sich so elend fühlte, dass sie ihn bat, sie wieder aufs Deck zu bringen. »Wirf mich über Bord, Heinrich«, flüsterte sie matt. »Zu den Fischen.«

Mit einem leisen Lachen strich er ihr über die Stirn. »Na, na, nicht so pessimistisch, mein Liebes. Es wird dir bald wieder besser gehen.«

Es war ihr unangenehm, dass er sie so sah, wimmernd und flehend. Heute war ihre Hochzeitsnacht und anstatt sich ständig zu übergeben, sollte sie, wohlriechend und hübsch anzuschauen, in seinen Armen liegen.

Doch Heinrich schien es nicht zu kümmern. Mit stoischer Miene brachte er die Schüssel fort und spülte sie aus. Und er wurde nicht müde, ihr zu versichern, dass es ihr bald wieder besser gehen würde.

Sie mochte sich kaum rühren, so elend fühlte sie sich. Am ganzen Körper zitternd, brach ihr kalter Schweiß aus, und sie würgte, bis nur noch Galle kam. Wer hatte noch mal gesagt, dass Seekrankheit ein bisschen wie Sterben war? Erst am Morgen, als der Wellengang nachließ und der Regen aufhörte, der in der Nacht auf die Planken geprasselt war, glitt Sophia in einen leichten, aber wohltuenden Schlaf.

Bevor ihr die Augen zufielen, zu erschöpft, um ihrem Ehemann für seine Fürsorge zu danken, dachte sie: *So also sieht meine Hochzeitsnacht aus.*

Sophia erwachte von Möwengeschrei. Vorsichtig setzte sie sich auf, eine Hand auf ihrem Magen. Doch er blieb ruhig, und sie atmete auf. Vielleicht hatte sie das Schlimmste überstanden.

Das Bett neben ihrem war leer, offenbar war ihr Mann bereits aufgestanden. Oder aber er hatte sich gar nicht hingelegt. Er schien nur wenig Schlaf zu benötigen, das hatte er bereits durchklingen lassen.

Sie legte sich wieder hin und machte die Augen zu. Vielleicht könnte sie noch etwas schlafen oder auch nur ruhen.

Doch kaum war sie schläfrig geworden, als die Tür aufging und Heinrich hereinkam. »Du bist wach. Geht es dir besser?«

Sie nickte. »Du warst heute Nacht sehr nett zu mir.« Wie eigenartig es klang, wurde ihr erst bewusst, als es heraus war.

»Ich habe dir Frühstück gebracht. Kannst du dich aufsetzen?«

»Ich denke schon.«

Er stopfte ihr ein Kissen in den Rücken und begann sie mit gesüßtem Getreidebrei zu füttern. »Schön langsam. Na, siehst du, ich sagte doch, dass dir bald wieder wohl ist. Es ist ein herrlicher Morgen, die Sonne scheint, und das Wasser glitzert. Lass uns nach dem Frühstück an Deck gehen und die frische Luft genießen.«

Sie würde lieber liegen bleiben und sich auskurieren, doch sie wollte ihn nicht enttäuschen.

»Tee?«, fragte er und deutete auf die kleine Silberkanne auf dem Tablett.

»Gern. Bist du schon lange auf?«

»Seit dem Morgengrauen.«

»Was hast du die ganze Zeit gemacht?«

»Nachgedacht und, als es heller wurde, gelesen.«

»Wie weit ist es noch bis Messina?«

»So ungeduldig?«

Nein, sie wünschte nur nichts mehr, als endlich wieder festen Boden unter den Füßen zu haben.

»Drei Tage dauert es wohl noch.«

Drei Tage! Allmächtiger! Hoffentlich kehrte die Seekrankheit nicht zurück.

»Ich dachte, wir nutzen die Zeit, und ich bringe dir etwas Italienisch bei.« Heinrich machte einen fröhlichen, aufgeräumten Eindruck. Ihm schien das Schaukeln auf dem Schiff überhaupt nichts auszumachen.

Sophia hatte gehofft, er hätte die Unterrichtsstunden wieder vergessen. Aber ihr Mann vergaß offenbar so schnell nichts.

»Ich dachte, du wolltest mir als Erstes etwas Deutsch beibringen.«

»Richtig.« Er nickte. »Hier ein bisschen Deutsch, da ein bisschen Italienisch.«

Sie war durchaus gelehrig, aber zwei fremde Sprachen zur gleichen Zeit erlernen zu müssen machte ihr Angst.

Er sah ihr beim Essen zu und nickte zufrieden, als sie die erste Tasse Tee leerte. »Sehr schön.« Er erhob sich und strich über seine dunkle Anzugjacke. »Dann lasse ich dich mal wieder allein.« Er zog eine goldene Taschenuhr aus der Weste und warf einen Blick darauf. »Ich erwarte dich in einer Stunde an Deck. Wir wollen gleich heute mit deiner ersten Unterrichtsstunde beginnen.«

~

Heinrich hatte einen kleinen Tisch und zwei Stühle an Deck bringen lassen und es sich bequem gemacht. Er schlug die Beine übereinander und schaute aufs Meer hinaus. Es war tiefblau, die Sonnenstrahlen glitzerten auf der Oberfläche.

»Herrlich«, sagte er zu sich selbst.

Wo blieb seine Frau nur? Er schätzte Unpünktlichkeit ganz und gar nicht. Sollte das eine ihrer schlechten Eigenschaften oder Angewohnheiten sein, würde er sie ihr abgewöhnen. Niemand war unfehlbar, aber es gab Dinge, die er nicht tolerierte. Unpünktlichkeit gehörte dazu.

Er ließ sich die Sonne aufs Gesicht scheinen und hing seinen Gedanken nach. Seine Hochzeitsnacht hatte er sich anders vorgestellt, aber er hätte ahnen müssen, dass Sophia wieder seekrank werden würde.

Wie zerbrechlich sie gewirkt hatte. Ihr zarter Anblick hatte etwas in ihm berührt, von dem er geglaubt hatte, es sich längst abgewöhnt zu haben: Ritterlichkeit.

Er war verliebt in sie, und er wünschte, sie könnte ähnlich empfinden. Was sah sie in ihm? Das fragte er sich, seit er sie das erste Mal gesehen hatte. Sah sie in ihm nur den Wohltäter, der den Engastroménos finanziell unter die Arme griff?

Und was war sie für ihn? Die Frau, der er die Welt zu Füßen legen und ihr ein Leben in Wohlstand ermöglichen wollte?

Ja, genau das wollte er. Er wollte der Mann sein, der sie glücklich machte.

»Heinrich.«

Als er ihre Stimme hinter sich hörte, fuhr er zusammen. »Da bist du ja.« Ein »endlich« hatte er gerade noch verschlucken können. Er war verärgert, wollte ihr aber freundlich und nachsichtig begegnen. Für Lektionen und Erziehungsmaßnahmen war noch Zeit genug. Er schenkte ihr ein Lächeln und stellte beglückt fest, dass sie es erwiderte.

Er betrachtete sie, als sie sich neben ihn setzte und die Arme um den Oberkörper schlang, als sei ihr kalt.

Sie kam ihm wie ein Kind vor, ein kleines Mädchen, das er beschützen musste. »Lass uns eine Weile nur hier sitzen und das Wetter genießen.« Zögernd legte er die Hand auf ihre. Würde sie sie nehmen und festhalten? Oder würde sie die Berührung eher widerwillig über sich ergehen lassen?

Bisher waren Berührungen ausschließlich von ihm

ausgegangen, er wünschte, das würde sich bald ändern. Er sehnte sich danach, sie fest in die Arme zu nehmen, zu halten und zu liebkosen. Aber es musste von ihr ausgehen, er wollte ihr die Gelegenheit geben, die Initiative zu ergreifen.

Heinrich verstärkte den Druck seiner Hand, aber nur ein klein wenig und eher beiläufig. Als ihre kalten Finger sich regten und nach seinen tasteten, war ihm, als öffnete sich der Himmel über ihm.

KAPITEL 12

Von Messina aus ging es weiter nach Neapel, wo die beiden sich Pompeji und Herculaneum anschauten.

Sophia war tief beeindruckt, und noch am Abend, als sie neben ihrem Mann im Bett lag, stellte sie sich vor, wie es für die Bewohner der Städte gewesen sein musste. Ein tiefes Grollen und Donnern in der Ferne, ein heller Feuerschein am Himmel und dann die glühend rote Lava, die sich den Hügel hinabwälzte und auf sie zurollte. Welche Angst sie ausgestanden haben mussten! Wie mochte es sein, wenn einem kaum Zeit blieb, sein Leben zu retten? Versuchte man noch, ein paar Habseligkeiten fortzuschaffen, panisch wegzurennen, oder ergab man sich in sein Schicksal? Weil man ahnte, dass es ausweglos war?

In der Nacht träumte sie von einem Vulkanausbruch und einer Lavamasse, die sich auf ihr geliebtes Athen zubewegte. Sie träumte, dass sie ihre Familie weckte und nach dem braunen Streuner rief, der ganz in der Nähe sein musste und dessen bedauernswertes Jaulen sie hörte. Sie spürte die lähmende entsetzliche Angst, die nach ihr griff und ihr Herz zusammendrückte. Sie spürte das heiße Straßenpflaster unter ihren nackten Füßen, spürte, wie die Haut aufplatzte und Blasen warf. Sie fühlte den weichen Stoff ihres Kleides, der sich beim Laufen um ihre Waden wickelte, und die Tränen, die ihr übers Gesicht liefen.

Als sie aufwachte, weinte sie noch immer.

Auch Heinrich war aufgewacht, zog sie an sich und hielt sie. »Du hast schlecht geträumt, nicht wahr? Du hast nach deinem Vater, deiner Mutter gerufen.«

Und nicht nach ihm, fügte sie für sich hinzu. War da ein leiser Vorwurf in seiner Stimme?

Von Neapel ging es weiter nach Rom. Heinrich zeigte Sophia das Colosseum und erzählte ihr Geschichten über brutale, ungleiche Kämpfe, die sich angeblich dort ereignet hatten. Sie konnte sich alles bildlich und sehr lebhaft vorstellen. Es spielte auch keine Rolle, ob er bewusst übertrieb oder gar flunkerte. Es hätte so gewesen sein können, das genügte ihr.

Abends fiel Sophia wie ein Stein ins Bett und schlief augenblicklich ein. Sie war todmüde und so erschöpft, dass sie glaubte, einen Tag durchschlafen zu müssen, um einigermaßen erholt zu sein.

Doch Heinrich weckte sie früh am nächsten Morgen mit einem Kuss auf die Stirn. »Du möchtest doch den Tag nicht mit Schlafen und Ausruhen verbringen. Steh auf, mein Liebes, wir haben viel vor.«

Sie hatten stets viel vor, für Sophia wurde das bald zu einem Problem. Sie konnte einfach nicht mehr. Nicht nur, dass ihre Füße schmerzten und brannten, ihr ganzer Körper war bleischwer geworden, und wenn sie durch die Straßen liefen – Heinrich schlenderte niemals – oder eine Sehenswürdigkeit, ein Museum besuchten, war ihr, als müsste sie sich mit letzter Kraft weiterschleppen. Schon bald war sie kaum noch in der Lage, etwas von dem aufzunehmen, was sie sah und erlebte. Abends war sie sogar zu erschöpft, um etwas zu essen.

Heinrich dagegen schien die ganze Anstrengung nicht das Geringste auszumachen, im Gegenteil, er schien es nicht mal als Anstrengung, sondern als Ansporn an sich selbst zu empfinden. Er referierte, während sie durch die Museen eilten, und verharrte nur selten vor einem besonderen Artefakt. Er aß mit Appetit, schlief ein paar wenige Stunden und stand in aller Herrgottsfrühe auf und belebte sich, wie er es nannte, mit einem flotten Spaziergang oder wenn möglich auch mit einem kühlen Bad in einem See oder Fluss. Er war ein ausgezeichneter Schwimmer, wovon sich Sophia bereits hatte überzeugen dürfen. Und er hatte sich in den Kopf gesetzt, auch sie zu einer guten Schwimmerin zu machen. Doch bislang hatte sie jedes Mal besorgniserregend viel Wasser geschluckt, und er hatte sie mit einer Handbewegung erlöst, die vermutlich bedeutete: Du scheinst ein hoffnungsloser Fall zu sein.

In Florenz, das sie nach Rom besuchten, war Sophia restlos am Ende ihrer Kräfte. Doch nicht nur die vielen Besichtigungen und Ausflüge machten ihr zu schaffen. Heinrich bestand auf täglich mehreren Stunden Unterricht in Deutsch und Italienisch. Hinzu kamen etliche geschichtliche Vorträge, die er hielt und die sie später in ihren eigenen Worten wiedergeben sollte.

Aus allem machte er eine lehrreiche Studie, für lockere, harmlose Plaudereien und erquickliche Muße-stunden hatte er nichts übrig. Den Morgen begann Heinrich gern mit einem Homer-Vers, und er erwartete, dass Sophia mit einem Vers antwortete. Anfangs machte es ihr Spaß, mit der Zeit jedoch wurde auch das anstrengend.

Sie bemühte sich redlich, strengte sich gehörig an, gleichgültig, worum es ging, doch sie war nun mal nicht wie ihr Mann. Ihr fiel das Erlernen fremder Sprachen nicht annähernd so leicht, und wenn er sie bat, einen Satz auf Italienisch zu wiederholen, stockte sie häufig und verhaspelte sich.

Einmal verlor Heinrich die Beherrschung, sprang auf und lief durchs Zimmer. »Wie kann das sein, dass du nichts, aber auch gar nichts in deinem hübschen Kopf behalten kannst?«

Sie fühlte sich nicht nur getadelt, sondern vor allem ungerecht behandelt. Dass sie solche Schwierigkeiten mit Vokabeln hatte, lag ganz gewiss nicht an ihrer mangelnden Auffassungsgabe, sondern an ihrem ungeduldigen, ewig fordernden Lehrer. Konnte man es ihm je recht machen?

»Heinrich«, setzte sie an, doch er winkte nur mürrisch ab und verließ das Zimmer.

Ihre Hochzeitsnacht hatten sie im Hotel in Neapel nachgeholt. In Messina hatte Sophia sich noch zu krank gefühlt.

Es war eine für Heinrichs Verhältnisse wohl sehr romantische Nacht gewesen, Sophia dagegen war wenn auch nicht enttäuscht, so doch ernüchtert. Aber möglicherweise war auch die Phantasie mit ihr durchgegangen, weil sie sich das, was Verheiratete in der Dunkelheit miteinander taten, anders vorgestellt hatte. Aufregender, sinnlicher.

Heinrich gab sich Mühe, ihr zu gefallen, wenigstens in den Nächten. Am Tag war er der Mann, hinter dem sie herlaufen musste, der sie belehrte und maßregelte.

Mit der Zeit ließ Sophia ihn spüren, dass sie sich des Nachts durchaus erkenntlich zeigte, wenn er tagsüber bereit gewesen war, nachsichtig und rücksichtsvoll mit ihr zu sein.

Die Saat schien aufzugehen, und Sophia spürte nicht nur etwas wie Hoffnung, sondern auch einen gewissen Triumph.

In Venedig kam es dann zu einem lautstarken Streit.

Heinrich war wieder in aller Frühe aufgestanden und durch die Stadt gelaufen. Als Sophia im Speisesaal des feudalen Hotels frühstückte, kam er zurück, eine Zornesfalte zwischen den Augen. »Du bist erst jetzt auf?«

»Es ist unsere Hochzeitsreise, Heinrich. Ich bin erschöpft, ich brauche etwas Ruhe.«

Er wollte etwas entgegnen, überlegte es sich aber anders und fischte ein Taschentuch aus seiner Hosentasche, um sich den Schweiß von der Stirn zu wischen.

»Wenn du es etwas ruhiger angehen ließest, würdest du nicht so schwitzen.« Es war ihr herausgerutscht, und um ihren Worten die kleine Spitze zu nehmen, schenkte sie ihm ein versöhnliches Lächeln.

Inzwischen wusste sie, wie sie ihn bezirzen konnte, und es war meistens nicht mal besonders schwer. Heinrich war empfänglich für ein Lächeln und einen tiefen Blick. Sie würde es sich zunutze machen.

Er räusperte sich. »Du willst doch jetzt keinen Streit anfangen.«

»Wieso Streit?«, entgegnete sie unschuldig. »Komm, setz dich zu mir und trink einen Kaffee.«

»Es ist viel zu warm für Kaffee.«

Die anderen Hotelgäste hatten aufgehört zu reden und sahen ungeniert zu ihnen herüber. Es war Sophia ein wenig unangenehm, die Aufmerksamkeit auf sich gezogen zu haben. »Dann leiste mir einfach Gesellschaft«, bat sie leise.

Ihr Mann blinzelte kurz, nickte schließlich und zog sich einen Stuhl heran.

Na also, dachte sie zufrieden. *Ich lerne dich täglich besser kennen, mein lieber Heinrich.*

Er schenkte sich ein Glas Wasser aus der Karaffe ein.

»Ich würde dich heute Nachmittag gern zu einer Gondelfahrt ausführen.«

»Eine Gondelfahrt, wie schön!«

Er schien ihr wirklich eine Freude machen und sein

Drängen und Hetzen der vergangenen Tage wiedergutmachen zu wollen.

»Danke, Heinrich.«

Er fuhr sich durchs Haar. »Ich möchte, dass du glücklich bist, Sophia.« Ein weiteres Räuspern. »*Ein jeder, dem
gut und bieder das Herz ist, liebt sein Weib und pflegt sie mit
Zärtlichkeit*«, rezitierte er Homer.

Sophia bedankte sich mit einem strahlenden Lächeln.

Am späten Nachmittag, als sie bei herrlichstem Wetter
nebeneinander in der schwarzen Gondel saßen, legte
Heinrich den Arm um Sophias Schultern, und sie lehnte
sich an ihn. Ein Gefühl von Wärme und Vertrautheit
durchströmte sie.

Eng beieinander saßen sie da, während der Gondo-
liere die Gondel durch die schmalen Kanäle Venedigs
steuerte. Dabei sang er ein trauriges Lied, und Sophia,
urplötzlich von heftigem Heimweh gepackt, kämpfte
mit den Tränen.

»Was hast du?«, fragte ihr Mann.

Sein Gespür überraschte sie, und sie war nur zu gern
bereit, sich auch weiterhin überraschen zu lassen. Vielleicht war Heinrich ein Mann mit mehreren Gesichtern,
das gefiel ihr.

»Ich musste gerade an zu Hause denken.«

Er nickte und zog sie fest an sich. Ihr Herz klopfte vor
lauter Freude. In diesem Moment war sie davon überzeugt, dass alles gut werden würde.

KAPITEL 13

Paris im Herbst 1869

Seine Frau war in der Kutsche immer wieder einge-schlafen und hochgeschreckt, wenn Heinrich aus dem Fenster zeigte und ihr etwas erklärte. »Paris wird dir gefallen«, hatte er ihr mehrfach versichert. Er wollte, dass sie sich wohlfühlte und ihr Heimweh nachließ.

Als die Kutsche über den Pont Saint-Michel rumpelte, öffnete sie erneut die Augen.

»Wir sind gleich da.«

»Oh, wirklich?« Sie rieb sich die Augen. »Ich habe schon wieder geschlafen, nicht wahr?« Sie drückte sich die Nase am Fenster platt. »Was für eine schöne Brücke. Sag-test du nicht, dass wir in der Place Saint-Michel wohnen?«

»*An* der Place Saint-Michel«, korrigierte er.

»Liegt unsere Wohnung direkt am Fluss?«

Heinrich nickte. »Du wirst Augen machen.« Mehr sagte er nicht.

Die Wohnung war in einem tadellosen Zustand, das hatte er auf den ersten Blick gesehen.

»*Très bon*«, sagte er zu Madame Lefevre, die sich während seiner Abwesenheit um alles kümmerte.

Sie neigte den Kopf. »*Merci, Monsieur.*«

Er nahm Sophias Hand und zog sie mit sich. »Komm, ich zeige dir alles.«

»Die Wohnung ist furchtbar groß, Heinrich. Bestimmt verlaufe ich mich.«

»Du wirst dich daran gewöhnen.«

Als Erstes zeigte er ihr die große Küche mit zwei Herden, einem Abstellraum gleich daneben, in dem Speisen und Getränke aufbewahrt wurden und sogar kühl gehalten werden konnten. Es gab einen Wohnraum mit kostbaren Teppichen, über die seine Frau auf Zehenspitzen ging, wie er amüsiert bemerkte. »Wunderschön«, flüsterte sie.

Es gab mehrere Schlafzimmer, die auch als Gästezimmer dienten, obwohl er nur selten Gäste hatte, weil er zu selten da war.

Er zeigte Sophia sein Arbeitszimmer und die Bibliothek, ein dunkel eingerichtetes Zimmer mit deckenhohen Regalen voller Bücher, einem reich verzierten Sekretär samt gepolstertem Stuhl und einem Ohrenbackensessel.

In allen Zimmern hingen schwere Vorhänge an den Fenstern, die geschlossen werden konnten und nicht nur der Zierde dienten. Überall standen Statuen und Statuetten, und an den Wänden hingen außer zahlreichen Ölgemälden und Radierungen schaurig aussehende Masken aus Holz oder Gemälde, die Heinrich von seinen Reisen mitgebracht hatte.

Vor der geöffneten Badezimmertür blieb seine Frau stehen und schlug die Hand vor den Mund. »Wir haben eine Toilette!«

Die *cabinets de toilette* hatte er vor seiner Abreise nach Athen einbauen lassen. Er besaß ein Faible für technischen Komfort und legte Wert auf einen gewissen Luxus.

Es musste nicht über die Maßen pompös sein, aber kostbare, weiche Teppiche, Marmorfußböden und gutes Porzellan waren ihm wichtig. Die Wohnung zierten zudem etliche Gegenstände und Erinnerungsstücke, die er von seinen Reisen mitgebracht hatte.

Auch Sophia schien alles zu gefallen. Immer wieder blieb sie stehen und strich mit dem Finger über einen Kerzenleuchter oder ein besticktes Seidenkissen, betrachtete ausgiebig eins der Gemälde oder legte den Kopf in den Nacken, um den Kristallleuchter im Wohnzimmer zu bewundern.

Er freute sich wie ein Kind, dass er seine Frau so beeindrucken konnte, und nahm ihre Hand und zog sie zum Fenster. »Siehst du, dort drüben fließt die Seine.«

»Wie wunderschön!«, rief sie beglückt aus.

Er konnte nicht aufhören, sie anzusehen. Sophia tat ihm gut, und immer wieder wurde er aufs Neue von einem warmen Glücksgefühl durchflutet. Er sollte etwas nachgiebiger mit ihr sein, mehr Rücksicht üben und sie nicht überfordern. Denn das hatte er ganz offenbar getan. Sie war erschöpft, am Ende ihrer Kräfte, und er nahm an, dass es keine bloße Übertreibung war. Nicht jeder konnte mit ihm Schritt halten, das wusste er doch längst. Es wurde Zeit, dass er es auch beherzigte.

»Sophia.« Er hatte das Bedürfnis, ihr etwas Nettes zu sagen, aber er war ungeübt in diesen Dingen. Für Romantik hatte er noch nie viel übriggehabt.

Sie hob das Gesicht und schaute ihn zärtlich an. »Ja?«

Sein Herz zog sich zusammen, und ihm wurde klar, dass er seine Frau schon jetzt aufrichtig liebte. In ihre Fotografie hatte er sich augenblicklich verliebt, und ihre Erscheinung hatte ihn sprachlos gemacht. Doch das, was er jetzt empfand, war viel mehr als Verliebtheit und Schwärmerei. Das Gefühl war neu für ihn. Sollte, durfte er es ihr sagen?

»Sophia«, begann er von Neuem und suchte verzweifelt nach den richtigen Worten. »Ich ... denke, es ist an der Zeit, dass du etwas mehr Französisch lernst.«

Ihrem Gesichtsausdruck war zu entnehmen, dass sie mit etwas anderem gerechnet hatte, und er verfluchte sich für sein unbeholfenes Gestammel. Aber er nahm sich vor, es besser zu machen.

~

Am Abend setzte Sophia sich an den Sekretär, um ihren Eltern einen Brief zu schreiben. Sie hatte bereits unzählige geschrieben, in Messina, Neapel, Florenz, Rom. In keinem hatte sie ihnen ihr Heimweh offenbart, um sie nicht zu besorgen.

Der heutige Brief jedoch begann mit dem Satz *Ich habe Sehnsucht nach Euch.*

Sophia starrte auf die Worte und überlegte, ob sie lieber neu anfangen sollte. Ihre Mutter wäre sofort alarmiert, sie kannte sie zu gut. Nein, sie würde einfach im nächsten Satz betonen, wie glücklich sie sei. Man durfte doch Sehnsucht haben und trotzdem glücklich sein, oder?

Heinrichs Wohnung ist ein Traum, ich habe so etwas noch nie gesehen. Sie liegt direkt an der Seine.
Es ist unglaublich, was er alles gesammelt hat, wie viel Geschmack er besitzt und wie wichtig ihm Komfort ist.
Stellt Euch vor, es gibt eine Toilette!

Sie beschrieb alles in den schillerndsten Farben, dazu musste sie nicht übertreiben.

Als sie den Brief noch mal las, fiel ihr auf, dass sie kein einziges Mal »unsere« Wohnung geschrieben hatte.

Ich muss mich erst daran gewöhnen, dachte sie und steckte den Brief in einen Umschlag.

Es war schon spät, als Sophia beschloss, sich bettfertig zu machen. Sie verbrachte viel Zeit im Badezimmer und bestaunte ein weiteres Mal die Toilette. Anschließend huschte sie auf Zehenspitzen ins Schlafzimmer, und als sie das breite Bett vor sich sah, hüpfte ihr Herz plötzlich. Mit der Zeit hatte sie begonnen, sich auf die Nächte mit ihrem Mann zu freuen.

Leider war das Bett leer, er war also ganz offenbar noch auf.

Sophia schlüpfte aus ihrem Kleid und hängte es an den Schrank. Danach zog sie Unterkleid und Strümpfe aus und löste ihren dicken Haarknoten. Das lange schwere Haar ergoss sich über ihre bloßen Schultern, und sie stellte sich vor, wie Heinrich es berührte, hineingriff. Sie stellte sich noch mehr vor und spürte, wie ihr das Blut ins Gesicht schoss.

Barfuß lief sie zum Kleiderschrank und öffnete ihn. Eine der Dienerinnen hatte bereits alle ihre Kleider ausgebürstet, gesäubert und auf Bügel gehängt. Unterkleider und Unterwäsche waren sorgsam gefaltet, ihre Strümpfe aufgerollt. Es war ihr unangenehm, dass jemand Fremdes in ihren Kleidern gewühlt, vielleicht daran gerochen hatte.

Sophia zwang sich, nicht weiter darüber nachzudenken. Sie nahm die Unterwäsche heraus, die Heinrich ihr in Neapel nach einem unschönen Streit gekauft hatte. Ein zierliches Hemdchen mit schmalen Trägern und eine Unterhose mit knappen Beinen. Sie war puterrot geworden, als er damit angekommen war. Wann sollte sie die tragen?

Doch als sie seine leuchtenden Augen sah, hatte sie lachen müssen. »Sie gefällt dir, wie ich sehe, also werde ich sie tragen.« Vermutlich war das Geschenk seine Art, sich für den Streit zu entschuldigen, den er angezettelt hatte. Es war nur eine kleine Meinungsverschiedenheit gewesen, nichts weiter, doch Heinrich schien es schwerzufallen, nachzugeben. Und Sophia reagierte mit Trotz, was ihn nur wütender gemacht hatte.

Sie setzte sich aufs Bett und streifte das Unterhemd

über. Danach zog sie die kneifende Unterhose an und zupfte daran herum. Sie wollte verführerisch aussehen.

Schließlich verließ sie das Zimmer und schaute sich auf dem Flur um. Wo war das Wohnzimmer? Und wo Heinrichs Arbeitszimmer? Denn dort hielt er sich wahrscheinlich auf. Gütiger, wie sollte sich hier nur zurechtfinden?

Sophia lief ein paar Schritte nach links, dann nach rechts.

Als sie Papier rascheln hörte, atmete sie erleichtert auf und folgte dem Geräusch. Sie klopfte nicht an und öffnete leise die Tür.

Heinrich saß auf der Chaiselongue, die Füße auf einem Hocker, die Zeitung im Schoß.

»Hier bist du.«

Er fuhr zusammen und hob den Kopf. Als er sie sah, huschte ein breites Lächeln über sein Gesicht. »Sophia.« Er klopfte neben sich. »Komm her, ja?« Seine Stimme war rau.

Doch sie setzte sich nicht neben ihn, sondern auf seinen Schoß. Sie lehnte den Kopf an seine Brust und lauschte seinem Herzschlag.

»Was tust du da?« Er räusperte sich.

»Ich möchte bei dir sein. Und ich wollte dir zeigen, dass ich deine Unterwäsche trage.« Sie hob das Gesicht, um ihn ansehen zu können. »Gefällt sie dir? An mir, meine ich.«

»Sehr. Du bist wunderschön.«

»Wirklich?« Sie küsste ihn erst auf die Nasenspitze, dann auf den Mund.

Als er sie festhalten und küssen wollte, stand sie rasch auf und nahm seine Hand. »Nicht hier. Komm.«

In der Dunkelheit des Schlafzimmers fühlte sie sich sehr viel wohler.

KAPITEL 14

Paris, Ende des Jahres

Sophia hatte sich in der Wohnung eingelebt, nur in Paris fand sie sich noch immer nicht zurecht. Sie verlief sich regelmäßig und beschloss irgendwann, nicht mehr allein aus dem Haus zu gehen. Wenn sie sich tagsüber nur nicht so entsetzlich langweilen würde! Es gab nichts für sie zu tun, ihr Mann hatte für alle Tätigkeiten und Aufgaben Personal eingestellt.

Zwei junge Frauen putzten, räumten auf und kümmerten sich um die Wäsche, eine weitere Frau war nur für Sophias Belange und Wünsche zuständig, und es gab eine Köchin, eine ältere gutmütige Frau, die Sophia an ihre Mutter erinnerte. Was wiederum dafür sorgte, dass ihr Heimweh wieder schlimmer wurde.

Heinrich hielt sich tagsüber in seinem Arbeitszimmer auf und verließ es nur zu den Mahlzeiten. Nahm das Verwalten seiner vermieteten Wohnhäuser so viel Zeit in Anspruch? Aus seinen Geschäften hatte er sich zurückgezogen, war aber nach wie vor über alles informiert und hielt die Fäden in der Hand.

Ihm ist wichtig, die Kontrolle zu behalten, hatte Sophia

ihren Eltern geschrieben. *Heinrich kann es nicht ausstehen, wenn er nicht über alles im Bilde ist. Und er genießt es, um Rat gefragt zu werden. Manchmal denke ich, er traut anderen Menschen nicht genug zu.*

Mich eingeschlossen, hatte sie gedacht.

Abends saß Heinrich am liebsten in der Bibliothek und las, besser gesagt, er studierte. Ihr Mann tat nichts, um sich zu zerstreuen.

Dann und wann kam sie am Abend zu ihm und leistete ihm Gesellschaft. Sie nahm ein Buch aus einem der Regale und setzte sich still neben ihn. Manchmal griff sie beim Lesen nach seiner Hand und drückte sie. Diese seltenen Berührungen ließ er zu, ansonsten war er sehr darauf bedacht, dass das Personal nicht mitbekam, wie sie Zärtlichkeiten austauschten. Die waren nur in der Nacht erlaubt, wenn sie beide in völliger Dunkelheit beieinanderlagen. Heinrich war tatsächlich ein aufmerksamer, phantasievoller Liebhaber, und Sophia genoss die Nächte.

Wenn sie sich tagsüber langweilte, fragte sie sich manchmal, wozu sie Kochen und Backen gelernt hatte, wenn er nicht wollte, dass sie den Haushalt führte. Heinrich war der Meinung, dass seine Gattin sich nicht mit diesen Dingen befassen sollte.

Sophia dagegen fand, dass sie das sehr wohl sollte. Nicht nur weil sie es beherrschte, sondern weil sie es wollte.

An diesem Abend beschloss sie einen neuerlichen Vorstoß. Heinrich war bester Laune gewesen an diesem Tag und hatte beim Abendessen mit ihr gescherzt.

Sie ging in die Bibliothek, wo er in einem Sessel am Fenster saß und las. Sie griff nach dem Buch, das sie am Abend zuvor begonnen hatte, und schlug es auf. Während sie vorgab zu lesen, überlegte sie, wie sie beginnen sollte.

»Du solltest andere Bücher lesen«, sagte Heinrich in die Stille hinein.

Sie legte den Finger auf die Seite und sah ihn fragend an.

»Keine Liebesgeschichten, die sind albern.«

»Ach ja? Woher willst du das wissen? Hast du selbst welche gelesen?«

»Natürlich nicht«, entrüstete er sich.

»Dann kannst du es nicht wissen.« Sie tat so, als würde sie weiterlesen. Aus dem Augenwinkel sah sie, dass er sie anstarrte. Und bevor er etwas sagen konnte, klappte sie das Buch zu und legte es auf das Tischchen. »Ich möchte mich nützlich machen, Heinrich. Ich möchte mich um den Haushalt kümmern.«

Er hob die Hand. »Darüber haben wir bereits gesprochen.«

Sophia stand auf und setzte sich zu ihm auf die Armlehne. Den Kopf an seiner Schulter, sagte sie: »Ich möchte dich bekochen, Heinrich. Ich weiß doch, wie sehr du griechisches Essen liebst. Lass mich dich verwöhnen.«

»Sophia ...«, setzte er an, doch es klang schon sanfter. Als wollte er einlenken.

Nur noch ein bisschen Honig um den Bart. »Ich würde mich so freuen, dich verwöhnen zu dürfen. Es würde mir viel bedeuten.«

»Dein Französisch ist noch nicht zufriedenstellend, und dein Deutsch ...«

»Augenblick«, unterbrach sie ihn. »Mein Französisch ist schon viel besser geworden.«

»Tatsächlich?« Er schmunzelte, als sei ihm soeben etwas eingefallen. »Dann lass uns die Unterhaltung auf Französisch weiterführen.«

Sophia schluckte. Nun denn, sie würde sich der Herausforderung stellen.

»Du solltest dich mehr bewegen«, fuhr Heinrich auf Französisch fort. »Tag für Tag sitzt du in der Wohnung herum. Du solltest Spaziergänge machen, ins Museum gehen ...« Es war typisch für ihn, dass er davon anfing. Das war einer der Gründe, weshalb sie häufig stritten. Sophia kam auf etwas zu sprechen, und Heinrich schlug einen Bogen und zählte auf, was ihm missfiel.

Doch sie hatte gelernt, das zu ihrem Vorteil zu nutzen. Und sie wusste längst, wie sie ihn für sich einnahm.

»Allein? Ohne dich?« Sie schüttelte den Kopf. »Das würde mir keine Freude machen«, erwiderte sie und hoffte, dass er mit ihrer Aussprache zufrieden war. »Lass mich das Abendessen kochen und dich mit süßen Küchlein verwöhnen.«

Darüber dachte er nach und nickte schließlich. »Einverstanden, vorausgesetzt, du vernachlässigst das Lernen nicht.«

»Versprochen.«

»Das war doch schon recht ordentlich. Nur deine Aussprache braucht noch ein wenig Schliff.«

Sie nahm seine Hand und legte sie auf ihre Brust.

»Spürst du mein Herz schlagen, Heinrich? Du bist mein Mann, und es schlägt für dich. Aber ich wünsche mir, dass du mich etwas tun lässt, was mir Freude bereitet. Ich langweile mich furchtbar, und Langeweile kann ich auf den Tod nicht ausstehen.«

Sein Mundwinkel zuckte belustigt. »Das ist mir schon aufgefallen.«

Sie rutschte von der Lehne auf seinen Schoß und küsste ihn. »Und ich werde mich selbstverständlich auch mehr bewegen.« Sie deutete auf den flauschigen Teppich. »Ich könnte beispielsweise auf einem Bein hüpfen oder Purzelbäume schlagen.«

Heinrich brach in lautes Lachen aus. »Das würde dir gefallen?«

Sie lachte ebenfalls. »Sehr sogar.«

»Dann bin ich einverstanden. Du ...« Er verstummte und winkte ab.

»Ich?« Sie zupfte an seinem Bart und kitzelte ihn am Kinn.

»Du umgarnst mich, Sophia.« Es klang, als erheitere es ihn einerseits und mache ihm auf der anderen Seite Angst.

Wieder küsste sie ihn. »Lass mich dich umgarnen und verwöhnen«, flüsterte sie an seinen Lippen.

»Ich habe für Samstagabend zwei Gelehrte der Sorbonne samt ihren Gattinnen eingeladen. Du kannst zeigen, wie gut du ihre Sprache beherrschst.«

Sophia bemühte sich um ein gleichmütiges Gesicht. Er sollte ihr nicht anmerken, wie erschrocken sie war. »Das werde ich, Heinrich«, sagte sie mit fester Stimme.

»Vielleicht möchtest du aber lieber zeigen, wie gut du kochen kannst.« Er zuckte mit keiner Wimper.

Genau wie sie. »Das überlasse ich lieber der Köchin.«

»Fein.« Er sah sie an, und sie hielt seinem Blick stand.

»Du wirst sehen, dass ich eine gute Gastgeberin und Gesprächspartnerin bin.«

Anfangs verlief der Samstagabend ganz und gar nicht wie erhofft. Sophia war nervös und fahrig, warf ihr Weinglas um und verhaspelte sich, als einer der Gäste, ein hochnäsiger Mann mit einer noch hochnäsigeren Ehefrau, sie gefragt hatte, wie gut ihr Latein wäre.

»Sie ist recht gelehrig«, antwortete Heinrich an ihrer Stelle, was sie fuchsteufelswild machte. Und es sich nicht anmerken zu lassen war ungeheuer anstrengend. Aber die Blöße würde sie sich nicht geben.

»Nun, nur Gelehrte unterhalten sich noch in dieser veralteten Sprache, nicht wahr?«, sagte sie liebenswürdig.

Heinrich lief rot an, und sie schenkte ihm ein besänftigendes Lächeln. »Aber ich höre es recht gern.«

Mehr kannst du nicht von mir erwarten, mein lieber Heinrich.

Sich mit den Gattinnen zu unterhalten gestaltete sich als äußerst schwierig. Es gab kein einziges Thema, das sie verband.

Und so entstand ein unangenehmes Schweigen, die einzigen Geräusche waren die klirrenden Armbänder der Frauen, während die Männer in der Bibliothek zusammensaßen, rauchten und lebhaft diskutierten. Hin und wieder drang lautes Gelächter zu ihnen durch, was ihr Schweigen noch unangenehmer machte.

Sophia rutschte auf ihrem Stuhl hin und her. Himmel, irgendetwas musste ihr doch einfallen. Sie war imstande, eine anregende Unterhaltung zu führen, wenn man ihr nicht zwei dumme, überhebliche Frauen vor die Nase gesetzt hätte, die sich etwas auf ihre Ehemänner und ihren Lebensstandard einbildeten.

»Sie stammen also aus Griechenland, Madame Schliemann«, begann eine der beiden schließlich und durchbrach damit die peinliche Stille.

Sophia nickte.

»Und wie gefällt Ihnen unser herrliches Paris?«

»Es ist sehr schön hier.« Sie nippte an ihrem Sherry.

»Und Ihr Mann will also das legendäre Troja freilegen«, plapperte die andere Frau. »Ich finde das furchtbar aufregend. Werden Sie ihn begleiten, Madame?«

Sophia sah ihre Stunde gekommen, und sie spürte eine kindliche Vorfreude auf das, was nun geschehen würde: Sie würde die beiden Frauen vorführen. »Selbstverständlich werde ich Heinrich begleiten. Uns beide verbindet die Liebe zu Homer, und genau wie mein Mann bin ich der festen Überzeugung, dass er sich die Stadt mit den hohen, festen Mauern, die mehr als zehn Jahre belagert wurde, nicht ausgedacht hat.« Was nicht ganz richtig war, doch das war im Moment nicht wichtig. Eine kleine Notlüge, um die beiden Damen zu verwirren. Und das schien ihr gelungen zu sein, wie sie bemerkte, als die beiden einen irritierten Blick wechselten. »Sie werden die *Ilias* bestimmt auch kennen.« Mit tragender Stimme gab sie die ersten Verse zum Besten und ergötzte sich an den verblüfften, verunsicherten Gesichtern der Damen.

»Möchten Sie vielleicht weiter rezitieren, Madame Gerard?«

Die Frau lief puterrot an und nestelte an ihrem Spitzentaschentuch. »Nein, ich fürchte ...«

»Oder Sie, Madame Lehane?«

Auch die andere Frau errötete und rang sich ein Lächeln ab. »Ich konnte mir schon als Kind keine Verse merken.«

»Was halten Sie von Kassandra?« Sophia schaute sie abwechselnd an. »Glauben Sie, dass sie nur eine große Seherin ist? Oder denken Sie auch, dass mehr dahintersteckt, dass sie sich von Paris verraten gefühlt hat?«

»Paris?« Wieder wechselten die Frauen einen Blick.

Madame Lehane hüstelte. »Sie sprechen unsere Stadt etwas eigenartig aus, Madame.«

Erwischt. Sophia lachte in sich hinein. Keine der beiden hatte offenbar jemals auch nur einen Homer-Vers gelesen, wahrscheinlich kannten sie nicht einmal die Geschichte um Troja. »Oh, ich spreche nicht von der Stadt Paris, sondern von Paris, der Helena aus Sparta geraubt hat.«

Die Frauen kicherten nervös, tauschten erneut einen Blick und erhoben sich schließlich.

»Ich denke, wir sollten allmählich aufbrechen.«

»Ja, es ist schon spät.«

»Ich begleite Sie nach draußen, meine Damen.« Mit erhobenem Kopf ging Sophia den beiden voran zur Tür.

KAPITEL 15

Heinrich war verstimmt, als er Sophia später fragte, wie ihr der Abend gefallen habe, und sie recht einsilbig antwortete. »Du hast doch hoffentlich nichts Unhöfliches gesagt?«

Allein die Frage ärgerte sie. Traute er ihr so wenig Geschick, so wenig Gastlichkeit zu? »Aber nein, mein Lieber. Ich wollte mich nur ein bisschen über Homer unterhalten, aber ich fürchte, ich habe die Damen überfordert.«

Erst zuckte sein Mundwinkel, dann lachte er lauthals. »Tatsächlich?«

»Sie plaudern über Mode und Schmuck, vielleicht über den neuesten Tratsch, aber von Homer verstehen sie nicht das Geringste.«

»Das hast du ihnen aber hoffentlich nicht gesagt.«

»Wie könnte ich?«, gab sie zurück und hielt seinem Blick stand.

Die Vorhänge waren geschlossen, nur die Kerzen des großen Kandelabers brannten und flackerten im Luftzug.

Heinrich kam zu ihr und lehnte seine Stirn an ihre. »Ich habe dich geheiratet, weil du eine kluge Frau bist,

Sophia. Ich wollte keine, die nur Klatsch und Tratsch im Kopf hat.«

»Ich war sehr freundlich zu ihnen, auch wenn es mir schwerfiel.«

»Das zeichnet eine gute Gastgeberin aus.«

Sie schlang die Arme um ihn. »Lass uns nicht so oft streiten, Heinrich.«

»Wir streiten doch gar nicht.«

»Manchmal glaube ich, du *willst* mich missverstehen.«

Er funkelte sie an. Die schöne Stimmung war dahin. Sie hätte den Mund halten sollen. Warum musste sie unbedingt jetzt davon anfangen?

»Ich *will* dich missverstehen? Was bitte soll das denn heißen?« Er machte sich los und ging zum Fenster.

»Du behandelst mich manchmal wie ein kleines Kind, Heinrich, aber das bin ich nicht.«

»Vielleicht gehst du jetzt besser schlafen.«

»Ich bin noch nicht müde.«

»Ich mag es nicht, wenn du so bist«, sagte er mit tonloser Stimme.

»Was meinst du damit?«

»So trotzig. Wenn du nicht wie ein Kind behandelt werden willst, solltest du deinen Trotz beherrschen, besser noch ablegen.«

»Ich bin nicht trotzig.«

Er drehte sich zu ihr um, die Arme vor der Brust verschränkt. »Und das gerade war kein Trotz?«

»Nein.«

»Lass mich allein, Sophia, geh schlafen.« Es klang

müde, und sie wäre beinahe zu ihm gelaufen und hätte sich an ihn geschmiegt. Doch sie tat es nicht, weil er es als Kapitulation aufgefasst hätte.

Stattdessen lief sie hinaus und knallte die Tür hinter sich zu.

Im Flur lehnte sie sich gegen die Wand und schloss die Augen. Möglicherweise hatte sie gerade einen großen Fehler gemacht und alles, was sie sich bisher erkämpft hatte, war dahin.

Sie schlug sich mit der Faust in die Handfläche und hätte am liebsten laut geschrien. Sie war wütend auf sich selbst.

Umso überraschter war sie, als sie irgendwann wach wurde, weil sie eine Hand auf ihrem Rücken spürte. »Sophia?«, flüsterte ihr Mann. »Sei mir nicht gram, ja? Ich weiß, dass du nicht schläfst.«

Sie rührte sich nicht, wollte ihn noch ein bisschen schmoren lassen.

»Sophia«, säuselte er. »Komm, dreh dich zu mir um. Ich will doch auch nicht mit dir streiten.«

Langsam wandte sie sich ihm zu und schaute ihm im Halbdunkeln ins Gesicht. »Ich bin nicht trotzig.«

Grinste er? »Doch, hin und wieder schon.«

»Und du bist rechthaberisch.«

»Ach ja?« Er zog sie an sich und legte das Kinn auf ihren Scheitel. Eine Berührung, die ihr gefiel. So sehr, dass sie darüber nachdachte, ihn zu verführen. Er mochte es, wenn sie die Initiative ergriff.

Heute jedoch wollte sie nicht. Sie wollte ihm die kalte Schulter zeigen und ihn für seine Worte bestrafen.

Dann aber besann sie sich. Im Grunde war sie doch wütend auf sich und nicht auf ihn. Dennoch blieb sie starr in seinem Arm liegen.

»Als ich vorhin sagte, du seist eine kluge Frau, habe ich das ernst gemeint.« Er küsste sie aufs Haar, und sie ärgerte sich, dass sie erschauerte. »Du bist mir ebenbürtig, Sophia, und glaube mir, das ist das erste Mal, dass ich es zu einer Frau sage.«

Sie hob das Gesicht. »Du willst mich weichkochen.«

»Wieso sollte ich das?« Er lachte leise.

»Wenn du mich für ebenbürtig hältst, könntest du es mir öfter zeigen.« *Und es nicht nur im Bett sagen.*

»Sophídion«, murmelte er und küsste sie wieder.

»Das klingt hübsch.«

»Hast du auch einen Kosenamen für mich?« Er küsste sie auf die Stirn, dann auf die Nase und schließlich auf den Mund, und ein weiterer wohliger Schauer durchflutete sie.

»Du bist mein lieber *Errikáki.*« Was die Koseform von *Erríkos*, dem griechischen »Heinrich«, war.

»Das klingt auch sehr hübsch«, murmelte er, und sie hielt den Atem an, als seine Hand zielstrebig ihren Rücken hinabwanderte. »Wir könnten ein Kind haben. Wünschst du dir, Mutter zu werden?«

Die ehrliche Antwort wäre gewesen: »Ich weiß es nicht«, doch sie hörte sich nur aufseufzen und kuschelte sich an ihn.

Sie hatte sich immer gewünscht, eines Tages Mutter zu werden, und sich vorgestellt, wie eine Kinderschar um sie herumwuselte und sie zärtlich »Mama« nannte.

Doch mit einem Mal erschien es ihr zu früh, zu plötzlich.

Sophia atmete tief durch. Unsinn, es gab den perfek-
ten Zeitpunkt nicht. Und so seufzte sie erneut, als seine
Hand an ihren Nachthemd nestelte.

KAPITEL 16

In der Woche darauf saß Heinrich wie jeden Vormittag an seinem Schreibtisch, vor sich einen Stapel Briefe, die soeben gekommen waren. Er war müde, hatte in der Nacht wach gelegen und Sophias gleichmäßigem Atem gelauscht.

Er liebte sie voller Fürsorge und Zärtlichkeit, warum nur fiel es ihm so schwer, das zu zeigen oder ihr gar zu sagen?

Nach dem Abendessen mit den Sorbonne-Gelehrten und deren Gattinnen war er stolz auf sie gewesen. Eigentlich hätte er sie zurechtweisen müssen, weil sie ein wenig übers Ziel hinausgeschossen war, aber er hatte es nicht fertiggebracht. Er hatte sich doch eine Frau an seiner Seite gewünscht, die ihren Kopf zum Denken benutzte, und kein Dummchen.

Es imponierte ihm, wie sie die beiden Frauen vorgeführt hatte.

Anfangs hatte es Momente gegeben, da hatte er überlegt, vielleicht einen Fehler gemacht zu haben. War Sophia nicht viel zu jung? Ihre Widerworte und ihr trotziges Verhalten hatten ihn verärgert. Er hatte sogar darüber nachgedacht, sie nach Athen zurückkehren zu lassen und die Scheidung einzureichen. Die Heirat war unüberlegt gewesen.

Doch dann hatte er begriffen, dass er sich zügeln und nachgiebiger sein musste. Ihr Verhalten war ja nur eine Reaktion auf seines. Unter ihrer manchmal noch kindlichen Schale befand sich ein reifer Kern, das hatte er gleich geahnt. Er mochte es, wenn sie ihn zum Lachen brachte, und er genoss es, leidenschaftliche Diskussionen mit ihr führen zu können. Sophia stand für ihre Meinung ein, das gefiel ihm. Heinrich nahm den oberen Brief und öffnete ihn mit dem hübschen kleinen, mit einem Rubin verzierten Messer, das er aus Griechenland mitgebracht hatte. Der Brief war von Sophias Bruder Spiros und glich einer unverschämten Forderung.

Mein lieber Schwager,

ich hoffe, Ihr seid wohlauf und genießt Euer Glück.
Es fällt mir nicht leicht, aber ich muss Dich an Dein Versprechen erinnern.

Heinrich ließ den Brief sinken und runzelte die Stirn. Er ahnte, was Spiros meinte, auch wenn es kein Versprechen gewesen war – zumindest nicht von seiner Seite. Er hatte kurz vor der Hochzeit lediglich gesagt, Spiros finanziell unter die Arme zu greifen, sollte es vonnöten sein.

Es handelt sich um keine sehr hohe Summe, lieber Schwager, jedenfalls wohl nicht für Dich. Für mich bedeutet sie, dass ich und meine Familie überleben können. Es ist nur geliehen, ich werde Dir alles zurückzahlen.

Es ging umgerechnet um etwa 100.000 Franc, eine stattliche Summe, um die Spiros ihn bat, ja geradezu anbettelte.

Heinrich atmete heftig aus und warf den Brief auf den Schreibtisch. Er dachte gar nicht daran, seinem Schwager so viel Geld zu geben. Geliehen, dass er nicht lachte! Wann gedachte Spiros es ihm zurückzuzahlen und vor allem wie?

Es klopfte, und Sophia kam herein. Mit einem Lächeln, das ihn jedes Mal aufs Neue durcheinanderbrachte, setzte sie sich auf seinen Schoß und strich ihm eine Haarsträhne aus der Stirn.

»Du siehst müde aus, *Errikáki.*« Sie lehnte den Kopf an seine Brust, um seinem Herzschlag zu lauschen, eine Geste, die ihn ebenfalls rührte. »Dein Herz schlägt viel zu schnell. Hast du dich über etwas geärgert?«

Sie sah ganz besonders hübsch aus an diesem Vormittag. Ihre zarte Haut schimmerte, ihre dunklen Augen strahlten, und das Kleid, das er ihr erst kürzlich gekauft hatte, stand ihr ausgezeichnet. Es betonte ihre Rundungen.

»Das habe ich«, gestand er und seufzte. »Dein Bruder bittet mich um Geld.«

»Schon wieder.« Auch sie seufzte.

Es war in der Tat nicht das erste Mal, dass Spiros die Hand aufhielt. Bereits nach ihrem Kennenlernen war er so dreist gewesen, ihn um ein Darlehen zu bitten.

»Du wusstest nichts davon?«, fragte er überrascht. Er war davon ausgegangen, dass Spiros sie als Erste angeschrieben hatte.

»Natürlich nicht.«

»Er sollte lernen, mit dem Geld hauszuhalten, das er hat, anstatt mich um einen Kredit zu bitten«, murrte er.

»Es wäre ja nur geliehen«, meinte sie zaghaft.

Heinrich schob sie von seinem Schoß und stand auf. Er musste sich bewegen, er spürte, wie der Ärger, die Wut in seinem Magen, zu einem Knoten wurde. Er neigte zu Wutausbrüchen, hatte sie bisher jedoch bezwingen können. Er hatte nie so werden wollen wie sein Vater, dessen Jähzorn alle in Aufruhr und blanke Angst versetzt hatte. Nicht selten war ein Teller, eine Tasse oder auch schon mal ein Möbelstück durch die Luft geflogen, von den verbalen Schimpf- und Fluchtiraden ganz zu schweigen.

Mit großem Schritt durchmaß Heinrich das Zimmer; vom Fenster zur Tür und wieder zurück. »Einer meiner Grundsätze lautet: Verschenke Geld, aber verleih es nicht.« Er hob die Hand, als er sah, dass seine Frau etwas entgegnen wollte. »Ich ahne, was du sagen willst. Ich könnte es ihm schenken, aber das werde ich nicht tun.«

»Das hatte ich nicht sagen wollen, Heinrich.«

Er blieb am Fenster stehen und blickte auf die Seine. Der Winter in diesem Jahr war grauenvoll, regnerisch, windig und ungemütlich. Der Wind peitschte über das Wasser, spielte mit den Grashalmen am Ufer und blies einem Spaziergänger den Hut vom Kopf. Der

Mann lief ihm hinterher, versuchte ihn einzufangen und musste mitansehen, wie der Wind ihn auf den Fluss hinaustrieb.

Heinrich drehte sich zu Sophia um. »Was fällt deinem Bruder ein? Besitzt er keinen Anstand? Und wo ist sein Stolz?« Er selbst hätte es niemals über sich gebracht, jemanden um Geld anzubetteln. Lieber hätte er sich von Wasser und Brot ernährt und jede erdenkliche Arbeit angenommen. Aus diesem Grund hatte er es zu Wohlstand gebracht, er war nie zu stolz gewesen, sich die Hände schmutzig zu machen, egal, um welche Art von Arbeit es sich gehandelt hatte.

»Stolz wird er sich in seiner prekären Lage nicht leisten können«, gab Sophia zu bedenken.

Er betrachtete sie. War sie auf seiner Seite oder auf der ihres Bruders? Er sprach es direkt an. »Findest du, ich handle richtig?«

Sie nickte ohne das geringste Zögern.

Heinrich stellte erstaunt fest, dass es ihn erleichterte. Ihm war wichtig, was seine Frau von ihm hielt. Seinen Ärger konnte er dennoch nicht abstellen. »Ich werde in einem Brief sehr klare Worte finden.«

»Ich könnte ihm schreiben«, bot sie an, doch er schüttelte den Kopf.

»Wie du meinst.« Sie kam zu ihm und umschlang ihn mit beiden Armen. »Nimm es dir nicht so zu Herzen.«

»Das ist es nicht, Sophia. Ich bin verärgert, das ist alles. Ich fühle mich ausgenutzt.« Und das war etwas, was er auf den Tod nicht ausstehen konnte.

Sophia blickte auf. »Ausgenutzt?«

»Natürlich, was dachtest du denn?« Sollte er ihr versichern, dass sich sein Ärger nicht gegen sie, sondern ihren Bruder richtete?

»Vielleicht wäre es doch besser, wenn ich ihm schreibe ...«

»Nein!« Er war laut geworden und musste sich mühsam beherrschen. »Bitte lass mich allein, Sophia.«

»Aber ...«

»Bitte!«

Mit einem Blick, der ihm durch Mark und Bein ging, wandte sie sich ab und lief zur Tür. Einen Augenblick verharrte sie dort, wartete offenbar auf eine Regung von ihm, ein freundliches Wort, aber er war nicht dazu imstande. Sein Zorn ließ sich nicht beherrschen. Es war, als brodele ein Vulkan in seinen Eingeweiden, der jeden Moment ausbrechen könnte.

Als die Tür hinter ihr ins Schloss fiel, stieß er einen Schrei aus, lief zum Schreibtisch und drosch mit der Faust darauf.

Er hatte seine Post beantwortet, auch den Brief seines Schwagers, als es wieder klopfte. »Jetzt nicht, Sophia. Lass mich allein, ja?«

»Monsieur?« Es war Mireille, das Hausmädchen.

»Was ist denn? Ich möchte nicht gestört werden.«

»Es ist ein Telegramm gekommen, Monsieur.«

Heinrich stand auf, öffnete die Tür und riss es ihr aus der Hand. Mit einem Knall ließ er die Tür zufallen und setzte sich wieder. Das Telegramm war von Jekaterina, und sein Magen krampfte sich zusammen. Wenn sie telegrafierte, musste etwas geschehen sein. Sie würde ihn wahrscheinlich nicht um Geld bitten, da er sich ausgesprochen großzügig zeigte und es ihr und den Kindern an nichts mangelte.

Natalia ist tot.

Er las nur diese drei Worte. Immer wieder die Worte, dass seine zehnjährige Tochter gestorben war.

Minutenlang starrte er vor sich hin, rieb sich die Augen und las die Worte erneut. Das konnte nicht sein. Es war unmöglich. Für einen kurzen Moment glaubte er sogar, Jekaterina wollte ihn unglücklich machen, indem sie ihm eine frei erfundene ungeheuerliche Nachricht zukommen ließ. Das könnte ihre Art sein, sich an ihm zu rächen.

Heinrich stand auf, stellte sich ans Fenster und schaute nach draußen, ohne etwas wahrzunehmen. Die Stirn an der Scheibe, stand er lange da, reglos und mit geschlossenen Augen.

Schließlich drehte er sich langsam um, ging zurück zum Schreibtisch und legte die Hände darauf, als wollte er ihn verschieben. Ein gequälter, heiserer Ton kam aus seiner Kehle gekrochen, eine Art Heulen, das zu einem Wimmern wurde.

»Ich verfluche dich, Jekaterina«, stieß er hervor und biss in seinen Handrücken. »Wäre ich bei ihr gewesen, würde sie noch leben! Du hast nicht auf sie aufgepasst!«

~

Sophia hatte Heinrich schreien hören und war zu seinem Arbeitszimmer gelaufen. Erst wollte sie gleich hineinstürmen, doch sie besann sich und klopfte an.

Keine Antwort.

»Heinrich? Ist etwas passiert?«

Noch immer keine Antwort.

Sie legte das Ohr an die Tür und horchte angestrengt.

Nichts war zu hören, nicht mal Kleiderrascheln oder Schritte.

Sie klopfte erneut und trat schließlich zögernd ein.

Er stand vornübergebeugt am Schreibtisch, die Hände darauf abgestützt, als hielte er sich daran fest.

»Heinrich?« Langsam näherte sie sich. »Was ist denn mit dir?«

Er hob den Kopf, sah sie an. »Sophia ...« Seine Augen schimmerten. Weinte er?

Sie versuchte, seine Hände zu lösen, doch es ging nicht. Also legte sie den Arm um seine Schultern. »Sag es mir, ja? Sag mir, was geschehen ist.«

»Natalia ...«

»Was ist mit ihr? Ist sie krank?« Er hatte bisher kaum mehr als zwei, drei Sätze über seine Familie in St. Petersburg erzählt. Er schien nicht über sie sprechen zu wollen, und Sophia hatte ihn nie gedrängt.

»Sie ist tot«, flüsterte er.

»Was? Aber nein, Heinrich, das kann doch nicht sein. Du ...«

Er machte sich rüde los und ging ans Fenster. »Sie ist tot«, wiederholte er.

Sophia sah ein Telegramm auf dem Schreibtisch liegen und warf einen Blick darauf. *Natalia ist tot, gestorben an einer rätselhaften Krankheit.* »Oh mein Gott!« Sie schlug die Hand vor den Mund, dann umarmte sie ihren Mann und hielt ihn fest. »Mein Armer, mein Armer«, flüsterte sie wieder und wieder und bedeckte sein Gesicht mit Küssen. »Es ist mir egal, ob du lieber allein sein willst, ich werde bleiben, Heinrich. Bitte schick mich nicht weg.«

Sie weinte, weil sie Mitleid mit dem armen kleinen Mädchen hatte, das noch so jung gewesen war. Sie weinte, weil sie Mitgefühl mit ihrem Mann und auch seiner ersten Ehefrau hatte, die furchtbar trauern musste. Sie weinte, weil sie sich hilflos fühlte, nicht mehr tun zu können, als bei ihm zu sein.

Heinrich aber weinte nicht, keine einzige Träne, auch wenn es in seinen Augen noch immer schimmerte. Er sah mitgenommen aus, elend und erschöpft. Noch nie hatte sie ihn so gesehen.

Sophia nahm seine Hand und zog ihn sacht mit sich. »Setz dich, Heinrich«, sagte sie leise und wartete, bis er Platz genommen hatte. Dann hockte sie sich auf seinen Schoß und zog seinen Kopf an ihre Brust.

So saßen sie lange, sehr lange da, schweigend und für Sophia so tief verbunden wie nie zuvor.

KAPITEL 17

Paris, Anfang des Jahres 1870

Sophia hatte die Haushaltsführung übernommen, kochte an den meisten Tagen und verwöhnte ihren Mann mit süßen Köstlichkeiten. Manchmal kam sie unangekündigt in sein Arbeitszimmer und stellte ihm einen Teller mit Baklava oder in Sirup getränkte Biskuitküchlein hin.

Anfangs hatte er sie missbilligend angesehen. »Nicht jetzt, Sophia.« Doch sobald er das süße Gebäck vor sich gesehen hatte, war ein breites Lächeln über sein Gesicht gehuscht. »Ah, das riecht ja köstlich.«

Sophia mochte Paris, und sie liebte die Wohnung. Sie genoss es, abends mit ihrem Mann in der Bibliothek zu sitzen und zu lesen. Dann und wann sprachen sie auch über ein Buch, das sie gelesen hatten.

Die gemeinsamen Nächte genoss Sophia ganz besonders.

All das konnte dennoch nicht verhindern, dass ihr Heimweh wieder schlimmer wurde. Wenn sie doch nur ein Kind empfangen würde. Inzwischen sehnte sie sich danach, Mutter zu werden. Aber was wäre, wenn sie wirklich ein Kind erwartete? Es wäre niemand da, den sie um Rat fragen könnte. Ihr fehlte die Mutter, und sollte sie guter Hoffnung sein, würde sie ihr noch viel mehr fehlen.

Natürlich sah Heinrich, dass es ihr nicht gut ging. Und er hatte viele gute Ratschläge, wie sie sich ablenken könnte.

»Je weniger du an Athen und deine Familie denkst, desto schneller wird dein Heimweh vergehen.«

»Ich lenke mich ständig ab. Ich backe, ich koche, ich lese und arbeite weiterhin daran, meine französische Aussprache zu verbessern. Und ich versuche mich an deiner geliebten Muttersprache. Aber es fällt mir so schwer, Heinrich.«

»Deutsch zu lernen?«

»Alles. Es ist immer nur eine Ablenkung für eine gewisse Zeit. Dann muss ich wieder an zu Hause denken, an meine Familie ...« Sie wollte noch mehr aufzählen, doch an seinem Blick sah sie, dass er verärgert war.

»Hier ist dein Zuhause, Sophia«, erinnerte er sie recht barsch. »Und ich bin deine Familie.«

»Das weiß ich ja, Heinrich, aber ...«

»Aber was?«, fuhr er sie an. »Athen und deine Familie sind dir wichtiger?«

»Das habe ich nicht gesagt.«

Er schritt umher, wie immer, wenn er wütend war und sich mühsam beherrschen musste. Er konnte Zorn und Ungeduld nur schwer – oft gar nicht – im Zaum halten, das hatte sie bereits mehrmals erlebt. Sie fürchtete sich vor seinen Wutausbrüchen, auch wenn sie wusste, dass er ihr niemals etwas antun würde.

»Du hattest versprochen, dass wir regelmäßig nach Athen fahren werden«, sagte sie leise und bereute es sofort.

Heinrich wirbelte zu ihr herum und funkelte sie an. Sein finsterer Gesichtsausdruck war berüchtigt, nicht nur bei ihr, auch bei ihren Bediensteten.

»Damit kommst du mir jetzt? Als hätte ich keine anderen Sorgen.«

»Du weißt, wie leid es mir tut, dass du deine Tochter verloren hast, Heinrich.«

»Dennoch sind dir deine Sorgen gerade wichtiger.«

»Das eine hat mit dem anderen nichts zu tun. Wir könnten auch nach Ankershagen reisen, und du zeigst mir dein Elternhaus. Ich möchte deinen Vater und deine Geschwister kennenlernen.«

Er presste den Kiefer aufeinander. »Das hat keine Eile.«

»Manchmal verstehe ich dich einfach nicht«, sagte sie verzweifelt und den Tränen nahe. Sie fühlte sich hilflos.

»Genau das ist das Problem.« Damit verließ Heinrich das Zimmer und knallte die Tür hinter sich zu.

Am Abend saßen sie wie gewohnt in der Bibliothek, Heinrich ein aufgeschlagenes Buch im Schoß, Sophia still und nachdenklich im Sessel neben ihm. Sie schaute aus dem Fenster in die Dunkelheit.

»Was mache ich nur mit dir?«

Seine Stimme riss sie aus ihren Gedanken. »Was meinst du?«

»Kann es sein, dass du dich gar nicht einleben willst? Weil du hoffst, dass wir dann nach Griechenland zurückkehren?«

Trotz Heimweh hatte sie daran noch kein einziges Mal gedacht. »Unsinn. Ich *habe* mich eingelebt, Heinrich.«

Konnte er wirklich nicht begreifen, nachempfinden, wie verloren sie sich oft vorkam? Er hatte doch bereits Feingefühl bewiesen, warum zeigte er sich jetzt so verständnislos und hartherzig?

Er legte das Buch beiseite und schaute sie an. »Gut, wir werden nach Athen reisen.«

»Wirklich? Meinst du das ernst?«

»Habe ich je etwas gesagt, was ich nicht ernst meinte?«

»Das ist wundervoll, Heinrich. Ich danke dir.«

Endlich ein Lächeln. Erst jetzt spürte sie, wie sehr ihr das gefehlt hatte. »Schon gut. Von Athen aus reisen wir weiter nach Troja.«

»Wir beide?«

Sein Mundwinkel zuckte. »Natürlich wir beide. Es sei denn, du möchtest nicht mitkommen.«

»Und ob ich mitkommen will, Heinrich!« Sophia sprang auf und setzte sich auf seinen Schoß. Eng schmiegte sie sich an ihn. »Ich freue mich so. Ich kann es kaum erwarten.«

»Athen oder Troja?«

»Beides.« Und das entsprach der Wahrheit.

»Ich möchte mich erkenntlich zeigen, Sophia, weil du in einer sehr schweren Zeit für mich da warst.«

Sie hob den Kopf und sah ihn verwundert an. »Du bedankst dich, dass ich dir über den Verlust deiner Tochter hinweghelfen wollte?«

»Findest du das so seltsam?«

»Allerdings. Das ist doch selbstverständlich, du bist mein Ehemann.«

»Nichts in diesem Leben ist selbstverständlich, Sophia.«

»Für mich schon.«

Sie wusste, dass er sich Vorwürfe machte, weil er nicht für seine erste Frau und seine Kinder da gewesen war. Er hatte sie zu oft allein gelassen, bis er schließlich ganz und für immer gegangen war. Sie wusste auch, dass er sich selbst vorwarf, nicht da gewesen zu sein, als Natalia erkrankte. Er glaubte sogar, sie wäre noch am Leben, wenn er bei ihr gewesen wäre. Gleichgültig, wie oft Sophia ihm versichert hatte, wie unsinnig das war.

Er legte das Kinn auf ihren Scheitel. »Aber wir werden nicht in Athen leben, Sophia. Besser, du gewöhnst dich gleich an den Gedanken.«

»In Ordnung«, sagte sie leise und fragte sich, ob es wirklich in Ordnung war. Hatte sie insgeheim vielleicht doch gehofft, dass er eines Tages erklären würde, in Athen leben zu wollen? Sie hatte nie gewagt, sich dieser Vorstellung hinzugeben.

»Unser Leben ist hier, Sophia, in Paris.« Seine Stimme war sanft.

Sie erwiderte nichts, weil sie schamlos lügen müsste, und das wollte sie nicht. Ihr Leben war nicht in Paris, sie gehörte nicht in diese große, unübersichtliche Stadt, in der eine Sprache gesprochen wurde, die sie einfach nicht beherrschen konnte. Aber sie gehörte an Heinrichs Seite.

»Ich will dort sein, wo du bist.«

Er schob sie sacht etwas von sich, um sie ansehen zu können.

»Meinst du das ernst?«

»Habe ich jemals etwas gesagt, was ich nicht ernst gemeint habe?«

Er stutzte, dann lächelte er und küsste sie. »Das kannst nur du beurteilen.«

KAPITEL 18

Athen im Monat darauf

Viktoría hatte reichlich auftischen lassen, es war fast, als gäbe es weit mehr als nur die Ankunft von Tochter und Schwiegersohn zu feiern.

Schon die Begrüßung war überaus herzlich ausgefallen. Mutter und Tochter hatten sich aneinandergeklammert, als hätten sie sich Jahre nicht gesehen und wollten sich nie mehr loslassen. Marigó hatte geschluchzt, und sogar Konstantínos hatte sich eine Träne aus dem Augenwinkel wischen müssen.

Heinrich fühlte sich von derartigen Gefühlsausbrüchen ein wenig überrumpelt. Die stürmischen Umarmungen und Küsse seiner Frau genoss er, allzu innige Umarmungen von anderen Menschen dagegen waren ihm unangenehm.

»Wie geht es deinem Vater, mein lieber Heinrich?«, fragte Konstantínos, als sie nebeneinander an der großen Tafel saßen und auf ihr Wiedersehen anstießen.

»Es geht ihm so weit gut.«

Sie schrieben sich regelmäßig. Heinrich fühlte sich verpflichtet, den Kontakt zu halten, er hatte es auch nie infrage gestellt. Selbst in ihren Briefen stritten sie heftig, das würde sich wohl nie ändern. Sie waren einfach nie einer Meinung, selbst wenn es nur um Banalitäten ging.

»Ah, das ist fein, das ist fein.« Sein Schwiegervater faltete die Hände über seinem stattlichen Leib. »Es ist schön, meine Sophia wieder hier zu haben. Danke, dass du sie uns gebracht hast, Heinrich.«

Hoffentlich dachte sein Schwiegervater nicht, dass er seine Frau nicht glücklich machen konnte. Das glaubte er ja selbst oft genug, gleichgültig, wie sehr sie das Gegenteil beteuerte.

In den vergangenen Wochen hatte sie über Kopfweh und Magenschmerzen geklagt, und er hatte sie häufig in der Bibliothek am Fenster stehen sehen, den Blick traurig in die Ferne gerichtet. *Sie verkümmert wie eine zarte Rose, die kein Wasser und keine Sonne mehr bekommt*, hatte er gedacht.

Auf der Reise hierher nach Athen war Sophia anfangs ganz still gewesen, dann jedoch, mit jeder weiteren Stunde, die sie näher gekommen waren, war sie lebendiger geworden.

Sie gehört nicht nach Paris, egal, wie sehr ich mir das einrede, war ihm durch den Kopf gegangen. Seine Frau war und blieb eine Griechin, eine Athenerin.

»Aber nun berichte, lieber Schwiegersohn«, riss Konstantínos ihn aus seinen Gedanken und stupste ihn freundschaftlich an. »Du willst also nach Troja und zu graben anfangen.«

Von Graben hatte er kein Wort gesagt. »Wir werden

123

nach Troja reisen, ja, aber ich muss vor den Grabungen natürlich erst den Ferman beantragen.«

»Ich verstehe, ich verstehe. Nun verrate mir doch mal, wie du das anstellen willst.«

Heinrich verstand nicht, was er meinte.

»Na, du bist schließlich kein Archäologe, nicht wahr? Wirst du dich allein mit ein paar Eimern und Schaufeln auf den Hügel stellen und zu graben anfangen?« Konstantínos lachte herzlich, verstummte aber rasch, als er Heinrichs Gesicht sah. »Oh, ich wollte mich nicht über dich lustig machen. Gewiss nicht.«

»Ich habe nicht vor, mich allein mit einer Schaufel an die Ausgrabung zu machen«, erklärte Heinrich liebenswürdig. »Ich habe viel gelesen, Konstantínos, und wie du weißt, bildet lesen. Ich mag ein Pionier sein, aber ich werde mir alles aneignen. Und selbstverständlich werde ich nicht allein graben.«

»Sondern?« Sein Schwiegervater schaute ihn interessiert an.

»Ich werde Arbeiter anheuern, die gut bezahlt werden.«

Konstantínos beugte sich vertraulich zu ihm. »Du könntest Panajótis fragen. Er kann mit einem Spaten umgehen, er ist nicht ungeschickt. Außerdem interessiert er sich für Ausgrabungen. Er möchte sogar Archäologie studieren.«

»Ach, tatsächlich?« Heinrich lächelte flüchtig. »Aber vielen Dank, ich habe bereits genügend Männer.« Das stimmte zwar nicht, konnte sein Schwiegervater aber nicht wissen.

»Der arme Junge. Er will unbedingt studieren, aber

ich fürchte, ich kann es ihm nicht ermöglichen«, vertraute Konstantínos ihm an. Hatte der saure Wein seine Zunge bereits gelockert? »Und Alexandros? Er ist in meine Fußstapfen getreten, hat die Geschäfte übernommen, und was macht er? Vertrödelt die Zeit mit neuen Plänen und verrückten Vorstellungen. ›Ich will das Geschäft vergrößern, Papa‹, sagt er, und letztendlich sitzt er nur da und grübelt. Verdient man damit Geld? Nein. Kann man damit seine Familie ernähren? Nein.« Er verzog den Mund und murmelte noch etwas vor sich hin.

»Kinder sind nicht immer nach dem eigenen Geschmack«, sagte Heinrich nachdenklich. Wer wusste das besser als er? Er selbst war auch nicht nach den Vorstellungen seines Vaters geraten.

Sein Schwiegervater zuckte zusammen, setzte sich kerzengerade auf und legte die Hand auf seinen Unterarm. »Um Himmels willen! Ich Narr! Entschuldige, lieber Schwiegersohn, bitte verzeih meine unbedachten Worte. Du hast gerade ein Kind zu Grabe getragen, und ich beschwere mich über meinen Sohn.« Er warf die Hände in die Luft und fluchte leise auf Griechisch.

»Schon gut, Konstantínos. Ja, es war schwer, du hast recht. Sie war noch so jung, hatte ihr ganzes Leben vor sich.«

»Ein Jammer, ein Jammer.« Sein Schwiegervater schwieg beklommen und machte ein finsteres Gesicht.

»Deine Tochter hat mir sehr zur Seite gestanden, Konstantínos.«

Sein Schwiegervater strahlte. »Nicht wahr? Sie ist eine wunderbare junge Frau und dir eine gute Ehefrau.«

Heinrich nickte. »Das ist sie.«

Sie schwiegen. Ein Schweigen, das Heinrich als sehr wohltuend empfand.

»Und wenn du nichts findest?«, fragte Konstantínos plötzlich in die Stille hinein.

»Wovon sprichst du?«

»Wenn du kein Troja findest? Wenn du rein gar nichts findest?«

Daran hatte er noch keinen Moment gedacht. »Ich *werde* etwas finden, Konstantínos. Ich werde die trojanischen Mauern, den Palast des Priamos freilegen.« Und die Welt würde sich vor ihm verneigen. *Heinrich Schliemann hat das sagenumwobene Troja ausgegraben.* Er sah die Schlagzeilen bereits vor sich.

Konstantínos machte »Hm« und runzelte die Stirn. »Du scheinst fest entschlossen und sehr sicher zu sein. Gefällt mir, Heinrich, gefällt mir sehr. Es braucht Menschen wie dich.«

Er machte eine kurze Pause, bevor er weitersprach. »Aber sag mir, wieso seid ihr im Hotel untergekommen und nicht bei uns?«

»Wir möchten euch nicht zur Last fallen.«

»Zur Last fallen? Ich bitte dich.« Konstantínos schlug ihm auf die Schulter und lachte. »Es bricht Viktoría das Herz, mein Lieber. Hast du ihre Gastfreundlichkeit unterschätzt?«

»Keineswegs, und es tut mir leid, ich wollte sie nicht brüskieren. Ich wollte nur so wenig Umstände wie möglich machen.«

»Wie auch immer.« Konstantínos seufzte. Seine Miene

hellte sich auf, als Marigó neuen Wein brachte und ihm einschenkte. »Lass uns anstoßen, mein lieber Heinrich, auf dich und unsere Sophia.«

~

Sophia war nicht begeistert gewesen, als Heinrich darauf bestanden hatte, dass sie sich im Hôtel d'Angleterre einmieten. »Warum nicht bei meinen Eltern?«

»Ich muss dir doch nicht sagen, wie wenig Platz dort ist.«

»Aber wir könnten das Geld sparen.« Und Sparsamkeit hielt Heinrich für eine große Tugend. Dann und wann verwechselte er es mit Geiz, aber daran wollte sie ihn jetzt nicht erinnern.

»Die Suite ist bereits gebucht, Sophia. Ich habe telegrafiert.«

Es war also längst beschlossene Sache, und sie war verärgert, dass er sie vor vollendete Tatsachen gestellt hatte.

»Heinrich, ich ...«, setzte sie an.

»Fang jetzt bitte nicht an zu streiten, Sophia. Ich habe Kopfweh.«

»Ich will nicht streiten, ich möchte nur, dass du weißt, wie sehr ich es verabscheue, nicht gefragt zu werden.«

»Was hätte ich dich denn fragen sollen?«

Tat er nur so, oder wusste er wirklich nicht, worum es ihr ging?

»Du hast einfach ein Hotel gebucht, ohne mich zu fragen.«

»Sophia ...« Er hatte geseufzt und den Kopf geschüttelt. »Du wirst mir noch dankbar sein, dass wir für uns sein werden.«

Sie saß am Tisch an seiner rechten Seite, zur linken saß ihr Vater und plapperte unaufhörlich. Sie lächelte in sich hinein, konnte sich vorstellen, wie gern Heinrich aufstehen und gehen würde. Doch er blieb sitzen, hörte aufmerksam zu – zumindest schien es so –, nickte hier und da und beantwortete die vielen Fragen ihres Vaters.

Auch ihre Mutter hatte sie mit Fragen gelöchert, nachdem sie sich in die Arme geschlossen hatten. »Du siehst blass aus, Sophia, so furchtbar blass. Geht es dir nicht gut?«

»Doch, doch, Mama«, hatte sie versichert.

»Aber du siehst aus, als würdest du nicht genug essen. Oder ist das Essen in Paris ungesund?«

»Das Essen ist sehr gut. Ich koche meistens selbst, wie du weißt.«

»Richtig.« Ihre Mutter hatte gestrahlt. »Warum solltest du auch nicht, schließlich habe ich dir alles beigebracht.«

»Und Heinrich weiß meine Künste sehr zu schätzen.« Sophia war rot geworden, weil sie ganz automatisch auch an andere Künste hatte denken müssen.

Ihre Mutter hatte den Arm um sie gelegt. »Erwartest du ein Kind, Sophia? Siehst du vielleicht deshalb so blass aus?«

»Nein, leider nicht.«

»Aber Heinrich ...« Ihre Mutter hatte sich verlegen geräuspert. »Er liegt doch bei dir, oder?«

»Natürlich, Mama.«

»Und er behandelt dich auch gut?«

Sophia hatte geseufzt. »Ja, und er liebt mich.«

»Und du? Liebst du ihn?«

Vor der Frage hatte sie sich ein wenig gefürchtet. Weil sie nicht gewusst hatte, ob sie sie spontan beantworten könnte.

Doch nun tat sie es. »Ja, ich liebe ihn auch, Mama. Ich möchte, dass er glücklich ist.«

Ihre Mutter hatte sie an sich gedrückt. »Ich bin ja so erleichtert.«

Sophia griff nach Heinrichs Hand – wieder redete ihr Vater auf ihn ein – und strich zärtlich über seine Finger.

Er sah sie an, lächelte und führte ihre Hand an seine Lippen.

Sie lehnte den Kopf an seine Schulter und bemerkte, wie ihre Mutter und ihre Schwester sich einen seligen Blick zuwarfen.

KAPITEL 19

Am Tag darauf hörte Sophia, wie ihr Vater und Heinrich lautstark miteinander stritten. Worum es wohl ging?

Im Wohnzimmer saß ihre Mutter, die Hände im Schoß, den Blick nervös zur Tür gerichtet. »Streiten sie noch immer?«, flüsterte sie.

»Und wie.« Sophia nahm neben ihr Platz. »Weißt du weshalb?«

»Ich ahne es.« Viktoría seufzte. »Es geht um Geld.«

»Nicht schon wieder.« Sophia stöhnte verhalten.

»Dein Vater wollte ihn daran erinnern, dass er uns Geld versprochen hat.«

»Wann hat er es versprochen?«, fragte sie alarmiert. Wollte sie die Antwort wirklich hören?

»Bevor ihr geheiratet habt.« Viktoría hob die Hand. »Bevor du dich echauffierst – er wollte dich heiraten, Sophia, weil er sich in dich verliebt hatte. Aber wir waren in einer verzweifelten Lage, wir ... Heinrich wollte die Hochzeit bezahlen, und er wollte außerdem ...«

»Moment, *er* hat die Hochzeit bezahlt?«, unterbrach Sophia sie.

»Die Hälfte.« Viktoría senkte den Kopf. »Es tut mir leid, *Sopháki*. Ich weiß, ich hätte es dir sagen sollen.«

»Nichts da *Sopháki*!« Sophia sprang aufgebracht auf, trat auf den Saum ihres Rockes und strauchelte. Um ein Haar wäre sie gegen den Tisch gefallen. »Ihr habt mich verschachert wie eine Ziege!«

»Um Himmels willen, nein, mein liebes Kind! Bitte setz dich wieder, ja?« Viktoría war kreidebleich geworden. »Heinrich hat uns nur ein wenig unter die Arme gegriffen, das ist alles. Du weißt, dass es nicht unüblich ist, den Brauteltern eine größere Summe zu zahlen.«

»Natürlich weiß ich das, Mama. Ich hätte nur gern gewusst, dass es auch so etwas wie ein ... Abkommen gab.«

»Er wollte dich heiraten und uns finanziell ein bisschen unter die Arme greifen, Sophia. Daran ist nichts Verwerfliches.«

»Trotzdem hätte ich es gern gewusst. Ich hasse es, übergangen zu werden.« Sophia eilte zur Tür.

»Wohin willst du?«

»Ich werde mit ihm reden.«

»Tu das nicht! Ich bitte dich. Es ist besser, wenn er es nicht weiß.«

Sophia blieb stehen und atmete tief durch. »Wieso glauben immer alle, dass es besser ist, nicht Bescheid zu wissen? Du täuschst dich, Mama, und zwar gewaltig.«

Mit gerafftem Rock ging sie über den Flur, klopfte an die Tür des Arbeitszimmers ihres Vaters und trat ein. »Heinrich? Ich muss mit dir reden.«

Er sah sie verwundert an. »Du kannst hier doch nicht einfach so hereinplatzen.«

»Ich will mit dir reden, es ist wichtig.«

»Na schön.« Seufzend erhob er sich.

»Du kannst sitzen bleiben. Was ich zu sagen habe, kann auch mein Vater hören.« Er wusste es ja ohnehin längst, hatte die Fäden mitgesponnen. »Ich habe soeben erfahren, dass du unsere Hochzeit bezahlt hast.«

»Natürlich habe ich das«, sagte ihr Mann leichthin. »Deswegen kommst du hier hereingestürmt?«

»Und du hast meinen Eltern Geld versprochen, wenn ich dich heirate.«

»Das stimmt nicht ganz. Ich habe ihnen Geld gegeben, *nachdem* wir verheiratet waren.«

Sophia war verwirrt. »Und worin besteht der Unterschied?«

»Ich nehme an, du glaubst, dass ich dich nur heiraten durfte, wenn ich ihnen Geld gebe. Das stimmt aber nicht, Sophia.«

»Du verstehst es großartig, etwas so zu verdrehen, dass man hinterher nicht mehr weiß ...«

Er unterbrach sie. »Hör auf damit, ich bitte dich. Ich wollte dich heiraten, Sophia. Weil ich verliebt in dich war. Das ist der einzige Grund.«

»Meine Eltern haben mich verkauft.« Sie funkelte ihren Vater an, der mehr und mehr in sich zusammensank und sie bestürzt anschaute. »Ihr habt mich wie ein Stück Vieh verkauft, Vater!«

»Nicht doch, Sophia«, stammelte er.

»Und ich erfahre es erst jetzt!«

Ein Grinsen huschte über Heinrichs Gesicht, was sie noch mehr aufbrachte. »Du findest das komisch? Wahrscheinlich gibt es sogar einen Ehevertrag, hab ich recht?« Das war ihr plötzlich in den Sinn gekommen.

Heinrich wich ihrem Blick aus, genau wie ihr Vater, der eingehend die Tischplatte betrachtete.

»Was steht darin? Ich will es wissen.«

»Nur, dass dir nichts von meinem Erbe zusteht. Ich wollte mich nur absichern, Sophia.«

»*Nur*, dass mir nichts zusteht, sagst du, nur?«

Heinrich nestelte an den Knöpfen seiner Jacke. »Ich werde ihn ändern, das verspreche ich dir.«

»Warum hast du es nicht bereits getan?«

»Weil ich es ... vollkommen vergessen habe.« Er sah sie entschuldigend an, schien ihr ein Lächeln entlocken zu wollen. »Es war nicht mehr wichtig, Sophia, weil nur *du* wichtig warst.«

Sophia erwiderte den Blick, auf ein Lächeln konnte er lange warten. »Ich sage dir etwas, Heinrich: Fahr allein nach Paris zurück und such dir eine Frau, mit der du so umspringen kannst.« Sie war selbst verblüfft über ihre Worte. Eigentlich hatte sie etwas anderes sagen wollen. Doch nun war es heraus.

»Du willst die Scheidung?«

Nein, das wollte sie nicht. Sie wollte einfach nur noch ein bisschen wütend auf ihn sein und ihn zappeln lassen. Es war kindisch, das wusste sie auch, aber sie konnte nicht dagegen an.

Heinrich ging an ihr vorbei, ohne sie eines Blickes zu

würdigen. »Wie du meinst.« Er ließ die Tür hinter sich zufallen.

Ihr Vater sprang auf und eilte ihm nach. »Heinrich! Ich bitte dich, sei doch vernünftig!« Zu Sophia sagte er: »Ich erkenne dich nicht wieder. Was ist nur in dich gefahren?«

~

Heinrich hatte einen Moment gebraucht, um sich zu sammeln. Er ging durch den Garten, setzte sich auf die Bank und erhob sich wieder. Er verstand seine Frau ja, sie fühlte sich nicht nur übergangen, sondern gedemütigt.

Wie hatte er es nur so weit kommen lassen können? Er hätte ihr längst von dem Vertrag erzählen müssen. Er hatte ihn ändern wollen, als er gespürt hatte, wie ihre Ehe verlief, wie nah sie sich gekommen waren und wie sehr er seine Frau liebte. Er hatte sich absichern wollen, doch das hatte keine Bedeutung mehr.

Er kehrte ins Haus zurück und fragte seine Schwiegermutter, wo Sophia war.

»Sie hat sich in ihrem Zimmer verbarrikadiert. Um Himmels willen, Heinrich, du musst das in Ordnung bringen. Ich kenne sie, sie kann sehr impulsiv sein. Sie will die Scheidung, aber ich glaube nicht, dass es ihr ernst ist.«

Er ließ sie stehen und klopfte an Sophias Tür. »Lass mich rein.«

»Ich denke gar nicht dran.«

»Bitte, Sophia. Wir müssen reden.«

»Ich muss gar nichts. Lass mich in Ruhe, Heinrich.«

»Ich bleibe so lange hier stehen, bis du mich reinlässt.«

»Da kannst du lange warten.«

Er hörte ein Quietschen. Wahrscheinlich lag sie auf dem Bett.

»Ich verstehe, dass du aufgebracht bist.«

»Ach ja? Wie konntest du, Heinrich!«

»Es tut mir leid, wirklich. Bitte mach auf und lass uns ins Ruhe darüber reden.«

»Nein!«

Er setzte sich mit ausgestreckten Beinen an ihre Tür und verschränkte die Arme.

Nach einer ganzen Weile fragte sie leise: »Bist du noch da?«

»Natürlich. Ich sagte doch, dass ich hierbleibe.«

»Du kannst gehen, ich werde nicht mit dir nach Paris zurückkehren. Fahr allein.«

»Ich denke nicht daran.«

So ging es eine Zeit lang weiter, bis er irgendwann hörte, wie der Schlüssel umgedreht wurde. Die Tür ging auf, und seine Frau setzte sich neben ihn. »Schön, dann reden wir.«

»Hier?«

»Wieso nicht.« Auch sie verschränkte die Arme.

Ihr Haar war zerzaust, ihre Wangen gerötet. Hatte sie geweint? Ihr Anblick rührte ihn so, dass er den Impuls, sie an sich zu ziehen, nur mühsam unterdrücken konnte. »Ich liebe dich, Sophia.«

»Tust du nicht. Wenn du es tätest, hättest du nicht einen solchen Vertrag aufgesetzt.«

»Du bist schon wieder trotzig.«

»Pah!«

Er grinste in sich hinein. Trotz war allemal besser als glühender Zorn und pure Verzweiflung. »Liebst du mich denn nicht?«, fragte er leise.

»Warum willst du das wissen?«

»Ich hätte so gern, dass du es sagst, Sophia.«

Sie schaute in die andere Richtung.

»Ich werde den Vertrag sofort ändern, versprochen. Sobald wir wieder in Paris sind, veranlasse ich alles.«

»Ich sagte doch, dass du allein fahren wirst.« Es klang nicht mehr ganz so entschlossen wie zuvor.

Heinrich spürte Hoffnung aufkommen – und eine Liebe, die er noch nie gefühlt hatte. Sein Herz schlug bis zum Hals, in seinem Magen brannte ein Feuer. Wie gern würde er seine Frau umarmen, sie halten und küssen. Und nie mehr loslassen.

»Ich kann nicht ohne dich zurückfahren, Sophia.«

»Warum nicht?« Zum ersten Mal sah sie ihn an.

Er blickte ihr tief in die Augen. »Weil ich nicht kann, es geht nicht. Ich kann nicht mehr ohne dich sein.«

Sie runzelte die Stirn. »Du willst mich schon wieder weichkochen.«

»Ich sage nur die Wahrheit.«

Sein Schwiegervater kam angelaufen, sein ausladender Bauch wackelte. »*Sopháki*!« Als er die beiden vor der Tür sitzen sah, bremste er ab und blinzelte. »Was ist denn hier ...? Oh, eine Versöhnung!« Er strahlte übers ganze Gesicht und trat den Rückzug an.

Sophia blickte ihm nach. Eine Haarsträhne hatte sich

aus dem Knoten gelöst und hing ihr ins Gesicht. Heinrich würde sie zu gern berühren, sie hinter ihr Ohr schieben.

»Ich bin nicht die gefügige, brave Ehefrau, die du dir vielleicht gewünscht hast«, sagte sie leise. »Es war schwer, mir dich als meinen Ehemann vorzustellen, das gebe ich zu. Aber ich hatte beschlossen, dir eine gute Ehefrau zu sein, weil ich glaubte, dass es das wert wäre. Wir haben viel gemeinsam, Heinrich, viele Träume und Pläne. Ich bin furchtbar enttäuscht, dass du mich so belogen hast.«

»Ich wollte dich nicht hintergehen, Sophia.«

»Aber das hast du getan.«

»Ich weiß.« Er streckte die Hand aus und hoffte, dass sie sie nehmen würde. »Ich liebe dich und will nicht mehr ohne dich sein. Das ist die Wahrheit. Wenn du wirklich die Scheidung willst, werde ich das akzeptieren müssen. Auch wenn es mir das Herz bricht.« Seine Hand verharrte in der Luft, bis er sie wieder herunternahm. Er fühlte sich grauenvoll.

»Ich möchte in Ruhe darüber nachdenken.«

Heinrich nickte. »Gut.« Er stand auf, strich seine Hose glatt und ging davon.

KAPITEL 20

Am nächsten Vormittag war Sophia rastlos im Haus umhergewandert, bis sie zum Nachdenken in den Garten gegangen und sich unter den Aprikosenbaum gesetzt hatte.

Sie wollte weder, dass Heinrich ohne sie nach Paris zurückkehrte, noch wollte sie die Scheidung. Ihre Heirat hatte vielleicht unter keinem besonders guten Stern gestanden und war taktisch arrangiert worden, aber sie hatte gelernt, ihren Mann zu achten, zu schätzen und schließlich zu lieben. Er war kein umgänglicher, einfacher Mensch und würde es wohl auch nie werden, aber sie war gern an seiner Seite. Sie mochte es, wie er sie ansah, wie er lächelte, wenn sie ins Zimmer kam, wie er leise nach Luft schnappte, wenn sie sich auf seinen Schoß setzte. Sie hatte sich sogar an die kleine Zornesfalte zwischen seinen Augen gewöhnt, die ab und an zum Vorschein kam. Sie liebte es, wie er über seine Pläne sprach, wie leidenschaftlich er klang, wenn er von Troja oder Mykene erzählte. Wie seine Stimme sich hob, wenn er Homer rezitierte, oder wie eindrucksvoll er argumentieren konnte.

All das bedeutete nicht, dass es ihm das Recht gab, sie

mit Entschlüssen zu überrennen und bei wichtigen Entscheidungen außen vor zu lassen. Sie hatte nicht vor, sich gefallen zu lassen, dass er sie gelegentlich wie ein Kind tadelte und Forderungen stellte, die nicht zu erfüllen waren. Und sie würde auch nicht dulden, dass er sie bevormundete.

Sophia setzte sich auf die Hände und baumelte mit den nackten Füßen.

Als sie Schritte hinter sich vernahm, fuhr sie zusammen und drehte sich um. Ihr Bruder Spiros kam in den Garten und nahm neben ihr Platz. »Hier bist du. Mama hat sich gefragt, wo du wohl steckst.«

Sophia antwortete nicht. Sie war erschöpft vom vielen Grübeln und Abwägen. Es hatte sie angestrengt.

»Du musst zu ihm zurückgehen, Sophia.« Ihr Bruder blinzelte in die Sonne und hob ihr das gebräunte Gesicht entgegen. »Er ist dein Ehemann. Und was redest du überhaupt von Scheidung?« Er lachte kopfschüttelnd. »Sei nicht albern. Er sorgt doch gut für dich, oder etwa nicht?«

»Was hat das damit zu tun? Ich will keinen Mann, der mich versorgt.«

»Will das nicht jede Frau?«

Sie zwickte ihn in die Seite. »Was erlaubst du dir?«

Er grinste schulterzuckend. »Nein, ich weiß schon. Du bist nicht so, du bist keine dieser Frauen, die umgarnt und umsorgt werden wollen. Ich nehme an, du machst es deinem Mann nicht leicht.«

»Die Frage ist, macht er es mir leicht. Dann hast du deine Antwort.«

Wieder grinste er. »Wie du mir, so ich dir?«

Nach einer Weile fragte er: »Liebst du ihn?«

Auf der Straße spielten Kinder, lautes Kreischen und Lachen war zu hören, mittendrin das Gebell eines Hundes. Irgendwo wurde ein Fenster oder eine Tür geöffnet, und eine Frau rief: »Das ist ja nicht zum Aushalten! Müsst ihr schon am Vormittag so herumlärmen?«

Die Kinder lachten und lärmten weiter.

Sophia wurde wieder daran erinnert, dass auch sie ein Kind haben könnte. Sie hörte sich aufseufzen. »Ja.«

»Was, ja?«

»Du fragtest mich, ob ich Heinrich liebe. Ja.«

»Dann willst du nicht wirklich die Scheidung, nehme ich an. Du willst ihm zeigen, dass du kein folgsames Hündchen bist.«

Da es keine Frage war, sagte sie nichts dazu.

»Es ist schwierig mit der Liebe.« Spiros lehnte sich zurück, die Hände im Nacken verschränkt. »Schwierig und manchmal auch tückisch. Der Verstand sagt dies, das Herz etwas ganz anderes. Und egal, wie man sich entscheidet, es kommt einem falsch vor.«

»Was für ein weiser Mann du bist. Und was soll ich deiner Meinung nach nun tun?«

»Auf dein Herz hören.«

»Das sagt, ich soll bei ihm bleiben.«

»Weißt du, Schwester, ich war froh, dass Alexandros Papas Geschäft übernommen hat. Ich kann dir gar nicht sagen, wie froh. Aber immer wenn ich sehe, wie sehr er sich abmüht, habe ich ein schlechtes Gewissen. Und zugleich bin ich erleichtert, weil es mich eigentlich nichts angehen muss.«

»Alexandros macht seine Sache doch sehr gut.«

Er nickte. »Das ist wahr. Aber es geht ihm nicht sehr gut, dem Geschäft, meine ich. Es ist heruntergewirtschaftet, Papa hat zugesehen, wie mehr und mehr Kunden abwandern, anstatt sich etwas einfallen zu lassen.« Er verzog das Gesicht.

»Du meinst also, er hat sich untätig zurückgelehnt und Alexandros ein marodes Geschäft überlassen.«

»Marode.« Spiros nickte erneut. »Du findest immer die besseren, treffenderen Worte. Marode, ja. Ich schäme mich für meine Gedanken, aber so ist es nun mal. Man muss die Wahrheit aussprechen dürfen.«

»Warum erzählst du mir das jetzt?«

»Weil es nicht immer nur Schwarz oder Weiß gibt.«

»Als wüsste ich das nicht.«

»Du hast mir gefehlt. Du solltest hier in Athen sein.«

»Ich bin hier.«

Er sah sie von der Seite an. »Ich meinte, ihr solltet hier sein anstatt in Paris. Wer braucht Paris, wenn ihm Athen zu Füßen liegt?« Er machte eine ausladende Handbewegung und seufzte theatralisch. »Ist doch so, nicht wahr?«

»Wie recht du wieder hast, weiser Bruder.«

Ihr Bruder war kaum gegangen, als ihr Mann in den Garten kam. »Hier bist du.« Er setzte sich neben sie.

»Heinrich, ich ...«, begann sie, verstummte aber gleich wieder. Sie hatte noch nicht die richtigen Worte gefunden.

»Darf ich zuerst?«, fragte er, und sie nickte. »Ich möchte dir einen Vorschlag machen. Ich reise allein nach Troja, und du bleibst hier und erholst dich. Es wird dir guttun, deine Familie um dich zu haben.«

»Du willst ohne mich nach Troja fahren?«

Heinrich sah sie an. »Ich dachte, das wäre in deinem Sinne. Du sagtest mal, dass du mich manchmal nicht verstehen würdest. Das gilt auch für mich, Sophia. Ich dachte, du freust dich, eine Weile hierbleiben zu können. Du hattest solches Heimweh. Und jetzt wirfst du mir vor, dass ich allein nach Troja fahre.«

»Es war kein Vorwurf, Heinrich«, erwiderte sie geknickt.

»Es klang aber so.«

»Lass uns nicht schon wieder streiten. Vielleicht hast du recht.«

Zögernd griff er nach ihrer Hand, und sie überließ sie ihm. »Es tut mir leid, Sophia, das alles.«

»Wann reist du ab?«

»Morgen in aller Frühe.«

»Und wann kommst du zurück?«

»Das kann ich noch nicht sagen.«

»Versprich mir, dass wir so bald wie möglich zusammen hinfahren.«

Heinrich nickte. »Ich lasse dein Gepäck herbringen, wenn du erlaubst.«

Sie beugte sich zu ihm und küsste ihn sacht. Er ließ die Augen geöffnet, was sie irritierte.

»Wirst du mir schreiben?«, fragte er, als sie ihn wieder freigab.

»Natürlich, aber wohin soll ich den Brief adressieren? An den Hügel, unter dem Troja begraben liegt?«

Er lächelte. »Ich werde dir zuerst schreiben. Ich möchte dich etwas fragen, Sophia, und ich bitte dich, die Wahrheit zu sagen. Liebst du mich wirklich? Willst du bei mir bleiben?«

Sie zögerte nicht. »Ja, Heinrich.«

KAPITEL 21

Sophia wurde krank, ernstlich krank. Es begann mit Unwohlsein, Magendruck und Enge im Hals. Dann kam pochendes Kopfweh hinzu, das gegen Mittag oft so schlimm wurde, dass sie sich fortwährend übergeben musste. Nur kleine Schlucke Wasser konnte sie im Magen behalten. Ob sie guter Hoffnung war? Endlich?

In Gedanken hatte sie bereits eine Nachricht an Heinrich verfasst: *Wir bekommen ein Kind, stell Dir vor!*

Sie hatte sein Gesicht vor Augen, als er die Zeilen las.

Doch der Arzt, der in ihren Hals schaute, stellte eine andere Diagnose. »Eine Influenza.«

Am Tag darauf hielt er ihre Symptome für einen Magenkatarrh. Als die Kopfschmerzen unerträglich wurden, schickte er einen Kollegen, der sie von Kopf bis Fuß untersuchte, die Stirn runzelte und meinte: »Es ist wohl das Gemüt.«

Das Gemüt! Mit ihrem Gemüt war alles in Ordnung. Also kein Kind. Die Enttäuschung legte sich wie ein bleierner Mantel über sie. Für ein Kind würde sie alles erdulden und auf sich nehmen.

Als dann auch ihre Monatsblutung einsetzte, weinte

sie einen halben Tag lang. Erst jetzt begriff sie, wie sehr sie auf ein Kind gehofft hatte.

An diesem Nachmittag saß Marigó an ihrer Seite und las ihr aus einem Buch vor. Sophia hörte kaum hin, sie genoss nur die sanfte, leise Stimme ihrer Schwester. Dann und wann fielen ihr die Augen zu, und sie träumte in rasch aufeinanderfolgenden Sequenzen von ihrem Mann, der von einer gewaltigen Welle vom Deck des Schiffes gespült und ins Meer geworfen wurde. Und er ging sofort unter und tauchte nicht mehr auf.

Sophia schreckte hoch und hielt sich den Kopf. Es hämmerte hinter ihrer Stirn, sie konnte kaum klar denken.

»Soll ich dir noch etwas Wasser bringen?«, fragte Marigó und legte ihr die herrlich kühle Hand auf die Stirn.

»Nein, aber vielleicht kannst du mir ein feuchtes Tuch bringen.«

Ihre Schwester verließ das Zimmer, und als die Tür hinter ihr ins Schloss fiel, legte sich die plötzliche Stille wie eine viel zu warme Decke auf sie. Sophia glaubte ersticken zu müssen und hob schwach die Hand, um sie wegzuschieben.

Die Enge im Hals wurde so schlimm, dass sie meinte keine Luft mehr zu bekommen. Sie riss den Mund auf und japste. »Marigó ... Mama ...«

Die Tür ging auf, und ihre Mutter kam herein. »Hast du deine Medizin genommen?«

Sie blinzelte. »Nein, ich glaube nicht.«

Marigó brachte ihr das Tuch.

»Mach den Mund auf, mein Liebes«, bat ihre Mutter.

Wie ein Vogelkind öffnete Sophia ihn und schluckte die Flüssigkeit.

»So ist es gut. Bald wird es dir besser gehen.«

Ihre Schwester sagte noch etwas, doch ihre Augen waren ihr wieder zugefallen.

Sie träumte wieder von Heinrich, der diesmal an Deck eines Schiffes stand, breitbeinig, den Hut tief ins Gesicht gezogen, eine Hand über den Augen. Sie wollte ihm zurufen, er solle sich vor den Wellen in Acht nehmen, doch sie hatte keine Stimme.

Als Sophia kurz erwachte, hörte sie leise Stimmen und einzelne Wortfetzen, darunter »hohes Fieber«. Sie schlummerte wieder ein und träumte erneut von Heinrich. Er stand an der Reling eines Schiffes und blickte auf sie herab. Sie befand sich in tiefem schwarzem Wasser und kämpfte um ihr Leben.

Aus Leibeskräften schrie sie nach ihm, er solle ihr helfen, allein würde sie es nicht schaffen. Doch er stand nur da und schaute sie an.

In einem weiteren Traum standen sie beide auf einer Anhöhe, einem grasbewachsenen Hügel. Heinrich hatte den Arm um sie gelegt und deutete hierhin und dorthin. »Siehst du das, Sophia, hier stand der Palast von König Priamos.«

Sie blinzelte. »Du hast recht, ich sehe Priamos vor mir.«

Er sah sie verblüfft an. »Du kannst ihn sehen?«

»Du nicht?« Sie zeigte nach vorn. »Dort drüben steht er und winkt uns zu.«

Der König des sagenumwobenen Troja stand in einem langen Umhang da, eine kleine goldene Krone auf dem Haupt. Sein Haar flatterte, dabei war es gar nicht windig.

Wieder blinzelte Sophia. Nein, es waren Schlangen, die sich um seinen Kopf wanden. »Schlangen«, murmelte sie ungläubig. »Dutzende kleine Schlangen.«

Sie schreckte hoch, das Nachthemd schweißnass, das Haar verklebt. Ihre Schwester saß neben ihr auf einem Stuhl, das Kinn auf der Brust. »Priamos«, flüsterte sie. »Ich bin sicher, dass er es war.« Dann schlief sie wieder ein.

Es dauerte drei Tage, bis Sophia wieder so weit genesen war, dass sie aufstehen und in den Garten gehen konnte. Dort saß sie im Schatten auf der Bank, eine gestreifte Katze zu ihren Füßen.

Noch immer fühlte sie sich etwas benebelt und schwach auf den Beinen. Ihre Träume waren ihr in erschreckend klarer Erinnerung geblieben. Sie hatte auch von Troja geträumt, hatte König Priamos gesehen, und ein eigenartiges Gefühl hatte sie beschlichen. Er hatte so real gewirkt, so lebendig. Und so vertraut – als wäre sie eine seiner Töchter.

»Troja hat wirklich existiert«, sagte sie leise zu sich selbst. »Es ist keine Sage, es ist die Wahrheit.«

Mit einem Mal war sie ganz überrascht, dass sie erst

jetzt daran glaubte, sogar sicher war. Wie gern hätte sie es Heinrich erzählt. Er hatte noch nicht geschrieben.

Wo mochte er gerade sein? Ging es ihm gut?

Sophia seufzte sehnsüchtig und blickte in den wolkenlosen Himmel. Wie gern wäre sie jetzt bei ihrem Mann.

Ihre Mutter kam und tadelte sie, dass sie noch ins Bett gehöre.

»Mir geht es besser, Mama.«

»Aber du warst sehr krank, Sophia. Wir waren in großer Sorge.« Sie setzte sich neben sie. »Ich finde, dein Mann sollte Bescheid wissen. Am Ende denkt er noch, du hättest ihn vergessen.«

»Ich habe keine Adresse, an die ich den Brief schicken könnte. Ich muss wohl oder übel warten, bis er mir schreibt.«

Was, wenn er sich nicht meldet?, schoss es ihr durch den Kopf. Wenn er zu dem Schluss gekommen war, dass ihre Ehe ein Fehler war?

Sophia schüttelte den Kopf. Nein, unmöglich. So sehr täuschte sie sich nicht in ihm. Aber es war gut möglich, dass er nicht schreiben konnte. Aus welchen Gründen wollte sie sich gar nicht vorstellen.

Betont beschwingt erhob sie sich, obwohl ihr ein wenig schwindelig war. »Ich werde mich hinlegen und etwas lesen.« Sie streichelte die Katze, die sich unter der Bank zusammengerollt hatte, und ging ins Haus.

In ihrem Zimmer war es stickig, und sie fächelte sich Luft zu.

Die Bettdecke war angenehm kühl, als sie sich wohlig darauf ausstreckte. Das Buch lag neben dem Bett, aber sie nahm es nicht auf, weil sie innerhalb weniger Minuten eingeschlafen war.

Als sie wach wurde, hatte sie einen Entschluss gefasst. Der Gedanke war ihr bereits am Morgen gekommen, nun aber schien er sich verfestigt zu haben. Sobald Heinrich geschrieben hatte, würde sie ihm antworten, dass sie gedachte, zu ihm zu kommen.

Ihre Eltern wären nicht begeistert, aber sie würde sich durchsetzen. Sie wollte bei ihrem Mann sein. Unbedingt.

KAPITEL 22

Konstantinopel

Heinrich reiste wie meistens zweiter Klasse, auch wenn er sich die erste leisten konnte. Warum mehr Geld als nötig ausgeben? Sein Türkisch hatte er während der Reise aufgefrischt. Es stellte ihn bei Weitem noch nicht zufrieden, aber er war imstande, sich einigermaßen zu verständigen. Besonders an der Aussprache haperte es noch. Das ließe sich aber nur verbessern, wenn er sich regelmäßig mit Einheimischen unterhalten würde.

Das Schiff schaukelte, und sein Tagebuch, das aufgeschlagen in seinem Schoß lag, rutschte herunter. Er bückte sich danach und fuhr zusammen, als es an seiner Kabinentür klopfte.

»Herr Schliemann? Wir legen gleich an.«

»Danke.« Heinrich packte das Tagebuch in die kleine Reisetasche – er reiste nie mit viel Gepäck –, stand auf und nahm sein Jackett vom Stuhl.

Als er ins Freie trat, atmete er die klare Luft ein. Das Wetter war herrlich, ein strahlend blauer Himmel spannte sich über ihm, nur der Wind blies kräftig.

Heinrich legte die Hand über die Augen und blinzelte. Er genoss es jedes Mal, wenn das Schiff aufs Land zusteuerte. Der Anblick der Wellen und des nahen Ufers erfreute ihn immer wieder aufs Neue.

Er freute sich auf einen Fußmarsch ins Stadtinnere, er fühlte sich ein wenig steif und behäbig. Normalerweise war er ein sehr aktiver Mensch, machte täglich ausgedehnte Spaziergänge, ritt leidenschaftlich gern und schwamm bis zu einer Stunde im Meer. Danach fühlte er sich immer wie neugeboren.

Ein Schwan landete neben dem Schiff auf dem Wasser, streckte die Flügel und legte den Kopf zurück. Heinrich betrachtete ihn und lächelte, als ein zweiter kam und sie sich begrüßten, indem sie die Hälse zurückbogen und laut trompeteten.

Das kleine Schiff tuckerte in den Hafen, und er setzte seinen Sommerhut auf. Auch wenn erst Frühling war, schien die Sonne verblüffend warm. Der Wind wollte ihm den Hut gleich wieder vom Kopf fegen, er konnte ihn gerade noch festhalten.

Er verabschiedete sich per Handschlag vom Kapitän, nickte zwei Männern der Besatzung zu und ging zusammen mit ein paar weiteren Passagieren von Bord.

Er blieb einen Moment stehen, klemmte sich die Tasche unter den Arm und machte sich mit ausladendem Schritt auf den Weg.

Während er die holprige Straße entlangging, dachte er daran, wie er vor zwei Jahren dem Diplomaten Frank

Calvert begegnet war. Eine zufällige, schicksalhafte Begegnung. Calvert war genau wie er von Homer fasziniert und ebenfalls davon überzeugt, dass es sich mit der *Ilias* nicht um eine heroische Sage handelte, sondern die Beschreibung einer Geschichte war, die sich tatsächlich zugetragen hatte. Calvert war vor Jahren mit seiner Familie aus England hergekommen, sein älterer Bruder hatte ein Stück Land gekauft, auf dem sich ein Gut befand. Auch ein Teil des Hisarlik-Hügels gehörte zum Grundstück. Dort, so glaubte Calvert, lag Troja.

Heinrich hatte bis dahin Bunarbaschi für den Ort der untergegangenen Stadt gehalten. Nach der Begegnung mit Calvert bestieg er den südwestlich gelegenen Hügel Hisarlik, stand lange regungslos da und betrachtete die Landschaft um ihn herum.

Laut Homer lag Troja zwischen zwei Flüssen, nah am Meer und umgeben von weiter Ebene. Hisarlik trennte die Täler zweier Flüsse: des Skamander und des Simois. Sanfte Hügelketten umschlossen das Gelände, landeinwärts lag das Ida-Gebirge.

Befanden sich unter seinen Füßen die mächtigen Mauern der mehr als zehn Jahre belagerten Stadt? Stand er auf den Ruinen von Priamos' Palast?

Sein Herz hatte wie wild geschlagen, und ihm war ganz schwindelig geworden. Ein Eselkarren war unterhalb des Hügels vorbeigezogen, gelenkt von einem hutzeligen Mann, der die Hand zum Gruß erhoben hatte. Heinrich hatte sich vorgestellt, wie auch damals ein Karren hier vorbeigerumpelt war. Vielleicht hatte Priamos

gerade mit seiner Frau Hekabe auf dem Wehrturm gestanden und ins Tal hinuntergeblickt.

»Ich werde dafür sorgen, dass eure Geschichte gehört
und eure herrliche Stadt freigelegt wird«, hatte Heinrich
laut gesagt.

Als er den Hügel später wieder hinabstieg, war die
Phantasie mit ihm durchgegangen. Kinder in weißer
Kleidung rannten an ihm vorbei, barfuß, mit zerzaus-
tem Haar und schmutzigen Gesichtern. Eine junge Frau
folgte ihnen, auch sie in einem weißen langen Kleid, das
mit einer goldenen Spange gehalten wurde. Und dann
plötzlich hatte er Pfeile gehört, die zischend und pfei-
fend an ihm vorbeisausten. Er hatte sogar den Kopf ein-
gezogen und war in Deckung gegangen.

Heinrich hatte sich umgedreht und nach oben auf
die Ebene geblickt. Dorthin, wo sich die mächtige Palastmauer befand, gebaut aus dicken Steinquadern, auf
die die Pfeile niederprasselten. Brennende Pfeile, die
ins Innere der Burganlage drangen. Er hörte die triumphierenden Schreie, das laute Rufen und Johlen der
Griechen. Er stellte sich Odysseus vor, der ruhig da-
stand, die Arme verschränkt, und alles genau beobachtete und analysierte. Odysseus, der gewitzte Grieche,
der später die Idee hatte, ein hölzernes Pferd bauen zu
lassen, in dem etliche Männer Platz fanden. Die Trojaner würden es in den Palastinnenhof ziehen ungeach-
tet der unheilvollen Vorhersage der Kassandra, die gesehen hatte, dass Troja fallen würde. In der Nacht waren
die Griechen aus dem Pferd geklettert und hatten die
Stadt nach und nach eingenommen. Sie hatten geplün-

dert, gemordet und gebrandschatzt. Troja war gefallen, die Stadt, die zehn Jahre der feindlichen Belagerung standgehalten hatte. Sie war aufgrund der List eines klugen Mannes gefallen, der anschließend zehn Jahre auf dem Meer umherirren würde, so stand es in Homers *Odyssee*.

Heinrich musste stehen bleiben und durchschnaufen, er war schnell marschiert. Die Sonne brannte auf seinen Schädel, und er hob den Kopf in den blauen Himmel.

Die Sehnsucht nach Sophia traf ihn unerwartet und mit voller Wucht. Er sollte ihr unverzüglich schreiben. Hoffentlich war sie wohlauf und hatte ihm verziehen.

Langsamer ging er weiter und wischte sich den Schweiß von der Stirn. Zwei Kinder stürmten an ihm vorbei, spielten Fangen.

Eine feuerrote Katze mit weißen Pfoten lag ausgestreckt auf einer Mauer und hob träge den Kopf, als er vorbeiging.

Er blieb erneut stehen, trank einen Schluck Wasser aus seiner Feldflasche, die er stets bei sich trug, und spazierte weiter.

Ein junger Bursche verkaufte Wasser, und zwei Frauen in bunten Kleidern kamen des Weges, auf ihren Köpfen Körbe mit verführerisch duftendem Gebäck.

Heinrich schnupperte und seufzte genießerisch.

»Wenn ich einen Sesamring haben dürfte«, bat er. Eine der Frauen nahm den Korb herunter und reichte ihm einen.

Der Sesamring war noch warm, und er biss hinein.

»Er ist köstlich.« Er zog ein Geldstück aus der Hosentasche und gab es der Frau.

Seine Fußsohlen brannten, und der Schweiß rann ihm den Rücken hinab. Der Bund seiner dunklen Hose scheuerte, und die Unterwäsche klebte ihm am Leib. Es war ungewöhnlich warm für die Jahreszeit, selbst in Kleinasien.

Ein Eselkarren rumpelte ächzend und quietschend an ihm vorbei, und irgendwo verkündete ein Ausrufer die neuen Erlasse. Die Zeitungen erschienen nicht jeden Tag, und viele Konstantinopler konnten nicht lesen.

Heinrich setzte sich auf einen Mauervorsprung und nahm das Briefpapier aus seiner Reisetasche, das er stets bei sich trug. Er zog die Beine an und legte das Papier auf seine Knie.

Viel würde er so nicht schreiben können, aber für ein paar wenige Zeilen sollte es gehen.

Meine liebe Sophia,

ich bin in Konstantinopel. Es ist furchtbar schwül, und die Hitze bekommt mir nicht. Aber ich will zufrieden sein, schließlich habe ich viel vor.
Könntest Du nur bei mir sein!
Bist Du wohlauf? Denkst Du manchmal an mich?

Er musste sich anders hinsetzen, legte das Blatt auf die Mauer und schrieb weiter.

*Ich werde die Genehmigung beantragen, gleich weiterreisen
und Dir von Hisarlik aus schreiben.*
Ich sehne mich nach einer Nachricht von Dir.
Ich sehne mich nach Dir!

Dein ergebener Heinrich

Er dehnte sein Kreuz und schnaufte. Er hatte schon in
bequemeren Positionen geschrieben.

Es bedurfter einiger Disziplin, wieder aufzustehen
und weiterzugehen. Die Hitze war unerträglich.

Heinrich gab den Brief auf und machte sich dann auf
den Weg, den Ferman zu beantragen.

KAPITEL 23

Hisarlik, wenige Tage später

Heinrich hatte die Hemdsärmel hochgekrempelt, der Hut war ihm über die rechte Augenbraue gerutscht, die Stirn schweißnass.

Immer wieder musste er den Hut aus seinem Sichtfeld schieben und das feuchte Tuch kurz anheben, das er sich daruntergeklemmt hatte, damit es den Nacken vor der Sonne schützte. Bis zum Vormittag hatte er ohne Hut gearbeitet, bis ihn ein Arbeiter darauf aufmerksam gemacht hatte. »Herr, wenn Sie keinen Hut aufsetzen, liegen Sie heute Abend mit einem schweren Sonnenstich im Bett.« Er hatte natürlich gewusst, dass man im Freien stets darauf achtgeben musste, er hatte es im Eifer schlicht vergessen.

Heinrich stand im verdorrten Gras, gestützt auf den Stiel seines Spatens, und blickte auf die beiden Männer neben ihm, die emsig gruben. Gefunden hatten sie bisher nichts.

Er war in einem kleinen Gasthof untergekommen, das Zimmer, eher eine Kammer, schmuddelig und stickig. Die halbe Nacht hatte er wach gelegen und den

Schreien der Katzen unter seinem Fenster gelauscht. Seine Hand hatte regelmäßig nach dem Getier geschlagen, das um ihn herumgeflattert war.

Schließlich war er aufgestanden und hatte Sophia geschrieben.

Komm her, meine liebe Frau, ich flehe Dich an. Ich brauche Dich hier! Du solltest bei mir sein in dieser besonderen Stunde. Ich hoffe, nein, ich bin mir sicher, dass ich schon bald die Mauern von Priamos' Palast ausgraben werde. Troja liegt unter dem Hügel Hisarlik begraben, ich kann es förmlich spüren. Wenn ich auf dem Berg stehe, kann ich spüren, dass sich unter meinen Sohlen etwas befindet, etwas, nach dem ich schon so lange suche.

Was er nicht schrieb, war, dass er ohne Genehmigung zu graben begonnen hatte. Der Ferman war beantragt, die Antwort jedoch hatte er nicht abwarten wollen. Es hatte ihm zu sehr in den Fingern gejuckt. Zudem war der Ferman lediglich eine Formsache. Also hatte er sich gleich am nächsten Tag daran gemacht, ein paar Arbeiter anzuheuern. Er hatte Ausrüstung gekauft: Spaten, Hacken, Siebe, große und kleinere Gefäße, um das, was die Erde freigeben würde, wegtransportieren zu können. Dass sie nichts weiter als bloße Erde wegschaffen würden, hatte er sich nicht einmal in seinen schlimmsten Träumen ausgemalt. Enttäuscht und wütend war er am Abend zuvor, als es zu dunkel zum Weitergraben gewesen war, auf dem Hügel auf und ab gegangen. Hatte

Schritt für Schritt durchmessen, wie groß der Palast wohl sein mochte. Wo hatte der Tempel der Athena gestanden? Wo die Zitadelle? Wo mochte das große Tor gewesen sein, durch das die Trojaner das hölzerne Pferd gezogen hatten?

Heinrich war rastlos hin und her geschritten, die Dunkelheit war längst hereingebrochen. Über ihm ein Sternenhimmel, der ihn überwältigt hatte. Könnte seine Frau das alles doch auch sehen!

Kurz vor Mitternacht kam er im Gasthof an, der Wirt mürrisch, weil er ihn hereinlassen musste. »Hab schon geschlafen, muss früh aus den Federn.«

»Ich auch«, entgegnete Heinrich. »Ich werde um fünf wieder auf den Beinen sein und ein paar Runden schwimmen gehen. Anschließend hätte ich gern ein nahrhaftes Frühstück, und wenn Sie so gut sein wollen und mir meine Feldflaschen auffüllen würden?« Er ließ es als Frage, als höfliche Bitte klingen, die kein Nein akzeptieren würde. »Vielen Dank.« Er ging am Wirt vorbei, betrat sein unerträglich stickiges Zimmer und öffnete das Fenster. Zum Schlafen war es viel zu warm, außerdem war er noch zu aufgewühlt, um Ruhe zu finden.

Als Erstes machte er sich daran, die Wanzen einzusammeln, die sich seines Bettes bemächtigt hatten. Danach verfasste er einen weiteren Brief an seine Frau, erzählte von den Grabungen und davon, wie die türkischen Arbeiter sich über ihn unterhielten, als verstünde er ihre Sprache nicht. Sie waren ganz offenbar der Ansicht, er könne sich nur notdürftig verständigen. Heinrich ließ sie in dem Glauben, so konnte er sie ungeniert belauschen. »Er glaubt, dass hier der Krieg zwischen den Trojanern und den Griechen stattgefunden hat. Er denkt, unter uns liegt der Palast des damaligen Königs. Dabei ist das alles doch bloß eine Geschichte, eine Legende«, hörte er zum Beispiel.

Immerhin waren sie fleißig, und wenn sie doch einmal zu lange schwatzten und er der Meinung war, die Arbeit könnte darunter leiden, spornte er sie an. Er versprach demjenigen einen Zusatzlohn, der als Erster fündig wurde. »Wer einen Mauerstein, eine Scherbe, eine Pfeilspitze oder eine Fibel freilegt, wird reich belohnt werden.«

»Herr, was ist eine Fibel?«, fragte einer der Männer, ein stämmiger junger Bursche in bunter Tracht, dem ein Schneidezahn fehlte.

»Eine Spange, mit dem ein Gewand zusammengehalten wurde.«

Heinrich zahlte gut, und die Aussicht auf eine Prämie war allzu verlockend. Dafür würden sie sich vermutlich sogar gegenseitig zu übertrumpfen versuchen.

Ihm sollte es recht sein, solange sie anständig arbeiteten und ihn nicht betrogen. Das war seine größte Sorge, und er hatte beschlossen, für weitere Grabungen Aufseher einzustellen. Denen er letztlich vertrauen musste, was blieb ihm übrig?

Während er auf dem Hügel stand und grub, plagten ihn ständig Hunger und Durst. Zwar hatte er stets das übliche Gerstenbrot und seine Wasserflaschen dabei, doch er gönnte sich nur selten eine Verschnaufpause. Immer wenn er meinte, eine Kleinigkeit essen oder einen Schluck trinken zu müssen, befürchtete er, einer der Arbeiter könnte möglicherweise etwas entdecken und ihm vorenthalten. Oder aber etwas *nicht* bemerken und zuschütten. Heinrich wusste nicht, was schlimmer wäre.

Es war ein Teufelskreis, den er nicht zu durchbrechen vermochte. Egal, wie er es anstellte, irgendwo lauerte eine Zwickmühle. Und so hatte er sich angewöhnt, rasch etwas hinunterzuschlingen und zu trinken, ohne die Grabungsstelle aus den Augen zu lassen. Er verließ sie nur, wenn seine Blase so voll war, dass er nicht mehr aufhalten konnte. Dann rief er laut: »Ruhezeit!« und suchte ein Gebüsch ganz in der Nähe auf.

Als endlich ein Brief von Sophia kam, war Heinrich bereits mehr als eine Woche auf dem Hisarlik-Hügel. Der Wirt hatte ihm den Brief unter der Zimmertür durchgeschoben, und er konnte ihn kaum öffnen, so sehr schwitzten seine Hände. Sein ganzer Körper war in Schweiß gebadet, und er litt unter Durchfall und Magenkrämpfen, hatte scheußlichen Hautausschlag und seit Tagen kaum mehr als drei Stunden am Stück geschlafen.

Aber er war bereit, weit mehr in Kauf zu nehmen, wenn er nur endlich etwas finden würde.

Mein lieber Heinrich,

mit Freuden habe ich Deine Zeilen gelesen. Du hast also begonnen! Ich wünsche Dir so sehr, dass Du etwas findest, dass Du Troja findest.
Ich hätte Dich gern überrascht, glaube aber, dass es besser ist, wenn Du Bescheid weißt: Ich werde zu Dir kommen! Ich war krank, hatte hohes Fieber, denke aber, dass ich so weit wiederhergestellt bin, um reisen zu können.
Meine Tasche ist bereits gepackt. Ich bin furchtbar aufgeregt und freue mich so sehr, Dich wiederzusehen.

Deine getreue Sophia

Heinrich faltete den Brief zusammen und strahlte wie ein kleiner Junge, der das schönste Geschenk seines Lebens bekommen hatte. Sophia würde kommen! Endlich wären sie wieder vereint und könnten zusammen graben.

Er konnte sein Glück kaum fassen.

Er zog seine schmutzigen Sachen aus, befreite sie am offenen Fenster von Erde und Staub, und legte sich in Unterwäsche, die ihm am Leib klebte, aufs Bett. Die Luft hatte sich noch nicht abgekühlt, hoffentlich würde er trotzdem wenigstens ein bisschen schlafen können.

Er träumte von Sophia. Sie standen zusammen auf dem Hisarlik-Hügel und erzählten sich, wie Paris die strahlend schöne Helena aus Sparta geraubt hatte. »Wäre ich

Menelaos, wäre ich ihr auch nachgereist und hätte versucht, sie Paris zu entreißen«, sagte er und zog seine Frau fest an sich. »Würde man dich mir wegnehmen, käme ich um vor Gram und Zorn. Und mich würde kein Weltmeer davon abhalten, dich wiederzufinden.«

Sophia lächelte ihn an und hob das Gesicht in Erwartung seines Kusses. Doch als er sie küssen wollte, verwandelte sich ihr Gesicht in eine höhnische Fratze. Sie lachte ihn aus mit einer Stimme, die sein Blut gefrieren ließ. »Glaubst du etwa wirklich, ich könnte dich lieben? Sieh dich doch an, Heinrich, du bist nichts weiter als ein hässlicher Gnom. Es ekelt mich, wenn ich mir nur vorstelle, dich küssen zu müssen.«

Als er aufschreckte, hatte er das Kissen zusammengedrückt und schlug mit der Faust darauf. Es brauchte eine ganze Weile, bis er sich bewusst machte, dass es nur ein dummer Traum war, und noch länger, bis er endlich wieder in den Schlaf fand.

KAPITEL 24

Athen

S chon als Sophia aufgestanden war und sich angezo-
gen hatte, war ihr seltsam zumute gewesen. Bestimmt
die Aufregung, hatte sie sich gesagt. Sie hatte leichtes
Kopfweh und fühlte sich wacklig, ganz zittrig. Kalter
Schweiß brach ihr aus, doch sie schob den Gedanken
beiseite, dass es vielleicht doch keine gute Idee war, in
ihrem Zustand eine Reise anzutreten.

Ihr Vater begleitete sie zum Hafen, wo das Schiff bereits wartete. »Bist du sicher, dass du dich gut genug
fühlst?«

»Ja, Papa«, sagte sie wohl zum fünften Mal, seit sie
aufgebrochen waren. Im Grunde versicherte sie es sich
selbst, denn sie fühlte sich noch schlechter als wenige
Stunden zuvor.

»Aber du warst noch nie in Konstantinopel. Ich will
gar nicht daran denken, was dir dort alles passieren
kann.«

»Heinrich wird jemanden schicken, der mich abholt.
Es ist alles besprochen, Papa, du machst dir ganz un-
nötig Sorgen.«

In seinem letzten Brief hatte er geschrieben, wie sehr er sich auf sie freue und wie sehr sie ihm fehle.

Die Schiffsglocke ertönte, und ihr Vater stieß einen lauten Seufzer aus. »Vielleicht sollte ich ...«

Sie wollte den Kopf schütteln, doch in diesem Moment wurde ihr schwarz vor Augen.

»Ich wusste es ja! Du bist noch nicht wieder so genesen, um eine weitere Reise anzutreten«, hörte sie jemanden sagen.

Was war passiert? Warum schmerzte ihre linke Seite so?

Sie bewegte sich vorsichtig und zuckte zusammen.

»Liegen bleiben!«, befahl die Stimme.

»Papa?«

»Natürlich dein Vater, meine liebe Tochter.« Er drückte ihr einen Kuss auf die Stirn. »Bleib liegen, ja? Gleich geht es dir besser.«

»Was ist denn passiert?« Das Blut rauschte in ihren Ohren, ein dumpfes, unangenehmes Geräusch.

»Du bist in Ohnmacht gefallen.«

Sie wollte sich aufsetzen.

»Liegen bleiben, Sophia. Sei vernünftig.«

Hände nestelten an ihr, jemand legte den Finger auf ihr Handgelenk. Eine fremde Stimme sagte: »Ihr Puls ist recht hoch. Am besten, die junge Dame begibt sich ins Bett und ruht sich aus.«

Ihr Vater beteuerte, dass nichts anderes geschehen würde und er höchstpersönlich dafür sorge.

Er half Sophia auf die Beine. »Wird es gehen?«

»Ja, Papa«, versicherte sie mit angespannter Miene.

Das Schiff legte ab, und sie blieb wie versteinert stehen und sah zu. Sie sollte an Bord sein.

Was nun? Sie musste ihrem Mann schreiben, umgehend.

»Heinrich muss wissen, dass ich nicht komme, Papa.«

»Das hat Zeit.«

»Hat es nicht. Er schickt jemanden nach Konstantinopel, und wenn ich nicht da bin ...«

»Ich kümmere mich darum.«

»Nein, Papa, das will ich selbst tun.«

»Störrisch wie eh und je. Na schön, wir geben gleich hier eine Nachricht für ihn auf. Du lässt ja doch nicht locker.«

Hoffentlich dachte ihr Mann nicht, dass sie gekniffen hatte. Sophia lag in ihrem Bett, die Augen geschlossen, der Geist hellwach. Sie verfluchte ihren Körper, der sie im Stich gelassen hatte.

Andererseits war es ein Segen, dass sie nicht auf dem Schiff oder womöglich in Konstantinopel zusammengebrochen war.

An ihre Seekrankheit wollte sie gar nicht denken. Sobald sie wiederhergestellt war, würde sie sich aufmachen.

Am folgenden Tag schrieb sie Heinrich einen langen Brief, den sie damit beendete, dass sie schwor, sobald wie nur möglich zu ihm zu kommen.

Nichts kann mich aufhalten, mein lieber Mann, nicht mal zehn starke Pferde. Wenn ich nur endlich bei Dir sein könnte!

KAPITEL 25

Hisarlik

Die Arbeiter hatten an diesem Morgen bereits mit der Arbeit begonnen. Der Graben maß nun etwa fünfzehn Fuß in der Länge, drei Fuß in der Breite und sechs Spatenstiche in der Tiefe.

Die Arbeiter waren müde und erschöpft, das war ihnen deutlich anzusehen. Sie brauchten immer öfter eine Pause, hielten inne, um kurz auszuruhen oder sich den Schweiß abzuwischen.

Es war wieder entsetzlich schwül, und Insektenschwärme flirrten vor ihren Gesichtern oder versuchten unter ihre Kleidung zu schlüpfen, auf der Suche nach einem Stück freier Haut, in das sie hemmungslos ihren Stachel bohren konnten.

Heinrich hatte sich für einen Augenblick setzen müssen, ihm war schwarz vor Augen geworden und er hätte schwören können, dass in der Ferne Pferde angaloppiert kamen. Er hatte den Kopf gedreht und die Arbeiter angeschaut, ob auch sie etwas gesehen oder gehört hatten. Doch sie hatten still weitergegraben. Selbst zum Schwatzen waren sie inzwischen zu erschöpft.

Heinrich stand auf und legte die Hand über die Augen. Er blickte auf die grasbewachsene Ebene hinunter. Weit und breit war niemand zu sehen, nicht mal ein Reh oder ein Hase. Auch die Vögel, die sonst sangen und zwitscherten, waren still und hatten sich vermutlich in die Baumkronen verzogen, wo es schattig und kühl war. Nur ein Eichhörnchen kraxelte kopfüber den Stamm eines Baumes hinab und verschwand in einem der Wacholderbüsche.

Ich muss geträumt haben, dachte er benommen und rieb sich das Gesicht. Er fühlte sich in der Tat schläfrig. Ob er kurz eingenickt war?

Erschrocken versuchte er sich zu erinnern, ob er wie üblich am Morgen das Chinin eingenommen hatte. Hatte er es womöglich vergessen? Das wäre fatal, die Fieberkrankheit war das Letzte, was er gebrauchen konnte. Er sollte sich auch vergewissern, dass er noch ausreichend Chinin hatte, damit auch Sophia es einnehmen konnte.

Heinrich trank ein paar Schlucke vom warmen Wasser, verzog das Gesicht und ging zu zwei Arbeitern, die einen kleinen Wall mit der Spitzhacke bearbeiteten. »Und?«, fragte er laut, und sie wirbelten zu ihm herum.

»Nichts, Herr.«

Er versuchte sich einzureden, dass er noch immer voller Hoffnung und Elan war, dass er noch nicht kurz davor war, aufzugeben. Vielleicht irrten Calvert und er.

Doch irgendetwas in ihm sagte, dass er an der richtigen Stelle grub. Er hatte das unbestimmte Gefühl, kurz davor zu sein, etwas zu finden. Es kribbelte in seinem

Nacken, was aber wahrscheinlich an der Sonne und nicht an einer Eingebung lag. »Macht weiter«, befahl er und griff nach einer Hacke.

Er drosch auf die Stelle am Graben ein, die er zuvor bereits bearbeitet hatte. Er musste etwas finden, das darauf hindeutete, dass hier irgendwann Menschen gelebt hatten. Dass es sich nicht nur um einen Erdhügel handelte, der nichts weiter beherbergte als Kaninchenbauten.

Nachdem die Sonne untergegangen war, hatte er die Arbeiter weggeschickt. »Geht heim und ruht euch aus. Wir machen morgen weiter.« Keiner von ihnen hatte sich bislang auch nur einmal beschwert oder gemurrt, jeder verrichtete seine Arbeit und schien bemüht, dem strengen Blick des Auftraggebers und Bauherrn möglichst selten zu begegnen.

Heinrich blieb, schob mit der Hacke die Erde beiseite. Mit bloßen Händen machte er weiter, zu müde, zu kraftlos, um aufzustehen und den Spaten zu nehmen, der etwas weiter abseits in einem Erdhaufen steckte.

Er fühlte etwas an der linken Hand, war nicht sicher, ob er es sich eingebildet hatte. Er warf sich auf die Knie und tastete in der Erde. Wo war es? Und was war es?

Er kam wieder auf die Füße, nahm den Spaten und grub weiter.

Bis er auf etwas Hartes stieß. Er hörte ein leises, tönernes »Pling« und hielt mit wild pochendem Herzen inne. Er hatte sich nicht getäuscht, da war etwas in der

Erde, direkt zu seinen Füßen, vielleicht einen halben Spatenstich entfernt.

Wieder ging er auf die Knie und grub mit den Händen, bis seine Finger etwas zu fassen bekamen. Etwas Spitzes, Scharfes, Kantiges. Er schob sich die Brille auf die Nase, die auf seinem Scheitel gesessen hatte und machte weiter.

Schließlich zog er etwas aus der Erde und runzelte die Stirn. Eine Scherbe?

Er lief und holte eine Petroleumlampe aus dem kleinen Zelt, das in der Nähe aufgestellt war. Dort bewahrten sie weitere Ausrüstung und ihr Essen und Trinken auf in der Hoffnung, dass sich die Ameisen nicht darüber hermachten.

Heinrich eilte zurück, zündete die Lampe an und hielt den Fund ins Licht. Er brauchte einen Moment, um sich an die flackernde Helligkeit zu gewöhnen – und dann sah er es. Es war tatsächlich eine kleine Tonscherbe!

Er stieß einen jubelnden Laut aus, legte die Scherbe beiseite und grub weiter. Freudig, hektisch. Erst mit den Händen, dann mit dem Spaten. Als er auf nichts weiter stieß, musste er sich sehr beherrschen, vor lauter Enttäuschung nicht loszubrüllen. Stattdessen machte er weiter. Bis er schließlich auf etwas Größeres stieß.

Heinrich hielt den Atem an, legte die Hand auf sein Herz und sprach sich zu, jetzt bloß nicht die Nerven zu verlieren.

War endlich das eingetroffen, was er sich so lange gewünscht, so sehr erhofft hatte? Hatte er etwas gefunden, das seine These beweisen würde? Hatte er Troja entdeckt?

Er ging erneut auf die Knie und schob – nun deutlich vorsichtiger – Erdklumpen um Erdklumpen beiseite, die Lampe hatte er dicht neben sich gestellt. Die Sicht war trotzdem schlecht, aber er würde nicht aufgeben, selbst wenn er die ganze Nacht hindurch graben müsste.

Und dann zog er ein Gefäß aus der Erde, eine Art Vase, an der das Stückchen fehlte, das er zuvor gefunden hatte. Er hielt es an die Stelle, sah, dass es passte, und stieß einen Freudenlaut aus, der wahrscheinlich bis Bunarbaschi zu hören war.

Taumelnd vor Glück und Erregung – und weil er zu lange auf den Knien gehockt hatte –, stand er auf und betrachtete ehrfürchtig die Vase. Sie war tönern, schlicht bis auf ein Relief am Rand, bauchig und hatte einen Deckel. Sacht schüttelte er sie und meinte ein Rascheln zu hören. Befand sich etwas darin oder spielten ihm seine Ohren einen Streich?

Er bewegte sie erneut und horchte konzentriert. Dann zog er den Deckel ab und spähte hinein. Es war nichts zu sehen.

Also leuchtete er mit der Lampe hinein und runzelte die Stirn. War das Asche? Menschliche?

Sein Herz klopfte so sehr, dass es schmerzte.

Heinrich schloss die Augen und atmete tief durch. Hatte er eine Vase mit menschlicher Asche gefunden? Stand er wirklich auf den Ruinen von Priamos' Palast?

Eine Zeit lang schritt er umher, die Vase hatte er in eine der Kisten gelegt und gut verpackt. Er würde sie mitnehmen, fortschaffen. Zusammen mit seiner Frau. Wäre sie doch nur schon da.

Am nächsten Morgen fand Heinrich einen Brief, der unter seiner Tür durchgeschoben war. Er war von Sophia.

Seine Hände zitterten. Wenn sie ihm so kurz vor ihrer Ankunft schrieb, musste etwas geschehen sein.

Er überflog die wenigen Zeilen, ließ den Brief sinken und stieß ein so lang gedehntes Seufzen aus, dass er selbst ganz erschrocken war. Sie würde nicht kommen.

Heinrich schwankte zwischen Enttäuschung und Zorn. Eine Ohnmacht, lächerlich. Wie oft schon hatte er sich nicht gut gefühlt und hatte trotzdem eine Reise angetreten.

Wahrscheinlich wollte sie gar nicht kommen, und die kleine Ohnmacht kam ihr sehr zupass.

Er las erneut und kam zu dem Schluss, dass er selbst schuld war, sich auf sie verlassen zu haben.

Am nächsten Tag würde er verkünden, dass die Grabungen vorerst beendet waren und die Arbeiter entlassen. Den Graben würden sie zuschütten, so war es mit den Behörden in Konstantinopel vereinbart. Künftig würde Hisarlik wieder als Schafsweide dienen.

Heinrich wollte nach Athen reisen und nach seiner Frau sehen. Und ihr sehr genau auf den Zahn fühlen.

Aber schon bald würde er zurückkehren und weitergraben, bis er ganz Troja mit seinen prachtvollen Mauern freigelegt hatte. Ob nun mit oder ohne Sophia.

KAPITEL 26

Athen

Sophia hatte lange geschlafen und fühlte sich erfrischt und ausgeruht. So gut hatte sie eine Ewigkeit nicht mehr geschlafen.

Beschwingt zog sie sich an, bürstete ihr langes Haar, flocht es und wickelte es zu einem Knoten. Dann öffnete sie das Fenster, erfreute sich am Gesang des Kleiberpaares, das morgens im Garten zu finden war, und ging hinunter in die Küche.

Ihre Mutter stand am Spülstein und wusch Geschirr. »Hast du gut geschlafen?«, fragte sie, ohne sich zu ihr umzudrehen.

»Hast du mich am Gang erkannt?« Sophia griff nach dem Leinentuch, um die Teller abzutrocknen. »Um auf deine Frage zurückzukommen: Ich habe wunderbar geschlafen. Und ich habe einen Entschluss gefasst.«

Nun wandte ihre Mutter sich ihr zu und sah sie an. »Und wie lautet er?«

»Ich werde Heinrich schreiben, dass es mir besser geht und ich mich gleich morgen auf die Reise machen werde.«

»Kommt nicht infrage.«

»Willst du mich davon abhalten, bei meinem Mann sein zu wollen?«

»Worauf du dich verlassen kannst. Du bist noch krank, Sophia.«

»Mir geht es gut, Mama.«

»Jetzt gerade vielleicht. Muss ich dich daran erinnern, dass du das auch behauptet hast, als dein Vater dich zum Hafen begleitete?«

Sophia ging nicht darauf ein. Rasch trocknete sie das restliche Geschirr ab, dann begab sie sich ins Wohnzimmer, um ihrem Mann zu schreiben.

Am Nachmittag gab Marigó, die noch ein paar Einkäufe erledigen wollte, den Brief auf.

Sophia hatte sich wie meistens unter den Aprikosenbaum gesetzt, in dem es von Bienen und Hummeln wimmelte. Es duftete nach den reifen, mild süßen Früchten. Sie setzte sich auf die Hände, streifte die Sandalen ab und baumelte mit den nackten Beinen.

Eine Smaragdeidechse lag auf einem flachen Stein rechts von ihr und sonnte sich. Als Kind hatte sie gesehen, wie eine Katze einer Eidechse den Schwanz abbiss. Und mit großem Erstaunen hatte sie ihrem Großvater zugehört, der erzählt hatte, dass der Schwanz nachwachsen würde. Dass Tiere zu so etwas Unvorstellbarem fähig waren, hatte sie sprachlos gemacht. Die Natur mit ihrer Tier- und Pflanzenwelt war doch etwas Wundersames.

Marigó kam in den Garten gelaufen und wedelte mit einem Brief in der Hand.

»Du konntest ihn nicht mehr aufgeben?«

»Doch.« Atemlos sank ihre Schwester neben sie auf das Bänkchen. »Der Brief ist von Heinrich.«

Sophia nahm ihn und öffnete ihn ungeduldig.

Das, was sie las, ließ ihren Magen zusammenkrampfen.

Heinrich wollte nach Athen kommen, und es schien, als wäre er sehr verärgert und enttäuscht. Ihrem Rückfall schien er keinen Glauben zu schenken, vielmehr ging er davon aus, dass sie gar nicht vorgehabt hatte, zu ihm zu kommen.

»Was fällt ihm ein!«

»Was ist denn, Sophia?«

»Er glaubt, ich wollte gar nicht kommen.«

»Er denkt, du hättest dir deine Ohnmacht ausgedacht? Das ist ungeheuerlich.«

Sie hörte Schritte. Ihr Onkel kam in den Garten und blieb vor ihnen stehen. »Was ist ungeheuerlich?«

Sophia deutete auf den Brief. »Mein Mann hält mich für eine Lügnerin.«

»Wie bitte?« Er runzelte die Stirn. »Ruhig Blut, mein Kind.« Er bat Marigó aufzustehen und setzte sich neben Sophia. Er legte den Arm um sie und zog sie an sich. »Das wird sich alles klären. Vielleicht sollte ich Heinrich ein wenig den Kopf zurechtrücken.«

»Das kannst du dir sparen, Onkel. Du kennst ihn doch.«

Sophia hatte bis zum Abend im Garten gesessen, hatte den Vögeln gelauscht und die Eidechse beobachtet, die irgendwann unter einem der Büsche verschwunden war. Sie war aufgestanden und zum Tor gegangen, um nach dem streunenden Hund zu sehen. Sie fühlte sich innerlich wie ausgehöhlt, als wäre alles aus ihrem Körper gewichen, was sie ausmachte, was sie lebendig hielt. Auch in ihrem Kopf fühlte es sich ganz ähnlich an. Sie war kaum imstande, einen klaren Gedanken zu fassen.

Sie rief nach dem streunenden Hund, stieß einen kurzen Pfiff aus. Es dauerte nicht lange, und er kam die Straße entlang. Als hätte er irgendwo in der Nähe auf sie gewartet. Er humpelte leicht, und seine Augen waren verklebt.

In ihrer Abwesenheit hatte sich ihre Schwester notgedrungen um ihn gekümmert. Sophia hatte sie angefleht, ihn nicht seinem Schicksal zu überlassen.

»Da bist du ja.« Sie streckte die Hand aus, um ihn zu kraulen. Sie war die Einzige, die ihn berühren durfte. Nach Spiros hatte er sofort geschnappt, und bei ihrem Vater knurrte er mit zurückgelegten Ohren. Nur bei Marigó war er still, ließ allerdings immer einen gewissen Abstand.

»Ich habe einen Knochen mit ordentlich Fleisch für dich«, raunte sie ihm zu, und als schien er zu verstehen, wedelte er freudig mit dem Schwanz und jaulte auf. »Aber zuerst werde ich deine Augen auswaschen und mir dein Bein ansehen.« Sie öffnete das Tor und wartete, ob er davonlaufen würde. Doch er blieb stehen und sah sie treuherzig an. Sie ging in die Hocke und untersuchte seine linke Hinterpfote. »Du bist in eine Scherbe getreten, du Armer. Warte, ich ziehe sie heraus. Aber du musst stillhalten, hörst du. Und wehe, du schnappst nach mir.«

Geduldig wartete er, bis sie ihm äußerst behutsam die Augen gereinigt und anschließend die Scherbe entfernt hatte. »Jetzt wirst du wieder auftreten können. Das hast du gut gemacht. Und nun bekommst du deinen Knochen. Warte hier.«

Sie lief zurück ins Haus und prallte gegen ihren Onkel, der offenbar gerade zu ihr wollte. »Hoppla! Nicht so stürmisch, Kind.«

»Entschuldige, Onkel.«

»Ich habe gesehen, wie du dich um den Streuner kümmerst. Du hast ein großes Herz, mein Kind, und das weiß auch dein Mann. Er wird dir zuhören, wenn du ihm alles erklärst, da bin ich sicher.«

»Und wenn nicht?«

»Du überzeugst ihn schon. Du liebst ihn doch, nicht wahr?«

Sophia nickte.

»Und ich weiß, dass er dich liebt. Einer Liebe sollte man immer wieder eine Chance geben.«

Als verstünde er etwas von Liebesdingen, dachte sie amüsiert und musste sich ein Grinsen verkneifen.

Sophia fütterte den Hund und sah zu, wie er sich auf den Knochen stürzte und ihn abnagte. Dann brachte sie ihm noch den Rest vom Lammeintopf, auf den er sich genauso gierig stürzte.

Anschließend ging sie in ihr Zimmer und legte sich aufs Bett. Abwarten und hoffen, mehr blieb ihr gerade nicht übrig.

KAPITEL 27

Konstantinopel

Heinrich stand an der Kaimauer und wartete auf das Schiff, das ihn nach Athen bringen würde.

Zum ersten Mal fürchtete er sich vor einer Reise. In der Nacht hatte er sich ganz plötzlich krank gefühlt, so krank, dass er befürchtet hatte, nicht abreisen zu können. Heftige Darmkrämpfe hatten ihn wieder und wieder aus dem Bett in den Hof hinuntergetrieben, wo das Holzhäuschen mit dem Abtritt stand. Er hatte Fieber bekommen und versucht nachzudenken, ob er vergessen hatte, regelmäßig Chinin einzunehmen.

Dann war das Fieber gottlob gesunken, doch die Krämpfe waren geblieben. Am Morgen hatte er sich schwach und schwindelig gefühlt, hatte nur etwas Wasser zu sich genommen und um ein Stück Gerstenbrot gebeten, das er in seine Tasche gesteckt hatte. Er musste die Reise antreten, er musste nach Athen zu seiner Frau. Sich mit ihr auszusprechen erschien ihm überlebenswichtig. Seinen letzten Brief hatte sie unbeantwortet gelassen. War er doch zu harsch gewesen? Immerhin hatte er Andeutungen gemacht, dass sie ihre neuerliche Erkrankung nur vorschob. Oder hatte er ihr sogar vorgeworfen, ihn anzulügen?

Heinrich runzelte die Stirn, weil ihm mit einem Mal nicht mehr einfallen wollte, was genau er geschrieben hatte. Er war nie vergesslich gewesen, dass ihn sein Erinnerungsvermögen nun derart trog, fühlte sich grauenvoll an.

Es muss am Fieber liegen, versuchte er sich zu beruhigen. Die Träume, die er gehabt hatte, überlagerten alle Erinnerungen. »Wir legen gleich ab, Herr Schliemann.« Ein junger Bursche war gekommen und riss ihn aus seinen Gedanken. »Soll ich Ihr Gepäck aufs Schiff bringen?«

Er schüttelte den Kopf. »Nein, das mache ich selbst.«

In seiner Reisetasche befand sich die Vase mit der Asche, gut und sicher verpackt zwischen Kleidungsstücken und alten Zeitungen. Er würde die Tasche niemandem anvertrauen.

Er freute sich darauf, seiner Frau den Fund zu zeigen, und diese Tatsache bewies ihm, dass er sich nicht nur aussprechen, sondern auch versöhnen wollte.

Der junge Mann nickte schulterzuckend und trollte sich.

Zwei weitere Passagiere, ein Mann und eine Frau, gesellten sich zu ihm und plapperten über das sonnige Wetter, das ihnen ein paar schöne Tage in Konstantinopel beschert hatte.

»Sind Sie das erste Mal hier?«, wollte der Mann auf Englisch wissen, ein älterer Herr mit Stirnglatze, die rötlich leuchtete. Offenbar hatte er vergessen, regelmäßig einen Hut zu tragen.

»Nein«, antwortete Heinrich und schaute in die andere Richtung. Er hatte keine Lust auf eine Unterhaltung, schon gar nicht mit wildfremden Menschen, die ihm schon jetzt mit ihrem Geplapper auf die Nerven fielen.

»Oh, Sie sprechen unsere Sprache«, sagte der Mann erfreut. »Wir kommen aus der Nähe von Boston. Und Sie?«

»Ich verstehe Sie nicht«, log Heinrich. »Ich spreche leider nur ein paar Worte Englisch.«

Er drehte sich weg und tat so, als suche er etwas in seiner Reisetasche. Als seine Finger die Vase berührten, wurde er von einem heißen Glücksgefühl durchflutet.

Heinrich schloss sich in seiner Kabine ein, öffnete seine Reisetasche und nahm die Vase heraus. Er konnte sie gar nicht oft genug ansehen und bewundern. Noch vor wenigen Tagen hatte sie tief unten in der Erde gelegen, seit wohl mehr als zwei Jahrtausenden. Allein der Gedanke ließ ihn erschauern. Er, Heinrich Schliemann, würde in die Geschichte eingehen: Er hatte das sagenumwobene Troja entdeckt.

Er legte sich auf sein Bett, die Vase mit beiden Armen umklammert. *So würde ich am liebsten bestattet werden*, ging ihm durch den Kopf, schon ganz schläfrig.

Bevor ihm die Augen zufielen, sah er seine Frau vor sich, die ihn anlächelte und leise zu ihm sagte: »Ich werde dafür sorgen, dass dir dieser Wunsch erfüllt wird, mein lieber Heinrich.«

Mit einem seligen Lächeln schlief er ein, die Vase noch immer im Arm.

Heinrich schreckte hoch, als es an der Tür klopfte. »Herr Schliemann? Wir sind gleich da.«

Er blinzelte, wusste nicht sofort, wo er war. Dann erblickte er die Vase in seinen Armen – er hatte sie nicht losgelassen – und setzte sich auf.

Nachdem er das Gefäß wieder gut verpackt hatte, machte er sich frisch und verließ mit seinem Gepäck die Kabine.

Als das Schiff anlegte, traf er wieder auf das amerikanische Ehepaar. Dieses Mal ignorierten sie ihn, nur die Frau schoss Blicke wie giftige Pfeile in seine Richtung, und er lachte amüsiert in sich hinein.

Er ging von Bord, setzte den Hut auf und machte sich auf den Weg. Für einen ausgedehnten Spaziergang fühlte er sich noch zu schwach, immerhin hatten die scheußlichen Krämpfe endlich nachgelassen. Er würde einen Teil des Weges zu Fuß und den Rest per Kutsche oder Karren zurücklegen.

Unterwegs traf er auf einen Eselkarren, der ihn mitnahm.

Ihm war übel und schwindelig geworden, und er hatte sich auf einem Stein ausruhen müssen, als der Karren den staubigen Weg entlangkam.

Der braun gelockte Bursche auf dem Kutschbock rief:

»Brr! Brr! Nun bleib schon stehen, du Sturkopf!« Doch der Esel trabte weiter.

»Springen Sie auf!«, rief er Heinrich lachend zu. »Er bleibt nur dann stehen, wenn ich *nicht* will.«

Heinrich hatte etwas Mühe aufzusteigen, und als er endlich saß, brach ihm kalter Schweiß aus, und er glaubte sich übergeben zu müssen.

»Wenn Sie frisches Wasser wollen ...« Der Mann deutete hinter sich. »Sie sehen aus, als könnten Sie einen Schluck gebrauchen.«

Und ob er das konnte. Seine Trinkflasche war fast leer, das Wasser darin warm und abgestanden. Er war dem jungen Mann dankbar, auch weil der schweigen konnte.

Als sie wenig später in die Gasse einbogen, in der das Haus seiner Schwiegereltern stand, sagte er: »Wir sind gleich da. Dort drüben.« Er zeigte nach vorn.

»Rechnen Sie damit, dass er nicht stehen bleibt.« Der Mann strich dem Esel mit dem langen Stock über die Ohren. »Meinen Sie, dass Sie es schaffen abzuspringen?«

Heinrich seufzte verhalten. Nein, das würde er vermutlich nicht schaffen. Er würde der Länge nach auf die staubige Straße plumpsen und wahrscheinlich dort liegen bleiben, bis ihn irgendwer finden und ihm hochhelfen würde. Keine angenehme Vorstellung.

Doch der Esel blieb tatsächlich stehen, und der junge Mann lachte kopfschüttelnd. »Er überrascht mich doch immer wieder.«

Heinrich griff nach seiner Reisetasche, saß ab und drückte dem Mann ein paar Münzen in die Hand.

»Nicht doch, mein Herr«, stammelte der mit rotem

Kopf. »Es lag auf meinem Weg, Sie müssen wirklich nicht ...«

»Ich bestehe darauf«, sagte Heinrich matt und hoffte inständig, den Weg bis zur Haustür zu bewältigen. »Sie waren sehr freundlich, manch anderer wäre weitergefahren.«

»Dann sage ich besten Dank, mein Herr.« Der Mann schnalzte mit der Zunge, aber der Esel bewegte sich keinen Zentimeter.

Heinrich ging auf wackligen Beinen zur Tür und hörte, wie der Karren sich schließlich doch in Bewegung setzte.

Er wollte gerade den Türklopfer betätigen, als die Tür geöffnet wurde und Viktoría vor ihm stand. »Heinrich?«, fragte sie ungläubig. Dann strahlte sie und drückte ihn an sich.

Er war zu überrumpelt, um Widerstand zu leisten. Der Hut rutschte ihm herunter, und als sie sich gleichzeitig nach ihm bückten, stießen sie mit den Köpfen zusammen. Viktoría lachte schallend, während er das Gesicht verzog.

»Fehlt dir etwas, mein lieber Schwiegersohn?«, fragte sie besorgt.

»Ich fühle mich nur ein wenig matt und verschwitzt.«

»Wie Sophia sich freuen wird!«, rief sie aus und warf die Hände in die Luft. »Nein, wie sie sich freuen wird!«

Das hoffte er. Er hatte noch nicht darüber nachgedacht, was er tun würde, sollte sie ihn nicht sehen wollen. Vermutlich würde er ins Hotel gehen und sich drei Tage lang ausschlafen.

»Du siehst wirklich müde aus.« Viktoría legte die Hand auf seinen Unterarm. »Komm, am besten du machst dich erst ein wenig frisch. Ich lasse dir eine Karaffe Wasser bringen. Möchtest du etwas essen?«

Er schüttelte den Kopf. Bloß nichts essen. Der bloße Gedanke daran verursachte ihm Übelkeit. Er war froh, dass seine Schwiegermutter nicht auf der Stelle die ganze Familie zusammengetrommelt hatte. Er würde sich in der Tat gern erst frisch machen und kurz ausruhen, bevor er Sophia unter die Augen trat.

Viktoría wollte ihm die Reisetasche abnehmen, aber er schüttelte erneut den Kopf. »Lass nur, sie ist nicht schwer.« Er reichte ihr Hut und Jackett und folgte ihr in die kleine Kammer, die hin und wieder einen Gast beherbergte. Dort stand ein verlockendes Bett, und er musste das Verlangen, sich nur für eine halbe Stunde hinzulegen und auszuruhen, mühsam niederringen.

Seine Schwiegermutter holte frisches Wasser, füllte es in die Waschschüssel und stellte eine Karaffe mit Wasser auf das Tischchen am Fenster. Dann schenkte sie ihm ein Lächeln und wollte gehen.

»Warte, bitte. Wärst du so freundlich und sagst Sophia noch nicht, dass ich da bin?«

Sie nickte, stellte keine weiteren Fragen.

»Ich möchte sie gern überraschen«, fügte er trotzdem hinzu.

Kaum war sie aus der Tür, da schwankte der Boden unter seinen Füßen, und er schaffte es gerade noch bis zum Bett. Er sank darauf nieder, nestelte am Kragen seines Hemdes und ließ sich hintenüberfallen. Gott, tat das gut! Er könnte sicher bis zum nächsten Tag durchschlafen, vielleicht sogar länger.

Sein Magen rebellierte, als er sich vorsichtig aufrichtete, um etwas zu trinken. Das Brot fiel ihm ein, und er nahm den Kanten aus der Tasche und brach ein kleines Stück ab. Es schmeckte furchtbar, war versalzen und steinhart, aber es fühlte sich dennoch an, als hätte sein Magen genau darauf gewartet.

Heinrich legte sich wieder hin und schloss die Augen.

Nur fünf Minuten ...

Er wurde wach, als er eine kühle Hand auf seiner Wange spürte. Wo war er? Welcher Tag war heute? War er noch in dem schäbigen Gasthof an den Dardanellen?

Er öffnete die Augen, stutzte und lächelte dann.

Sophias Gesicht war nah vor seinem, sie betrachtete ihn mit sorgenvollem Blick.

Er wollte sich aufsetzen, doch sie hielt ihn zurück. »Nicht, warte noch ein Weilchen. Du siehst ganz erschöpft und grau aus. Besser, du ruhst dich noch etwas aus.« Mit herrlich kühlen und sanften Fingern befühlte sie seine Stirn, hob die Augenbrauen und seufzte. »Ich glaube, du hast Fieber.«

»Wasser ...«, bat er und trank gierig aus dem Becher, den sie an seine Lippen hielt. Er deutete auf die Reisetasche neben dem Bett. »Chinin ... Das Fläschchen liegt obenauf.«

»Ist es die Fieberkrankheit?«, fragte sie bange.

»Ich weiß es nicht, ich glaube nicht.« Seine Lippen waren rau und aufgesprungen, und er leckte darüber.

Seine Frau blieb bei ihm sitzen, bis er wieder eingeschlafen war.

KAPITEL 28

Zärtlich strich Sophia über Heinrichs warme Hand. Sie war eher heiß, offenbar war das Fieber noch gestiegen.

Er war auf der Stelle wieder eingeschlafen. Ihn so krank zu sehen ließ sie alle schlechten Gefühle und bissigen Bemerkungen, die sie auf der Zunge gehabt hatte, vergessen. Sie war froh, dass er überhaupt noch lebte. Die Krankheit hätte ihn dahinraffen können.

Seine Reisetasche stand neben dem Bett, und sie wunderte sich wieder einmal, wie wenig Gepäck er benötigte. Während sie mit zwei vollen Koffern reiste, genügten ihm wenige Kleidungsstücke zum Wechseln, sein Tagebuch und das Buch, in dem er gerade las. Meistens war es eines in der Sprache, die er lernen wollte. Das tat er, indem er das Gelesene hinterher niederschrieb.

Auch Sophia hatte es so versucht, doch es funktionierte nicht. Sie konnte noch so viel lesen, noch so viel schreiben, die neue Sprache wollte einfach nicht in ihrem Gedächtnis haften bleiben. Immer wieder wechselte sie ins Griechische, bis sie kaum noch wusste, welche Sprache sie gerade erlernen sollte. Denn von Wollen konnte nicht die Rede sein, es war nicht ihre Idee gewesen, mehrere Sprachen zu sprechen. Heinrich wollte es so und verstand nicht, weshalb es ihr solche Schwierigkeiten bereitete. Wie oft hatten sie deswegen gestritten.

Doch mit diesen kleinen Streitereien war es genug, das hatte sie sich vorgenommen. Sie würde ihrem Mann klipp und klar sagen, dass sie sich nicht länger seinen Willen aufzwingen ließe.

Heinrich öffnete flackernd die Augen, sein Blick suchte ihren. »Du bist ein schwieriger Mensch«, flüsterte sie. »Und ich fürchte, das weißt du nicht mal. Ich gebe mir wirklich Mühe, Heinrich, aber du musst auch bereit sein, mich so zu nehmen, wie ich bin.«

Seine Finger tasteten nach ihren. »Das werde ich.« Seine Stimme war rau, als fiele es ihm unendlich schwer, zu sprechen.

»Schsch.« Sie strich über seine Hände. »Du darfst dich nicht anstrengen.«

Die Augen waren ihm wieder zugefallen.

Sophia stand auf und stellte sich ans offene Fenster. Seit Tagen hatte es nicht geregnet, und ein lauer Wind brachte schwüle Luft ins Zimmer.

Schon jetzt grauste es ihr vor der langen Reise nach Paris. Wenn sie Heinrich doch nur davon überzeugen könnte hierherzuziehen.

Als er wieder aufwachte, war es bereits dunkel.

Seine Hand tastete nach ihrer, als er sie gefunden hatte, drückte er sie. »Sophia ...«

»Ich bin hier, Heinrich. Ich bin die ganze Zeit nicht von deiner Seite gewichen.«

»Es ... tut mir ... leid«, stammelte er leise und mit brüchiger Stimme. »Ich war ein ... Narr. Ich will dich ... nicht verlieren, Sophia.«

»Das tust du nicht, keine Sorge.« Sie ließ es heiter klingen, er sollte nicht wissen, wie berührt, wie ergriffen sie war.

»Ich war ein Narr«, sagte er wieder, und sie führte seine noch immer heiße Hand an ihre Lippen. »Kannst ... du mir ... verzeihen?«

»Natürlich. Das habe ich längst, Heinrich.«

Ein Lächeln umspielte seine trockenen Lippen.

Sie beugte sich über ihn und küsste ihn auf die Stirn. »Ich war wirklich krank. Mein Vater hatte mich zum Hafen begleitet, und dann bin ich in Ohnmacht gefallen. Es war keine Lüge, kein Vorwand, nicht bei dir sein zu wollen.«

Heinrich hatte die Hand gehoben, was ihn sichtlich Anstrengung kostete. »Schon gut, Sophia, ich weiß.«

»Ich würde dich nicht belügen.«

»Ich weiß«, sagte er wieder, und sie sah ihn forschend an.

»Aber du dachtest es, so stand es in deinem Brief.«

»Ich war nicht Herr meiner Sinne.« Er wedelte mit der Hand. »Meine Tasche ... Sei so gut und gib sie mir«, bat er und musste husten.

Sie hielt ihm den Becher an die Lippen. »Vorsichtig.«

Er verschluckte sich und hustete bellend.

»Warst du bei einem Arzt?«

»Ich brauche keinen Arzt.«

Sophia bat ihn, sich noch einmal aufzusetzen, damit sie das Kissen gegen ein neues tauschen konnte. »Du hast immer noch Fieber. Soll ich dir noch etwas Chinin geben?«

Er nickte.

Anschließend stellte sie die Reisetasche neben ihn aufs Bett und sah verblüfft, wie Leben in ihn kam. Seine Augen leuchteten, als er die Tasche aufklappte. »Du wirst staunen.«

Ob er ihr ein Geschenk mitgebracht hatte? Schmuck von einem der Basare in Konstantinopel?

Die Überraschung war groß, als er etwas in Zeitung Eingeschlagenes hervorholte. Nach einem Schmuckstück sah es nicht aus. »Was ist das, Heinrich?«

Er hob nur kurz die Hand, lächelte flüchtig und wickelte den Gegenstand aus. Eine Vase. Eine Vase, an der ein kleines Stück fehlte. »Sie ist ... aus Troja. Hilf mir, ja?« Er deutete auf das Kissen, und sie half ihm, sich aufzusetzen. »Ich habe sie ausgegraben.«

»Ausgegraben?«, wiederholte sie und begriff erst dann. »Du meinst, du hast sie ... Sie ist ... Oh Gott, Heinrich!« Sie schlug die Hand vor den Mund und streckte sie dann nach der Vase aus. »Sie ist wunderschön.« Ehrfürchtig berührte sie sie.

»Ja, das ist sie.« Seine Augen leuchteten noch immer. Dieser Fund musste ihm viel bedeuten, sehr viel.

Sophia wünschte, sie hätte dabei sein können.

Er griff in seine Hosentasche und zog ein Taschentuch hervor, das er sich vor den Mund presste.

»Ist dir übel?«

Mit einem Nicken tupfte er sich den Mund. Dann stutzte er, als fiele ihm etwas ein, und runzelte die Stirn. »Ich war so durstig und habe Wasser aus dem Fluss getrunken. Aus dem Skamander. Daher wohl die Übelkeit und die scheußlichen Krämpfe. Und wohl auch … das Fieber.« Erschöpft sank er zurück aufs Kissen. »Gott, ich bin wirklich ein Narr. Ich weiß doch, wie gefährlich das ist. Aber ich war so schrecklich durstig.«

Sophia gab ihm einen Kuss auf die Stirn. »Ich lasse frische Wadenwickel bringen. Ich bin gleich zurück.« Sie lief hinaus und blieb auf dem Flur kurz stehen.

Heinrich hatte eine Vase ausgegraben! Das bedeutete doch, dass Troja existierte, dass es nicht nur eine Sage, eine Geschichte war. Er hatte es immer gewusst. Und nun hatte er es auch bewiesen.

Die Wadenwickel hatten das Fieber weiter gesenkt, bis Heinrich sich schließlich so erholt fühlte, dass er sich mit Sophias Hilfe aufsetzte und ihr ausführlich von dem Tag berichtete, an dem er die Vase gefunden hatte. »Was du aber noch gar nicht weißt …«, endete er und schaute sie mit bedeutungsvoller Miene an. »Es befindet sich etwas in der Vase.«

»Und was?«, fragte sie gespannt.

Er nahm den Verschluss ab und schüttelte das Gefäß ein wenig. »Hörst du das?«

»Es raschelt.«

Er nickte mit einem Lächeln. »Asche.«

»Asche?« Sie hielt den Atem an, dann ließ sie ihn entweichen. »Und das findest du so ungeheuer interessant?«, fragte sie enttäuscht.

»Verstehst du denn nicht, Sophia?«

Da war er wieder, der inzwischen vertraute Klang seiner Stimme, wenn er aufgeregt und von etwas gefesselt war. »Menschliche Asche.«

»Oh Himmel, Heinrich!« Sie schlug die Hand vor den Mund und tastete nach der Vase. »Darf ich?«

»Nur zu.«

Sophia nahm die Vase und warf einen Blick hinein. Natürlich konnte sie so gut wie nichts sehen, dazu war es zu dunkel. Also hielt sie sie etwas schräg ins Licht der Petroleumlampe neben dem Bett. Doch auch jetzt konnte sie kaum genug erkennen, um es zu identifizieren. »Bist du sicher?«, fragte sie misstrauisch und schüttelte die Vase ebenfalls. »Es könnte die Asche eines ganz normalen abgebrannten Feuers sein.«

»Und wieso sollte man die in einem Gefäß aufbewahren? Denk doch mal nach, Sophia.«

Er hatte recht, sie hätte nachdenken sollen, bevor sie die unsinnige Frage stellte. Es musste menschliche Asche sein, weil es keinen plausiblen Grund gab, gewöhnliche in einem Gefäß aufzubewahren. »Heinrich! Natürlich ist es menschliche! Aber natürlich!« Sie stellte die Vase auf das Schränkchen neben dem Bett. »Lass uns abreisen, sobald du dich gesund genug fühlst, ja?«

»Du möchtest nach Paris zurück?«

»Nach Paris? Nein, ich will nach Troja! Lass uns weitergraben, Heinrich! Vielleicht finden wir noch mehr.«

KAPITEL 29

Heinrich war nichts anderes übrig geblieben, als Sophia zu beichten, dass er ohne Genehmigung gegraben hatte.

»Wir können also nicht einfach dorthin und weitergraben.«

»Aber ich ...« Der Schreck und auch die Enttäuschung waren ihr anzusehen. »Werden sie dich einsperren?«

»Einsperren?« Er musste lachen. »Nein, ganz bestimmt nicht. Aber es ist wohl besser, wenn ich erst abwarte, bevor ich mich dort wieder blicken lasse. Wir werden wieder nach Paris zurückreisen.«

Er versuchte an ihrer Miene zu ergründen, was in ihr vorging. Dass sie sich nicht sonderlich freute, war deutlich. »Ich dachte, du hättest dich eingelebt.«

»Das habe ich auch, Heinrich«, versicherte sie.

»Was ist es dann?« Er legte besonders viel Zärtlichkeit in seine Stimme.

»Vielleicht solltest du erst wieder zu Kräften kommen, findest du nicht?«

Er nickte. »Du hast recht. Ich fühle mich noch nicht wiederhergestellt.«

»Versprich mir, dass du nie wieder so dumm ...«

Hastig räusperte sie sich. »Ich meine, du darfst nie wieder etwas so Gefährliches tun und aus einem Fluss trinken.«

»Sprich es ruhig aus. Ich war dumm, ja.« Er betrachtete seine Frau und spürte, wie sich sein Herz vor Liebe zusammenzog. Er hatte das Bedürfnis, ihr einen Wunsch zu erfüllen. »Du hast einen Wunsch frei, Sophídion.«

»Einen Wunsch?« Sie sah ihn überrascht an.

Ein Lächeln huschte über ihr Gesicht, und er ahnte, was sie sich wünschen würde. »Ich möchte nicht, dass wir in ein Hotel ziehen, Heinrich. Ich möchte hierbleiben, im Haus meiner Eltern.«

»Einverstanden.«

Heinrich genoss die Zeit in Athen, auch wenn er täglich, manchmal stündlich daran dachte, wie es wäre, wenn sie direkt nach Troja aufbrechen könnten. Er hatte die Dardanellen, die Troas vor Augen und sehnte sich danach, dorthin zurückzukehren.

Morgen für Morgen ging er schwimmen, als er sich wieder erholt hatte. Anschließend machte er ausgedehnte Spaziergänge, meistens allein, weil seine Frau gern länger schlief. Er hatte es aufgegeben, sie zu ermahnen, sich mehr zu bewegen. Es führte zu nichts außer Zank und schlechter Stimmung.

An diesem Morgen fühlte Heinrich sich ausgeruht und voller Tatendrang, als er nach einem ausgedehnten Spaziergang zurückkam und sie am Tisch sitzen sah.

»Du bist schon auf.« Er gab ihr einen Kuss aufs Haar und nahm neben ihr Platz.

»Ich wollte mit dir frühstücken.«

Sie lächelten sich an.

»In Paris werde ich mich um meine Geschäfte kümmern müssen«, plauderte er aufgeräumt und legte sich die Serviette in den Schoß. »Es ist viel liegen geblieben.«

Sie nickte, sagte aber nichts.

»Wenn wir erst mal ein Kind haben ...«, setzte er an. Vielleicht war jetzt nicht der geeignete Zeitpunkt für so ein Gespräch, doch nun war es heraus.

Sophia hob das Gesicht und sah ihn ernst an. »Du weißt, wie sehr ich mir ein Kind wünsche.« Sie senkte die Stimme, obwohl sie allein im Zimmer waren. »Aber wie soll ich ein Kind empfangen, wenn wir ständig getrennt sind?«

Er verlor ein wenig die Fassung und wollte es sich nicht anmerken lassen. »Du übertreibst mal wieder.« Seine gute Laune war dahin. Er hätte nicht davon anfangen sollen.

Sophia seufzte. »Lass uns nicht streiten.«

»Wir streiten nicht«, gab er knurrig zurück.

Sie nahm seine Hand und drückte sie. »Auch wenn ein kleiner, harmloser Streit manchmal ganz schön sein kann.« Sie zwinkerte ihm zu. »Weil man sich danach wieder versöhnen kann.«

Ihm schoss das Blut ins Gesicht, sogar seine Ohrläppchen wurden heiß.

Seine Frau kicherte. »Es verleiht einer Ehe eine besondere Würze, nicht wahr?«

So zweideutig kannte er sie gar nicht, aber er konnte nicht leugnen, dass es ihm gefiel. »Wollen wir auf dein Zimmer gehen?«, raunte er und grinste, als sie wieder kicherte.

»Wie ein junges Liebespaar, meinst du?«, wisperte sie und stand auf. »Ja!«

Auf der Treppe fing sie an zu laufen, nahm zwei Stufen auf einmal. »Fang mich, wenn du kannst.«

Heinrich musste lachen, er fand ihre Albernheit, ihre Kindlichkeit äußerst anziehend. »Warte nur, gleich habe ich dich.«

Sie stieß einen spitzen Schrei aus, den er rasch dämpfte, indem er ihr die Hand auf den Mund legte und ihn schließlich mit einem langen Kuss verschloss.

»Oh, Heinrich.« Sie seufzte. »Aber wir müssen leise sein.«

»Das werden wir.« Er hob sie kurzerhand hoch und trug sie bis zu ihrer Zimmertür, auch wenn seine Knie nachgeben wollten. So ausgeruht und frisch war er wohl doch noch nicht.

Nach einem stürmischen Liebesakt lagen sie aneinandergeschmiegt unter der Bettdecke.

»Vielleicht habe ich ja gerade ein Kind empfangen. Wäre das nicht wundervoll?«

»O ja.« Er zog sie noch fester an sich. »Ein Sohn wäre phantastisch. Aber mir wäre auch eine Tochter recht.« Würde seine Frau ihm ein Kind schenken, wollte er der beste Vater sein, den die Welt je gesehen hatte, das schwor er sich. Er wollte für seinen Sohn, seine Tochter da sein, für sie sorgen, sie erziehen und aufwachsen sehen. Anders als bei seinen Kindern, die Jekaterina ihm geschenkt hatte.

Er hörte sich seufzen und war selbst überrascht.

»Was hast du?«

»Ich musste gerade an Natalia denken«, gab er zu.

»Mein armer Heinrich.« Sophia kuschelte sich in seinen Arm und zupfte an seinem Brusthaar.

»Das kitzelt.«

»Ich weiß.«

Er grinste und küsste sie aufs Haar. »Ich liebe dich, *Sophídion.*«

»Und ich dich, mein *Errikáki.*«

Heinrich unterdrückte ein weiteres Seufzen. Er war so selig, so beglückt, dass er am liebsten aufspringen und durchs Zimmer laufen würde. Albern sein, ausgelassen. Das hatte ihm in all den Jahren so gefehlt. Nein, korrigierte er sich selbst, es hatte ihm nicht fehlen können, weil er es gar nicht gekannt hatte. Genauso wie er nie eine klassische Familie kennengelernt hatte. Für ihn hatte es nie Harmonie und Zusammenhalt gegeben, auch nicht in seiner Ehe mit Jekaterina. Sie hatte ihr Leben gelebt und er seins. Seine Kinder waren wie Fremde für ihn gewesen, und er war ein Fremder für sie. Trost, Geborgenheit und Wärme hatten sie bei ihrer Mutter gefunden.

Ich will, ich werde ein guter Vater sein, ein Vater, wie ich ihn mir selbst immer gewünscht habe.

Mit diesem Gedanken glitt er in einen ruhigen Schlaf.

KAPITEL 30

Paris im Sommer desselben Jahres

Heinrich saß an seinem Schreibtisch und starrte seit Minuten gedankenverloren aus dem Fenster. Im Monat zuvor hatte Frankreich Preußen den Krieg erklärt. Auslöser war ein Streit um die spanische Thronkandidatur von Prinz Leopold von Hohenzollern. Kaiser Napoléon hatte nicht damit gerechnet, dass vier süddeutsche Staaten ebenfalls in den Krieg eintreten würden.

Heinrich fuhr zusammen und runzelte die Stirn, als es an der Tür klopfte und gleich darauf seine Frau hereingestürmt kam. »Heinrich, sieh nur!« Sie trug ein riesenhaftes Blumengebinde mit einer dunkelroten Schleife. »Das ist von Madame und Monsieur Gerard. Ist es nicht bildschön?«

»Sophia.« Er seufzte verhalten und rang sich dann ein Lächeln ab. »Ich wollte doch nicht gestört werden.«

»Das hatte ich ganz vergessen, bitte entschuldige.« Es klang aufrichtig zerknirscht. »Aber ich freue mich so, dass es ihnen gestern bei uns gefallen hat«, plapperte sie mit geröteten Wangen.

Er stand auf und ging zu ihr, um sie zu umarmen. »Ich freue mich auch, mein Schatz. Es war ein schöner Abend, du darfst stolz auf dich sein.« Sie hatte sich wirklich sehr ins Zeug gelegt, hatte gemeinsam mit der Köchin für ein Festmahl gesorgt, Eingangsdiele und Esszimmer mit Blumen und Kerzen ausstaffiert und sich auf äußerst angenehme und kluge Weise am Gespräch beteiligt und sogar über Mode geplaudert.

»Ich bin auch sehr stolz auf dich.« Er küsste sie auf die Stirn.

Sie hob das Gesicht und lächelte ihn an. »Weißt du, was mich am meisten freut? Dass ich mich gar nicht so verbiegen musste, wie ich befürchtet hatte. Es ist mir leichtgefallen, eine gute Gastgeberin zu sein und mit den Damen zu parlieren. So sagt man doch, nicht wahr?«

Er schmunzelte. »Ich bin zu beneiden.« Er hatte gesehen, wie die anwesenden Männer Sophia angestarrt hatten, und er hatte diese Blicke genossen.

Es klopfte, und das Hausmädchen trat mit einem Knicks ein. »Madame Schliemann? Es sind noch mehr Blumen gekommen.«

Sophia strahlte. »Noch mehr? Hör nur, Heinrich! Ach, wie schön! Ich komme, Mireille.« Sie lief hinaus und ließ die Tür hinter sich zufallen.

Nicht sehr damenhaft, dachte er amüsiert.

Heinrich setzte sich wieder an seinen Schreibtisch und schlug sein Tagebuch auf. Er hatte es eine ganze Weile vernachlässigt, weil ihm die Ruhe dazu gefehlt hatte. Er atmete tief aus, dachte einen Moment nach und begann zu schreiben.

~

Dieser verfluchte elende Krieg!

Sophia stand mit verschränkten Armen am Küchenfenster und sah, wie unten auf der Straße vier Männer in deutscher Uniform umherliefen und aufgeregt miteinander redeten. Warum musste dieser dumme Leopold sich ausgerechnet auf den spanischen Thron setzen wollen? Die Bevölkerung wollte keinen Krieg, niemand wollte um sein Leben, seine Heimat bangen müssen.

Sie ging vom Fenster weg und schaute der Köchin über die Schulter. Es duftete verführerisch nach Kräutern und Fisch.

Oft hatte die Köchin ihr beim Kochen griechischer Speisen zugesehen und viele Fragen gestellt.

Heute war es umgekehrt.

»Das riecht köstlich, Alice.«

»Man nennt den Eintopf Bouillabaisse, Madame. Bei uns in der Provence wird er oft gegessen.« Es klang ein wenig traurig, wahrscheinlich litt Alice unter Heimweh.

»Wann haben Sie Ihre Familie zuletzt gesehen?«

»Das ist schon eine Weile her, Madame.« Alice streute etwas in den Eintopf und rührte um.

»Warum fahren Sie am Wochenende nicht hin? Mein Mann und ich kommen ohne Sie zurecht. Es ist keine Abendgesellschaft geplant, und ich kann für meinen Mann kochen.«

»Aber das wird Monsieur bestimmt nicht erlauben.«

Sophia schaute sie streng an, ein Gesichtsausdruck, den sie sich erst hatte aneignen müssen. »*Ich* erlaube es, Alice.«

»Aber wird Monsieur nicht verärgert sein?«

»Das lassen Sie mal meine Sorge sein.«

Die Köchin lächelte vage. »Wie Sie meinen, Madame.«

Das Hausmädchen kam und brachte die Post. »Danke, Mireille.« Sophia sah die Briefe rasch durch. Einer war aus Konstantinopel.

Sie ging damit zum Arbeitszimmer ihres Mannes und klopfte an. Wieder wartete sie nicht ab, bis er »Herein« sagte, und wieder fuhr er zusammen und blickte sie kopfschüttelnd an. »Wann wirst du daran denken, Sophia?«

»Verzeih, ich war ganz in Gedanken. Da ist ein Brief aus Konstantinopel gekommen.« Sie legte ihn auf das aufgeschlagene Buch, in dem er gerade schrieb, die anderen Briefe daneben.

Er nahm keine Notiz davon, schob ihn beiseite und schrieb weiter.

»Bist du gar nicht neugierig?«

»Nein.«

Aber ich, dachte sie.

»Es wird der Ferman für die weitere Grabung sein.«

»Ich dachte, den hättest du bereits.«

»Nein.« Er schrieb weiter, vermied es, sie anzusehen.

Oder täuschte sie sich? »Stimmt etwas nicht, Heinrich?«

Mit einem ärgerlichen Laut klappte er das Buch zu, nahm den Brief und trennte ihn mit dem hübschen Öffner auf, den er von einer seiner Reisen mitgebracht hatte. Er las ohne die geringste Regung in seinem Gesicht, faltete den Brief zusammen und steckte ihn zurück in den Umschlag. »Es gibt ein paar Schwierigkeiten.«

»Schwierigkeiten? Was für Schwierigkeiten, Heinrich?«

»Damit musst du dich nicht belasten.«

»Ich möchte es aber. Deine Schwierigkeiten sind auch meine. Wir hatten uns versprochen, füreinander da zu sein.«

»Das ist was anderes.«

»Ist es nicht. Verflucht, Heinrich!«

»Hör auf zu fluchen.«

»Ich bin aber wütend! Du darfst auch fluchen, wenn du wütend bist.« Und wie er fluchen konnte. Wie ein Kesselflicker. Er trat hin und wieder sogar gegen einen Hocker oder Stuhl.

Um seinen Mundwinkel zuckte es, doch er blieb ernst und schwieg.

»Bekäme ich einen Brief und sagte dir nur lapidar etwas von Schwierigkeiten, würdest du toben, Heinrich.«

»Toben.« Er schnaubte.

»Du weißt, wie schnell du aus der Haut fährst. So weit würde ich es aber nicht kommen lassen, weil ich dir nämlich nichts verheimlichen würde. Aber du verheimlichst mir etwas.« Es sollte herausfordernd klingen, klang vermutlich aber nur trotzig, und sie ärgerte sich.

Er lehnte sich zurück. »Die Behörden drohen mir mit einer Strafe.«

»Warum? Wofür?« Sie setzte sich auf die Ecke des Schreibtischs, ganz nah bei ihm. Sie mochte es, ihm körperlich nah zu sein. Seit sie aus Athen zurück waren, hatte es stürmische, leidenschaftliche Nächte gegeben. Nächte, an die sie noch am Tag danach mit erhitztem Gesicht zurückdachte. Nächte, in denen sie gehofft und gebetet hatte, endlich ein Kind zu empfangen.

»Weil ich ohne Genehmigung gegraben habe. Ich war einfach zu ungeduldig.«

»Das verstehe ich gut. Mir ginge es genauso.«

»Meine liebe Sophia, mein Goldschatz.«

Sie musste lachen.

»Was gibt's da zu lachen? Ich meine es ernst, du bist mein Goldschatz, das Kostbarste, was ich besitze.«

»Du siehst mich als dein Eigentum?«

»Du hast wirklich ein Talent, mir die Worte im Mund umzudrehen.«

»Entschuldige«, murmelte sie zerknirscht.

Doch er lenkte gleich wieder ein. »Danke, dass du mich verstehst. Wir sind uns wirklich in vielem ähnlich.«

»Ich hätte trotzdem gewartet.«

»Ach ja?«, sagte er wieder, diesmal sichtlich erstaunt.

»Ich habe gelernt, Gesetze zu befolgen. Außerdem hätte ich furchtbare Angst vor einer Strafe. Ich bewundere dich, Heinrich. Ich wünschte, ich wäre auch so unerschrocken, so voller Feuer und Antrieb, dass mir alles andere egal ist.«

Er zog sie auf seinen Schoß und küsste sie lange. »Ich habe eine Idee.« Er strich ihr eine Haarsträhne aus dem Gesicht. »Wir reisen nach Boulogne-sur-Mer.«

»Und was tun wir dort?«

»Uns erholen.«

»Musst du dich etwa schon wieder erholen?«, fragte sie frech und musste laut über sein empörtes Gesicht lachen.

»Ich nicht, aber du.«

Sie zwickte ihn.

Er streichelte ihre Wange so zärtlich, dass ihr heiß und kalt wurde. »Wir werden den ganzen Tag faul in der Sonne liegen und im Meer baden.«

Wieder lachte sie. »Als ob du faul sein könntest, Heinrich. Verkauf mich nicht für dumm.«

»Ich werde so faul sein, dass du mich verwünschen wirst. Keine Unterrichtsstunden, keine kulturellen Besuche – oder sagen wir, nur sehr wenige – und keine langen Wanderungen. Nur Mußestunden und viel Zeit für uns.« Er küsste sie wieder.

»Ich glaube dir kein Wort«, sagte sie atemlos. »Aber ich wünschte, ich könnte.«

»Ich verspreche es dir, Sophia.«

Sie schmiegte sich an ihn, lauschte seinem Herzschlag. »Werden sie dich verhaften?«, fragte sie nach einer ganzen Weile.

»Nein, natürlich nicht. Ich werde das aus der Welt schaffen, glaub mir, und dann brav auf den Ferman für die nächste Grabung warten.«

»Und wenn sie ihn dir nicht erteilen?«

Er sah sie verblüfft an, hatte mit der Frage offenbar nicht gerechnet. Vielleicht hatte er noch keinen Gedanken an diese für ihn absurde Vorstellung verschwendet.

»Dann werde ich alles dafür tun, dass ich ihn bekomme. Ich habe ein, zwei Fürsprecher in Konstantinopel. Sie werden sich für mich einsetzen und die Behörden überzeugen, dass ich nichts außer Landes schaffen werde. Ich nehme an, das wird ihre größte Sorge sein.«

»Und was ist mit der Vase?«

Heinrich sah sie an, grinste unschuldig und zuckte die Schultern. »Welche Vase?«

Sie gerieten aneinander, als Sophia Heinrich sagte, dass sie der Köchin übers Wochenende freigegeben hatte.

»Wie kommst du dazu? So etwas musst du mit mir besprechen.«

»Ich bin jetzt die Hausherrin«, erklärte sie ruhig. »So war es besprochen, und bisher gab es keinen Grund, mich für irgendetwas zu tadeln, oder? Alice hat Heimweh, furchtbares Heimweh, und ich weiß, wie das ist. Du kennst dieses Gefühl nicht, Heinrich, du hast dich nie irgendwo wirklich zu Hause gefühlt. Deshalb kannst du nicht nachempfinden, dass es sich wie ein Stachel mit Widerhaken in die Brust bohrt.«

Er stutzte und nickte schließlich. »Du hast recht, ich kenne kein Heimweh, sondern nur Fernweh. Auch das ist oft nur schwer auszuhalten. Dennoch möchte ich, dass solche Dinge in Zukunft mit mir abgesprochen werden.«

Sie biss sich auf die Zunge und schwieg.

Nach einer Weile streckte er die Hand nach ihrer aus. »Wir wollen nicht streiten. Gut, ich bin einverstanden:

Du hast das Sagen über den Haushalt, du bestimmst über das Personal. Ich werde mich künftig nicht mehr einmischen.«

Ob er Wort halten würde?

KAPITEL 31

Paris im Herbst

Kurz vor der Abreise nach Boulogne-sur-Mer waren sie erneut aneinandergeraten. Zankapfel war Sophias schwerer Koffer gewesen.

»Es kann doch nicht so schwer sein, sich für ein paar wenige Kleidungsstücke zu entscheiden«, schimpfte Heinrich.

»Ich brauche hübsche Kleider und auch praktische, bequeme. Außerdem weiß ich doch gar nicht, wie das Wetter sein wird.«

Ihm als Mann konnte das Wetter egal sein.

Er sah sie verständnislos an. »Weißt du, was mich irritiert? Du beharrst immer darauf, wie wenig dich Mode interessiert und wie sehr dich die Eitelkeit der anderen Frauen langweilt.«

Worauf wollte er hinaus?

»Du solltest pragmatischer sein, Sophia. Wenn es dich so langweilt, solltest du selbst doch etwas weniger eitel sein.« Er zuckte die Schultern. »Möglicherweise hast du *mich* die ganze Zeit getäuscht, und in Wahrheit findest du es höchst unterhaltsam.«

Erst war sie verwirrt gewesen, dann aber hatte sie gelacht. »Ach, Heinrich ...«

»Was ist so lustig?«

»Du täuschst dich keineswegs in mir. Aber du hast recht, ich sollte pragmatischer sein.«

Mit einem sehr viel leichteren Koffer war sie schließlich in die Kutsche gestiegen und hatte es damit geschafft, ihren Mann sprachlos zu machen.

In Boulogne-sur-Mer genossen sie ihre Zweisamkeit, lagen tagsüber tatsächlich faul in der Sonne oder gingen Hand in Hand spazieren. Heinrich hielt Wort und quälte Sophia weder mit Sprach- noch mit Geschichtsunterricht. Abends saßen sie auf der Terrasse des Hotels und betrachteten den atemberaubenden Sonnenuntergang.

Wenn es doch mal Streit gab, dauerte er nie lange. Spätestens in der Nacht lagen sie sich wieder in den Armen.

Am Ende des Urlaubs gab Sophia sich der Hoffnung hin, nun vielleicht endlich schwanger geworden zu sein.

Die deutschen verbündeten Truppen hatten einen Großteil der französischen Armee besiegt, und nach der Schlacht in Sedan war Kaiser Napoléon in Gefangenschaft gegangen. In Paris wurde eine vorläufige nationale Regierung gebildet.

Sophia hatte geglaubt, dass der Krieg damit enden würde, doch er ging weiter. Frankreich gab sich nicht geschlagen.

Für Heinrich hatte sich derweil in Konstantinopel

eine heikle Lage ergeben. Die osmanische Regierung war erbost über seine unerlaubten Grabungen und verweigerte den Ferman für weitere.

Auch seine Freunde hatten nicht vermitteln können. Er nahm es erstaunlich gelassen entgegen, glaubte fest daran, dass sich alles »irgendwie einrenken« und zu seinen Gunsten ergeben würde. Sophia bewunderte ihn auch dafür. Ihr Ehemann war unermüdlich, strebsam und zäh, und sie bemühte sich, ihm in diesen Eigenschaften nachzueifern.

Seit ein paar Wochen fühlte sie sich unwohl. Morgens war ihr übel und häufig sterbenselend.

»Fehlt Ihnen etwas, Madame?«, erkundigte sich die Köchin, als Sophia, das Bund Kräuter in der Hand, für einen Moment die Augen geschlossen hatte.

»Nein, nein. Ich bin nur seit einiger Zeit ständig müde.«

Sie hielt inne und rechnete im Geiste nach, wann ihre letzte Blutung gewesen war. Herz und Magen machten einen Satz, wetteiferten miteinander. Natürlich! Wie hatte sie das nicht längst sehen können? Sie war guter Hoffnung! Endlich!

»Soll ich weitermachen, Madame?«

»Nein, ist schon gut. Ich kann mich später ausruhen.«

Alice schälte Kartoffeln, hob nicht mal den Kopf. »Wünschen Sie sich einen Sohn, Madame?«

Sophia blickte auf. »Woher wissen Sie ...«

»Ich habe einen Blick dafür.«

»Mein Mann weiß es noch nicht, ich möchte noch etwas warten, bis ich mir ganz sicher bin.«

»Wenn Ihnen vom Geruch der Kräuter übel wird, kann ich wirklich allein weitermachen, Madame.«

»Es geht schon, Alice. Habe ich Ihnen schon erzählt, dass wir Griechinnen im Haus das Sagen haben?«

»Oh, tatsächlich? Dann wäre ich gern Griechin.«

Sie sahen sich an und mussten lachen.

Sophia genoss es, mit der Köchin, die sie von Anfang an ins Herz geschlossen hatte, in der Küche zu sitzen. Sie genoss es auch, ab und an auf den Wochenmarkt zu gehen, an den Ständen entlangzuschlendern und ein Menü zusammenzustellen.

Heinrich schätzte es nach wie vor nicht besonders, dass sie »wie eine Bedienstete« über den Markt bummelte, aber sie hatte sich durchgesetzt.

»Ich könnte die ganze Welt umarmen. Am liebsten würde ich jubelnd durch die Stadt laufen und jedem, der mir begegnet, von meinem Glück erzählen.«

»Das glaube ich, Madame. Ein Kind ist etwas Wunderbares. Ich habe fünf Kinder großgezogen.« Alice nahm eine Stange Sellerie und begann ihn zu schneiden.

Sophia verzog das Gesicht. Der Geruch verursachte ihr Übelkeit, aber sie wollte es sich nicht anmerken lassen.

Heinrich kam herein, und sie schrak zusammen. «Ich dachte, du wolltest zum Markt?«

»Heute nicht. Ich habe Mireille geschickt.«

»Fühlst du dich nicht wohl?«

Ihr Blick huschte kurz zu Alice, dann zu ihm. »Doch, doch. Ich dachte, ich nutze die Gelegenheit und lerne noch etwas Französisch. Meine Aussprache ist furchtbar, wie du erst kürzlich selbst noch meintest. Von Landsleuten lernt man am besten, auch das sagst du doch gern.« Sie wusste, wie sie ihm den Wind aus den Segeln nahm.

»Du hast recht.« Er nickte. »Wonach riecht es hier eigentlich?«

»Nach Sellerie. Es gibt Gersteneintopf mit Rindfleisch. Du hast erzählt, dass man es in deiner Heimat gern isst.«

Er lächelte ungläubig. »Gersteneintopf. Den habe ich eine Ewigkeit nicht gegessen.«

Sophia freute sich über seinen Gesichtsausdruck. In diesem Augenblick konnte sie nicht anders und sprang auf und lief zu ihm. Sie fasste an seinen Ellbogen. »Komm! Ich muss dir etwas sagen.«

Noch bevor er die Tür hinter sich geschlossen hatte, platzte sie mit der Nachricht heraus. »Ich bin guter Hoffnung, Heinrich.« Sie hatte ganz sicher sein wollen, doch das spielte nun keine Rolle mehr. Irgendetwas in ihr wusste es, war sich sicher.

»Ein Kind.« Er strahlte und zog sie an sich. »Endlich! Das ist wirklich eine wunderbare Neuigkeit, Sophia.«

Sie schmiegte sich an ihn. »Ich bin ständig müde, also wundere dich nicht, wenn du mich irgendwo schlafend entdecken solltest.«

»Bei dir wundere ich mich über gar nichts mehr, das habe ich mir vorgenommen.« Ein letzter Kuss, dann gab er sie frei und kehrte in sein Arbeitszimmer zurück.

Sophia ging wieder in die Küche und setzte sich an

den großen Tisch, um die Kräuter zu schneiden. »Wie geht es Ihrer Familie, Alice?«

»Mein Vater kränkelt, und meine Mutter sorgt sich, allein zurückzubleiben.«

Wie rührend, dachte Sophia. Ob es ihr auch einmal so gehen würde? Hätte sie Angst, allein zurückzubleiben, ohne Heinrich? Er war so viel älter als sie, und es war mehr als wahrscheinlich, dass er weit vor ihr sterben würde.

Es sei denn, ich sterbe im Kindbett, dachte sie mit Schaudern. Schon jetzt fürchtete sie sich vor den Schmerzen der Geburt. Was, wenn sie es nicht überleben würde? Wie wäre es für Heinrich?

Sie musste sich räuspern. »Und Ihrem Mann und den Kindern?«, fragte sie mit rauer Stimme.

»Ihnen geht es gut. Unsere Älteste wird im Frühjahr heiraten. Endlich.« Alice seufzte.

»So alt kann sie doch noch gar nicht sein.«

»Alt nicht, aber sehr eigen. Kratzbürstig nennt es mein Mann.«

Sophia musste lachen. »Kratzbürstig? Ich glaube, ich würde sie mögen. Mein Vater nannte mich manchmal auch kratzbürstig. Aber ich weiß, dass er es im Grunde nicht so meinte. Er war wohl einfach ein wenig ... überfordert.«

Alice lächelte. »Ihre Aussprache hat sich sehr verbessert, Madame. Wenn ich das so frei sagen darf.«

»Sie dürfen. Merci bien, Alice.«

KAPITEL 32

Paris im Winter

Wenn Odysseus erst mal groß ist, werde ich ihm von Troja erzählen und ihn dorthin mitnehmen.« Heinrich saß neben Sophia in der Bibliothek auf der Chaiselongue, die Beine übereinandergeschlagen, ein Buch im Schoß.

Sie ließ die Stickarbeit sinken, für die sie ohnehin nicht die nötige Geduld aufbringen konnte. »Odysseus?«

»So soll unser Sohn heißen, *Sophídion*.«

Sie musste lachen. »Odysseus also. Wie schön, dass ich das endlich erfahre. Ich dachte eher an ...« Sie tippte auf ihren rechten Nasenflügel und überlegte. »Spiros, wie mein Bruder.« Es war ihr gerade erst eingefallen. Die Wahrheit war, dass ihr Odysseus gefiel, sie wollte Heinrich nur ein wenig necken.

»Spiros? Auf gar keinen Fall.«

»Dann Konstantínos nach meinem Vater. Das würde ihm gefallen.«

»Wem? Unserem Sohn oder deinem Vater?«

Sie gluckste. »Beiden, nehme ich an.«

Ihr Mann verzog keine Miene. »Was hältst du von Ernst? Wie mein Vater?«

Sie runzelte die Stirn. »Ist das *dein* Ernst?«

Sie schauten einander an und lachten beide.

Heinrich schüttelte dann den Kopf. »Nein, ich werde meinen Sohn ganz sicher nicht nach meinem Vater nennen.« Hinter seiner Stirn arbeitete es, und sie ahnte, was ihm gerade durch den Kopf ging. Das Verhältnis zu seinem Vater war stets angespannt bis schwierig gewesen. Er hatte ihn sogar einmal einen herumhurenden Taugenichts genannt.

Als er wenige Wochen zuvor von seiner Schwester die Nachricht vom Tod des Vaters erhalten hatte, war er in sein Arbeitszimmer gegangen und hatte sich eingeschlossen. So wie an dem Tag, als er erfahren hatte, dass seine Tochter gestorben war. Sophia hatte ihn eine Stunde allein gelassen, dann hatte sie geklopft und um Einlass gebeten, um ihm Trost zu spenden.

»Ich bin erleichtert, traurig und wütend zugleich«, hatte er ihr gestanden. »Ich habe meinen Vater gehasst, gefürchtet und möglicherweise auch geliebt. Und nicht mehr mit ihm streiten zu können wird mir fehlen.«

»Dann also Odysseus«, sagte sie nun und strich ihm über den Handrücken. »Und wenn es ein Mädchen ist?«

»Vielleicht Kassandra?«

»Nein, lieber nicht. Ich hätte immer ein ungutes Gefühl, dass sie der wahren Kassandra möglicherweise ähnlicher sein könnte als uns lieb wäre.«

Heinrich hielt ihre Hand fest umschlungen. »Andromache«, sagte er nach einer Weile.

»Hektors Frau.« Sophia nickte nachdenklich.

Andromaches Leben war leidgeprüft, erst hatte sie zusehen müssen, wie ihr toter Mann von Achilles im Streitwagen um die Mauern des brennenden Troja geschleift wurde. Später hatte man ihren gemeinsamen Sohn Astyanax von der Mauer geworfen, damit er als junger Mann nicht auf die Idee käme, den Tod seines Vaters rächen zu wollen.

»Möge unsere Andromache ein glücklicheres Leben haben«, sagte sie leise.

»Das wird sie, *Sophídion*. Dafür werden wir sorgen.«

Sie lehnte den Kopf an seine Schulter und seufzte.

Wie einträchtig und harmonisch es doch bei uns zugeht, dachte sie. Heinrich behandelte sie wie ein rohes Ei, und sie genoss seine Fürsorge und Wärme.

Es hatte sogar ihr Heimweh in den Hintergrund gerückt, auch wenn sie sich sehnlichst wünschte, sich mit ihrer Mutter oder ihrer älteren Schwester austauschen zu können. Sie war so unerfahren und unbedarft, hatte so viele Fragen, die sie niemandem stellen konnte. Und sie fürchtete sich vor der Geburt und der Zeit danach. Was, wenn sie keine gute Mutter wäre?

In ihren regelmäßigen Briefen nach Athen schrieb sie sich alles von der Seele, und die Antworten von Mutter und Schwester setzten ihre Befürchtungen und Sorgen wieder in ein anderes Licht. Doch die Zuversicht verpuffte jedes Mal, wenn sie des Nachts wieder wach lag und grübelte.

Auch in dieser Nacht konnte Sophia nicht schlafen, wälzte sich neben ihrem gleichmäßig atmenden Mann von einer Seite auf die andere. Das Heimweh hatte seine Klauen wieder nach ihr ausgestreckt. Wenn sie ihr Kind doch nur in Athen bekommen dürfte. Doch Heinrich wich jedem Gespräch darüber aus. »In Paris gibt es hervorragende Ärzte und Hebammen«, pflegte er zu sagen.

Er musste ja auch kein Kind zur Welt bringen. Er durfte in seinem Arbeitszimmer oder der Bibliothek sitzen und warten, bis alles vorbei war. Bis es geschafft war.

Immerhin hatte er zugestimmt, das Kind in Athen nach orthodoxem Ritus taufen zu lassen. Heinrich war der Glaube relativ gleichgültig, was erstaunlich war, schließlich war er der Sohn eines Pfarrers. Doch der schien eher ein schlechtes als ein gutes Vorbild gewesen zu sein.

»Wieso schläfst du nicht?«, riss ihr Mann sie aus ihrer Grübelei.

»Ich bin gerade aufgewacht«, schwindelte sie.

Er drehte sich zu ihr um und tastete nach ihrer Hand. »Flunkere mich nicht an, Sophia, ich weiß, dass du noch kein Auge zugetan hast. Also?«

Wollte er, dass sie ehrlich war? »Ich habe grässliche Angst«, gestand sie.

»Wovor?«

»Davor, dass ich eine schlechte Mutter sein werde.« Sie musste sich räuspern. »Und davor, dass mir bei der Geburt etwas zustoßen könnte.« Es tat gut, es endlich mal laut auszusprechen, auch wenn sie sich töricht vorkam. Ein Kind zu gebären war die normalste Sache der

Welt, eine Aufgabe, die unzählige Frauen vor ihr gemeistert hatten und auch nach ihr meistern würden. *Schäm dich*, schalt sie sich, *du bist ein erbärmlicher Angsthase.*

Sie rechnete damit, dass ihr Mann ihr einen Vortrag halten würde. Doch das tat er nicht. Stattdessen zog er sie an sich und küsste sie auf die Stirn. »Dir wird nichts geschehen, *Sophídion*, dafür werde ich sorgen.« Er überraschte sie doch immer wieder.

»Aber wie? Du wirst irgendwo anders sein und darauf warten, dass dir die Hebamme Bescheid gibt.«

»Nein, ich werde vor der Tür warten und auf jedes kleine Geräusch achten.«

»Um Himmels willen.« Das wollte sie dann doch nicht.

Er lachte leise. »Was schlägst du dann vor?«

»Ich ...«, setzte sie zögernd an. »Ach, Heinrich, ich würde mir so wünschen, dass das Kind in Athen zur Welt kommt. Es würde mich so sehr beruhigen.« Sie hätte nicht davon anfangen sollen. »Entschuldige, ich weiß, wie du darüber denkst. Lass uns schlafen, ja?« Sie wollte sich wegdrehen, doch er hielt sie umschlungen.

»Du fühlst dich in Paris also nach wie vor nicht zu Hause?«

»Ich fühle mich nicht unwohl«, umschiffte sie es elegant.

Er seufzte. »Also doch. Du hast mir die ganze Zeit vorgemacht, dich eingelebt zu haben.« Es klang nicht vorwurfsvoll, eher ernüchtert.

»Ich versuche es wirklich, Heinrich«, beteuerte sie.

»Lüg mich nicht an, du weißt, wie sehr ich das hasse.

Außerdem hast du mir geschworen, mich nie anzulügen.«

»Ich lüge nicht.«

Es war die Wahrheit. Sie versuchte jeden Tag aufs Neue, dieser noch immer fremden Stadt etwas abzugewinnen. Aber ihr Herz hing nun mal an Athen, ob sie wollte oder nicht.

Heinrich schwieg eine halbe Ewigkeit, so lange, dass Sophia ganz mulmig wurde.

»Na schön, es scheint nicht anders zu gehen«, sagte er schließlich.

Ihr Herzschlag setzte kurz aus. »Was meinst du damit?«

»Ich werde alles veranlassen.«

»Ich verstehe kein Wort, Heinrich.«

»Wir werden nach Athen ziehen.«

Sie setzte sich auf und stieß dabei mit dem Kopf unter sein Kinn. »Das würdest du für mich tun?«

»Das und noch mehr.«

Sie schmiegte sich an ihn und wagte nicht, sich tatsächlich vorzustellen, dass sie bald schon wieder in Athen sein würde. Vielleicht träumte sie ja nur?

»Du hast dich bemüht, dich hier einzuleben, Sophia, das weiß ich. Mir war nur nicht klar, wie viel es dir abverlangt. Ich dachte, mit etwas gutem Willen ist alles möglich. Du hattest recht, als du mir sagtest, ich wüsste nicht, wie sich Heimweh anfühlt. Aber ich sehe, dass du leidest, Sophia. Ich wollte es nur nicht sehen.«

»Du meinst es also wirklich ernst? Wir ziehen nach Athen? Würdest du mich mal kneifen?«

Er zwickte sie in die Seite. »Du kannst morgen schon anfangen, alles vorzubereiten. Gib deinen Eltern Bescheid, und kümmere dich um das Personal.«

»Wie meinst du das? Ich soll sie alle entlassen?«

»Hast du eine andere Idee?«

»Nein«, musste sie zugeben.

»Du wolltest die Verantwortung für den Haushalt, und auch solche Dinge gehören dazu.«

»Du hast recht.« Ihr war ganz unwohl allein bei dem Gedanken, Alice und Mireille kündigen zu müssen. »Vielleicht kann ich dafür sorgen, dass sie anderswo unterkommen«, überlegte sie.

»Es ist deine Entscheidung.«

»Danke, Heinrich.« Sie kuschelte sich an ihn und schlang die Arme um ihn.

»Du bist eine starke, sehr tapfere Frau, Sophia.«

Stark und tapfer? So hatte sie sich noch nie gesehen.

»Weißt du das denn gar nicht?« Seine Lippen suchten ihren Mund. »Gegen Heimweh ist wohl kein Kraut gewachsen. Ich habe von dir verlangt, es durchzustehen, zu ertragen, und das war nicht nur töricht, es war grausam. Das habe ich begriffen, und ich will dir zeigen, dass auch ich mich ändern kann.«

Sie war so gerührt, dass sie nichts sagen konnte.

»Fühlst du dich schon etwas besser, *Sophídion*?«, fragte er zärtlich.

Sie schluckte gegen die Tränen an. »Ja.«

»Na, siehst du.« Er legte beide Arme um sie und hielt sie.

Und sie glaubte noch immer zu träumen.

2. TEIL

1871–1873

Gemeinsam werden wir an dem Fortschritt der Zivilisation arbeiten.

– HEINRICH AN SOPHIA, AUGUST 1871 –

KAPITEL 33

Athen im Frühjahr 1871

S eit Stunden saß Heinrich im Wohnzimmer seiner Schwiegereltern, den Kopf in die Hände gestützt. In unregelmäßigen Abständen waren Schreie und Stöhnen aus der Schlafkammer seiner Frau zu hören. Dann und wann auch ein Fluchen.

Konstantínos kam herein, die Hände über dem kugelrunden Bauch gefaltet. Der war beinahe so ausladend wie bei seiner Tochter. »Viktoría hat sieben Kinder geboren, und ich hab siebenmal mitanhören müssen, wie sie leidet. Die eigene Tochter zu hören ist noch schlimmer, glaub mir.«

»Du bist doch bereits Großvater. Solltest du dich nicht daran gewöhnt haben?«

Sein Schwiegervater sank in den Sessel und schüttelte den Kopf.

Heinrich stand auf, er musste sich dringend bewegen. Das lange Sitzen und Ausharren machte ihn wahnsinnig.

Wenn sie die Geburt heil übersteht und mir einen gesunden, kräftigen Knaben schenkt, werde ich ihr ein Haus in Athen kaufen.

Ja, das würde er tun, er gelobte es feierlich. Er würde seiner Frau jeden Wunsch erfüllen. »Ich verspreche es«, murmelte er.

»Was versprichst du?«, fragte Konstantínos.

»Nichts, nichts. Ich habe nur laut gedacht.«

Plötzlich wurde es schlagartig still, und die beiden schauten sich verwundert an. Was hatte das zu bedeuten?

Heinrichs Herzschlag hatte kurz ausgesetzt, und als ein verzweifelter, wütender Schrei und gleich darauf der zaghafte, erschöpfte Laut eines Kindes ertönte, setzte sein Herzschlag wieder rumpelnd ein. Sein Sohn!

Er rannte zur Tür, stieß sie auf und lief im Flur beinahe in seine Schwiegermutter. »Viktoría! Ist er endlich da? Ist mein Sohn da?«

Sie lächelte und legte die Hand auf seinen Arm. »Kein Sohn, mein lieber Heinrich, eine bildschöne Tochter.«

Er eilte an ihr vorbei, klopfte an die Schlafkammer und betrat den Raum.

Sophia lag im Bett, dessen Laken gerade von ihren Schwestern gewechselt wurden. Im Arm hielt sie ein winziges krebsrotes Wesen, das krähte, den kleinen Mund weit aufgesperrt. Wie ein Vogeljunges, das um Nahrung bettelt.

»Sophia! Gott sei Dank!«

»Wir haben eine kleine Andromache, Heinrich.« Ihre Stimme war kraftlos und rau vom vielen Schreien. »Sieh doch nur.«

Er betrachtete das kleine Gesicht, die himmelblauen Augen und die drollige Stupsnase. Vorsichtig strich er mit dem Finger darüber. »Andromache. Du wirst mal eine Kämpferin werden, genau wie Hektors Frau.«

Das Kind blickte ihn an, als überlege es, ob sie sich bereits kannten. Er lächelte, konnte gar nicht anders.

»Bist du glücklich, Heinrich, auch wenn es kein Odysseus ist?«

»Was für eine Frage.« Die winzigen Finger seiner Tochter umschlossen seinen Finger. »Sie ist hinreißend.« Er war in der Tat keinesfalls enttäuscht, er war nur selig, dass es Frau und Kind gut ging.

»Wir werden einen Odysseus haben, irgendwann.«

»Das werden wir, *Sophídion.*«

Ihre Schwestern liefen geschäftig umher, wechselten auch das Kissen und klopften es aus.

»Besser, du lässt sie jetzt etwas allein. Sie muss sich ausruhen, Heinrich.« Katíngo führte ihn zur Tür.

Er ließ es geschehen, er war viel zu erleichtert, um zu protestieren.

Konstantínos kam ihm im Flur entgegen, die Wangen gerötet, die Augen feucht. Wahrscheinlich hatte er ein paar Tränen vergossen. »Mein lieber Schwiegersohn! Komm her und lass dich umarmen. Ich gratuliere!«

~

Sophia war todmüde und so erschöpft, dass sie geglaubt hatte, innerhalb kurzer Zeit einzuschlafen. Stattdessen lag sie hellwach und seltsam aufgedreht im Bett und hielt ihre Tochter. Immer wieder wanderte ihr Blick zu dem kleinen Wesen in ihrem Arm. Es schlief, die durchscheinenden Lider zuckten leicht, der hellrote Mund stand halboffen und verzog sich gelegentlich zu einer Art Lächeln. Dann und wann gab es auch ein leises Schmatzen von sich, und der kleine Mund saugte.

Sophia konnte sich nicht sattsehen, und sie konnte noch immer nicht glauben, dass es überstanden war, dass sie diesem zarten, hinreißenden Geschöpf das Leben geschenkt hatte. »Kleine Andromache«, flüsterte sie und hauchte Küsse auf das Gesicht ihrer Tochter.

Die schlug kurz die Augen auf, die Lider flatterten und fielen gleich wieder zu.

Es klopfte, und ihre Mutter kam herein. »Möchtest du etwas essen?«

»Nein, ich bringe nichts hinunter. Sieh nur, wie schön sie ist.«

Ihre Mutter setzte sich zu ihr. »Das ist sie. Hat sie schon getrunken?«

Sophia schüttelte den Kopf. »Hilfst du mir, Mama?«

»Natürlich. Komm, ich zeige dir, wie man es macht.«

Mit zittrigen Händen öffnete sie ihr Nachthemd, während ihre Mutter das Kind sacht an ihre Brust führte. Sofort schlossen sich die kleinen Lippen und begannen zu saugen. Sophia schnappte überrascht nach Luft und verzog das Gesicht.

»Es vergeht.« Ihre Mutter strich der Kleinen übers dunkle Haar.

»Wo ist Heinrich?«

»Er sitzt mit deinem Vater im Wohnzimmer. Wahrscheinlich betrinken sie sich. Du kennst doch deinen Papa. Er wird auf jede Einzelheit anstoßen wollen, auf

Andromaches dunkles Haar, ihre blauen Augen, den niedlichen Mund, die zarten Hände.« Ihre Mutter schob ihr eine feuchte Haarsträhne aus der Stirn. »Ich bin so froh, dass du wieder hier bist, *Sopháki*.«

Bislang wohnten sie in einer recht beengten Wohnung nicht weit entfernt. Dann und wann überkam Sophia der Gedanke, Heinrich würde vielleicht doch nach Paris zurückwollen.

Ihre Mutter gab ihr einen Kuss auf die Wange, blieb noch einen Moment stehen und seufzte beim Anblick ihrer kleinen Enkeltochter. »Ich lasse euch jetzt allein, mein Liebes.« Sie ging hinaus.

Sophia schloss für einen Moment die Augen. Sie war glücklich, wenn auch ungeheuer erschöpft und matt. Sie hatte ein Kind geboren, war wieder daheim in Athen, und sie hatte einen Ehemann, der ihr diesen Wunsch erfüllt hatte. Wie könnte sie nicht glücklich sein?

KAPITEL 34

Athen, zwei Monate später

Heinrich genoss die Vaterrolle in vollen Zügen. Früh morgens, wenn Sophia noch schlief, ging er zur Wiege und nahm seine Tochter heraus. Sie war immer dann wach, wenn er aufstand, als warte sie bereits darauf, von ihm hochgenommen zu werden.

Er ging mit ihr auf dem Arm durchs Haus, treppauf, treppab, streifte mit ihr durch den Garten und erklärte ihr die Vögel, die sangen.

Wenige Wochen nach ihrer Geburt hatte er ein Haus für seine Familie gefunden. Er hatte sein Versprechen wahr gemacht und sich einverstanden erklärt, in Athen zu bleiben. Natürlich erhoffte er sich auch etwas davon. Wenn sie in der Nähe seiner Schwiegereltern lebten, würden die sich um die kleine Andromache kümmern, während er und seine Frau sich nach Troja aufmachen konnten.

Sobald auch Sophia wach war, brachte er ihr das Kind und brach zu seinem Morgenspaziergang auf. Es ging über Stock und Stein, und meistens führte ihn sein Fußmarsch zum Meer, wo er sich seiner Kleidung entledigte und zügig ein paar Runden schwamm. Oft vergaß er dabei die Zeit, schwamm weiter hinaus, als er vorgehabt hatte. Er kraulte zum Ufer zurück, trocknete sich nur notdürftig ab, schlüpfte in seine sonnengewärmte Kleidung und machte sich gut gelaunt auf den Heimweg.

Heinrich fühlte sich jünger und lebendiger denn je. Was an seiner kleinen Familie lag, es machte ihn glücklich, sie um sich zu haben.

Er wünschte, er könnte seine Frau endlich davon überzeugen, wie wohltuend körperliche Ertüchtigung war, aber sie wollte nach wie vor nichts davon wissen.

»Ich bin dafür einfach nicht gemacht«, sagte sie Mal ums Mal ohne jedes Bedauern. »Wandere und schwimm du nur, ich bleibe derweil bei unserem Kind und erfreue mich an seinem Wachsen.«

Wenn er von seinen morgendlichen Ausflügen zurückkam, erwartete ihn Sophia oft schon am Tor. »Wo warst du denn, Heinrich? Gütiger, ich habe mir Sorgen gemacht.«

Auch das machte ihn glücklich; da war jemand, der sich um ihn sorgte, ihn vermisste. Doch es kam der Zeitpunkt, an dem er wieder begann, unruhig und rastlos zu werden. Sosehr er seine Familie auch liebte, es änderte nichts daran, dass er zu gern reisen und die Grabungen auf der Troas wiederaufnehmen würde. Es kam ihm wie eine Ewigkeit vor, dass er zuletzt dort gewesen war.

»Lass uns verreisen«, sagte er an diesem Morgen zu Sophia, als er von seinem Spaziergang zurück war und seinen Kaffee trank.

Sie hatte das Kind gerade wieder hingelegt. Sie sah müde aus, hatte dunkle Ringe unter den Augen. Matt sank sie neben ihm auf den Stuhl und zupfte an der Tischdecke. »Und wohin?«

Am Klang ihrer Stimme hörte er bereits, wie wenig begeistert sie von der Idee war.

»Wir könnten nach Ankershagen fahren und meine Schwestern besuchen.« Sie war immer ganz versessen darauf gewesen, seine Familie in Deutschland kennenzulernen.

»Ich traue mir eine so weite Reise noch nicht zu, Heinrich.« Lustlos kaute sie auf einer dünnen Scheibe Brot herum.

»Dann lass uns nach Troja fahren«, schlug er vor. Allein der Gedanke daran brachte sein Herz zum Flattern.

»Die Genehmigung ist noch nicht erteilt«, erinnerte sie ihn. »Willst du etwa wieder ohne graben?«

Er zuckte die Schultern. »Ich könnte dir schon mal alles zeigen. Es ist herrlich dort, Sophia, du wirst es lieben.«

Da war ein kurzes Funkeln in ihren Augen.

»Und was ist mit Andromache? Sollen wir sie etwa mitnehmen?« Das Funkeln erlosch, oder hatte er es sich eingebildet?

»Sie ist noch viel zu klein, gerade mal zwei Monate alt, und ich fühle mich einfach nicht stark genug für eine Reise.«

Er wollte sich die Enttäuschung nicht anmerken lassen und würde nicht so schnell aufgeben. »Deine Eltern könnten sich um sie kümmern.« So hatten sie es doch vor der Geburt besprochen.

Seine Frau schüttelte den Kopf. »Und wer soll sie stillen?«

»Eine Amme wäre rasch gefunden.«

»Du willst, dass eine wildfremde Frau unser Kind stillt?«

Was war so schlimm daran? Er wollte vor allem, dass sie beide nach Troja reisten. Reizte sie die Vorstellung denn gar nicht? »Ich dachte, du könntest es kaum erwarten«, sagte er nicht ohne Vorwurf.

»Das stimmt ja auch, Heinrich. Das heißt aber nicht, dass ich mein Kind einer fremden Frau in die Arme legen will.« Sie schnaubte. »In die Arme. An die Brust!« Wieder schüttelte sie den Kopf. »Nein, das kann ich mir nicht vorstellen.«

Und ich kann mir nicht vorstellen, noch lange untätig hier herumzusitzen, dachte er. Er kannte sich und wusste, dass er bald unausstehlich sein würde.

»Verstehst du nicht, dass ich gern bei unserer kleinen Andromache bleiben will?« Sophia strich über seinen Arm. »Ich habe mich so sehr darauf gefreut, endlich Mutter zu sein, Heinrich.«

Er nickte und presste seinen Kiefer zusammen, dass seine Zähne knirschten. So hatte er sich das nicht vorgestellt.

»Sei nicht enttäuscht. Gib mir noch etwas Zeit«, bat Sophia.

»Und wie lange? Ein halbes Jahr, ein ganzes?« Er bemühte sich, ruhig zu klingen. »Ich bekomme keine Luft mehr, ich muss ...« Er griff sich an den Hals. »Du kennst das Gefühl nicht.«

»Vielleicht kenne ich es doch, Heinrich. Bei dir sind es Umtriebigkeit und Fernweh, bei mir ist es Heimweh. Ich glaube, die Gefühle ähneln sich.«

Er stellte seine Tasse scheppernd auf die Untertasse zurück und stand auf. »Du kannst es nicht miteinander vergleichen, unmöglich.«

Sie erhob sich ebenfalls und legte die Hand auf seinen Arm. »Ich bitte dich doch nur um etwas Zeit, Heinrich.«

Er schüttelte ihre Hand ab. »Die habe ich nicht.«

Er glaubte, jeden Moment die Beherrschung zu verlieren, und das Dumme war: Er wusste nicht, warum. Seine Frau wollte bei ihrer Tochter bleiben, das konnte er ihr nicht verübeln. Fühlte er sich zurückgesetzt, nicht wahrgenommen? Er wusste es tatsächlich nicht.

Eine leise Stimme in ihm flüsterte: *Du führst dich auf wie ein enttäuschter, unzufriedener kleiner Junge. Hör auf damit, und benimm dich wie ein erwachsener Mann.*

Er knurrte die Stimme an, gefälligst still zu sein.

Alles hatte er für seine Frau getan, er hatte dieses schöne Haus gekauft und mit kostbaren Möbeln ausgestattet. Er hatte Monate ausgeharrt und sich um seine Familie gekümmert, seine Tochter nach griechisch-orthodoxem Brauch taufen lassen, auch wenn er mit religiösen Bräuchen nicht viel am Hut hatte. Er konnte doch sein Wesen, seine Berufung nicht für alle Zeiten hintanstellen und seine Bedürfnisse, seine Leidenschaft und seinen Tatendrang verleugnen.

Heinrich ging zur Tür. »Ich werde allein reisen.«

»Nun warte doch, Heinrich.« Sophia folgte ihm.

»Das tue ich schon viel zu lange.«

»Gib mir nur noch ein, zwei Monate Zeit, ich bitte dich! Zwei Monate! Dann reisen wir gemeinsam.« Sie hielt ihn am Ellbogen fest und sah ihn mit großen Augen an. »Ich freue mich so sehr darauf, mir von dir alles zeigen zu lassen.«

Sein Blick war kalt, das wusste er. »So sehr, wie darauf, Mutter zu sein? Nun, dann wirst du dich entscheiden müssen.« Er machte sich los und schloss die Tür hinter sich.

Während er durch die Straßen lief, änderte sich seine Stimmung. Sophias Worte hatten ihn gerührt, und sein Zorn war bereits verraucht. Was blieb, war die schreckliche Rastlosigkeit, die sich nicht abschütteln ließ. Er hatte noch so viel vor, es gab so furchtbar viel zu tun und zu erleben.

Warten machte ihn krank, er war nicht dafür gemacht.

Heinrich packte seine Reisetasche, und da war sie wieder, die leise Stimme: *Du bist wie dein Vater, merkst du das denn nicht? Begreifst du nicht, dass du mehr und mehr wie er wirst? Möchtest du das? Willst du, dass deine Frau und dein Kind eines Tages Angst vor dir haben, so wie du früher vor deinem Vater?*

Mit wild pochendem Herz hielt er inne und schluckte mehrmals trocken. Nein, das wollte er nicht, natürlich nicht.

Aber er war doch ganz anders!

Er sank aufs Bett und schlug die Hände vors Gesicht.

Ich kann nicht aus meiner Haut, es geht einfach nicht. Ich muss weiter, immer weiter.

Er würde auf ewig ein Getriebener sein.

KAPITEL 35

Damit hatte Sophia nicht gerechnet. Sie hätte nicht gedacht, dass Heinrich Ernst machen würde. Er war ein so liebevoller, aufmerksamer Vater, und sie hatte gehofft, dass sie und Andromache ihm genügten. Doch dem war nicht so.

Er wird für immer rastlos sein, dachte sie unglücklich. Hatte sie wirklich geglaubt, sie könnte ihn verändern?

Sophia fühlte sich hilflos und der Verzweiflung nahe. Aber all das würde nichts an Heinrichs Entschluss ändern.

Mit gepackter Reisetasche kam er herein und beugte sich über Andromache, die in ihrem Arm lag. Sacht küsste er sie aufs weiche Haar und flüsterte ihr etwas ins Ohr.

»Wirst du mir schreiben?«, fragte Sophia leise.

»Natürlich.«

»Gib auf dich acht, hörst du?«

Er nickte und schien noch etwas sagen zu wollen.

Unbeholfen standen sie voreinander, schauten sich in die Augen und schwiegen. Dann küsste er sie auf die Stirn, seufzte und wandte sich ab.

Sophia sah zu, wie sich die Tür hinter ihm schloss. Erst dann erlaubte sie sich zu weinen.

»Ihr werdet euch scheiden lassen?«, sagte ihre Mutter entsetzt, die wenig später gekommen war.

»Von Scheidung ist nicht die Rede, Mama.«

»Aber er ist ohne dich abgereist, Sophia.«

»Weil ich bei unserer Tochter bleiben wollte, das ist alles.« Es klang abgeklärt, als sei das tatsächlich schon alles.

»Zieh in dein altes Zimmer, mein Schatz. Das hier ...« – ihre Mutter machte eine ausladende Geste – »... ist doch viel zu groß für dich.« Sie mochte das Haus nicht, auch wenn sie das Gegenteil behauptet hatte. »Du wirst dich einsam fühlen.«

»Nein, Mama, ich bleibe. Es ist mein Zuhause. Und das meiner Tochter.«

Drei Wochen später saß Sophia mit ihrem Kind in der kleinen weinumrankten Gartenlaube. Hier war es schattig und kühl.

Andromache schlummerte satt und zufrieden in ihrem Arm.

Heinrich hatte lediglich einen kurzen Brief geschrieben, dass er gut angekommen war und es ihm gut ging.

Sie hatte ebenfalls recht kurz geantwortet, dass auch sie und ihre Tochter wohlauf waren. *Ob das ewig so wei-*

tergehen wird, hatte sie gedacht. Waren sie schon jetzt eins der Paare, die sich auseinandergelebt hatten?

Sophia hörte das schmiedeeiserne Tor, gleich darauf rasche Schritte, Kleiderraschenl und die Stimme ihrer jüngeren Schwester. »Sophia? Bist du hier irgendwo?«

»In der Laube!«

Marigó sank neben sie auf die schmale Bank und gab Andromache einen Kuss aufs Haar. »Wie ein kleiner Engel, nicht wahr?«

Und diesen kleinen Engel hat Heinrich einfach alleingelassen.

»Mama fragt, ob ihr zum Mittagessen kommen wollt. Es gibt *Stifado.*«

»*Stifado.*« Sophia seufzte. Niemand kochte es so gut wie ihre Mutter. »Sag ihr, wir werden kommen.«

Auch Heinrich liebte das *Stifado* seiner Schwiegermutter. Was er wohl gerade machte?

»Hat dein Mann dir geschrieben?«

»Nein.«

»Ihr lasst euch doch nicht scheiden?«

»Fängst du auch damit an.«

»Ich meinte ja bloß ...«

»Lass gut sein, Marigó.« Sie war es allmählich leid, ihrer Familie immer wieder versichern zu müssen, dass ihre Ehe ein wenig ungewöhnlich war.

»Darf ich dich etwas fragen, Sophia? Liebst du deinen Mann?«

»Ja, das tue ich«, sagte sie, ohne zu zögern. »Und er liebt mich.«

Ihre Schwester seufzte. »Dann ist's ja gut.« Sie stand

auf und gab Sophia einen Kuss auf die Stirn. »Bis nachher.«

Sophia lauschte auf das Quietschen des Tors und hob den Kopf. Selbst die Vögel waren verstummt. Die Stängel der Gauklerblumen neben ihr wiegten sich sacht im lauen Wind, und in den Zypressen raschelte es. Wahrscheinlich hatten sich ein paar Vögel dorthin zurückgezogen.

Den Feigenbaum, den Heinrich hatte pflanzen lassen, würde sie am Abend gießen müssen, sonst würde er die Trockenheit nicht überstehen.

Areta, das Hausmädchen, kam in den Garten gelaufen. »Ein Brief von Herrn Schliemann!«

Andromache wachte auf, blinzelte, lächelte kurz und schlummerte wieder ein.

»Verzeihung, Frau Schliemann«, flüsterte Areta und reichte ihr einen Brief. »Ich dachte, die Kleine liegt oben in ihrer Wiege.«

»Sei so gut und bring sie hinauf«, bat Sophia mit klopfendem Herzen und riss ungeduldig den Brief auf. Endlich!

Meine geliebte Sophia,

verzeih, dass ich erst jetzt schreibe. Es war viel zu tun, und wenn ich ehrlich sein darf, wollte ich auch nicht schreiben. Ich fürchte, ich wollte Dich bestrafen, weil ich ohne Dich reisen musste. Ich bin Dir kein guter Mann, und das tut mir leid, Sophia. Ich will es besser machen. Du hattest recht, unsere Tochter braucht Dich.

Ich hoffe, es geht Euch beiden gut. Ich vermisse Euch jeden Tag, jede Stunde.
Ich bin noch immer in Konstantinopel und werde in wenigen Tagen weiterreisen. Sorg Dich nicht um mich.
Gib Andromache einen Kuss, und fühl Dich von mir geküsst!

Dein stets an Dich denkender
Heinrich

Sie las den Brief ein zweites Mal, dann faltete sie ihn mit einem erleichterten Lächeln und steckte ihn in den Umschlag.

Barfuß lief sie über die warme Erde ins Haus, wo es angenehm kühl war, weil Areta alle Fenster geöffnet hatte.

Heinrich hatte darauf bestanden, wenigstens ein Hausmädchen einzustellen, wenn Sophia schon keine Köchin wollte.

Areta war in der Küche und spülte Geschirr.

»Ich werde heute nicht zum Essen da sein, Areta.«

»Ja, Frau Schliemann.«

»Wenn du fertig bist, kannst du gehen.«

Das Hausmädchen drehte sich zu ihr um, die Augenbrauen erhoben. »Gehen, Frau Schliemann?«

»Du hast den Rest des Tages frei. Vielleicht möchtest du ans Meer, dort ist es etwas kühler als in der Stadt. Und sei so gut, und nimm dir vom Eintopf von gestern, so viel wie du magst. Nicht, dass er uns schlecht wird.«

»Ich könnte ihn meinem Vater bringen«, schlug sie schüchtern vor.

»Tu das, eine gute Idee.«

»Vielen Dank, Frau Schliemann.«

Sophia nickte ihr zu und schloss die Tür. Nach wie vor tat sie sich schwer, eine Bedienstete zu kommandieren. Es behagte ihr einfach nicht. Deshalb hatte sie stets ein freundliches Wort und war großzügig.

Ihrem Mann hatte sie das Versprechen abgenommen, mehr Lohn als üblich zu zahlen. »Wieso sollte ich das tun?«, war seine erste Reaktion gewesen.

»Weil es sich rasch herumsprechen wird.« Und Sophia wusste, wie sehr ihm Ansehen und Bewunderung schmeichelten.

Rasch packte sie ein paar frische Sachen für Andromache zusammen, zog sich um und verließ wenig später mit ihrer Tochter das Haus. Am Abend würde sie ihrem Mann antworten.

Die Sonne brannte unbarmherzig auf ihren Kopf, und schon nach den ersten Schritten rann ihr der Schweiß den Rücken hinab.

Sand und kleine Steinchen sammelten sich in ihren Sandalen, und sie musste immer wieder stehen bleiben und mit den Zehen wackeln.

Andromache war aufgewacht und blickte sie an.

»Mein kleiner Sonnenschein.« Sophia konnte sich an ihrem Kind nicht sattsehen. Wenn die Kleine in der Wiege lag und schlief, stellte sie sich einen Stuhl daneben und schaute ihr zu. War Andromache wach, erfreute sie sich an ihrem Lächeln, ihren blauen Augen, ihrer niedlichen Stupsnase. Nie zuvor hätte sie geglaubt, so empfinden zu können. Das Muttersein erfüllte sie bis in die kleinste Faser ihres Körpers, es war, als hätte sie ihr Leben lang auf diese Aufgabe gewartet.

Und da war ein weiteres Gefühl: Dankbarkeit. Sie war ihrem Mann dankbar für dieses Kind.

Sophia gab der Kleinen einen Kuss und bedeckte ihren Kopf mit einem Tuch. »Dein Vater lässt dich grüßen. Er vermisst dich.« *Und ich ihn*, dachte sie voller Sehnsucht.

KAPITEL 36

Konstantinopel

Heinrich kam aus dem hohen sandfarbenen Gebäude gestürmt. Er war so aufgebracht, dass er befürchtete, einen weiteren Wutanfall gleich hier auf der Straße zu bekommen. Den ersten hatte er vor ein paar Minuten gehabt, im Beisein des türkischen Ministers, der ihm kalt lächelnd gesagt hatte, dass der Ferman nicht erteilt worden war. »Sie haben ohne Genehmigung gegraben, Herr Schliemann, und werden doch bestimmt verstehen, dass Sie jetzt die Konsequenzen tragen müssen.«

»Nein, das verstehe ich ganz und gar nicht!« Heinrich hatte den stämmigen, schweinsäugigen Mann angefunkelt. »Ich wäre einverstanden, die Hälfte dessen, was ich finden werde, der osmanischen Regierung auszuhändigen.«

»Das sagten Sie bereits.« Der Minister hatte die Hände über seinem stattlichen Bauch gefaltet. »Woher wollen Sie wissen, dass Sie überhaupt etwas finden werden?«

Ich habe bereits etwas gefunden, hätte er antworten können, doch das tat er natürlich nicht. So hätte er ein-

246

gestehen müssen, die Vase als sein Eigentum mitgenommen zu haben.

»Ich bin sicher, dass ich etwas finden werde.«

»Sie erhoffen es sich, Herr Schliemann, mehr nicht. Wir werden die Angelegenheit prüfen und uns bei Ihnen melden.«

»Und wie lange soll das dauern? Einen Monat, ein ganzes Jahr?«

»Das kann ich Ihnen nicht sagen.«

»Weil Sie gar nicht vorhaben, den Ferman zu erteilen!« Heinrich eilte zur Tür und hielt dort inne. Er sollte sich beherrschen, sonst erhielte er den Ferman in der Tat nicht. Der Minister würde sich vermutlich nicht gerade für ihn starkmachen. Sollte er versuchen, ihn zu bestechen? Die meisten Menschen waren käuflich. »Ich würde mich auch erkenntlich zeigen.«

Der Minister hob die Augenbrauen, ein spöttisches Lächeln umspielte seine Lippen. »Ach ja? Und was genau meinen Sie damit, Herr Schliemann?«

»Ich bin wohlhabend, sehr wohlhabend, wie Sie wahrscheinlich wissen. Ich finanziere meine Grabungen selbst, bettele niemanden an. Zählt das nichts?«

»Bedaure, Herr Schliemann, aber nein, das zählt absolut nichts. Sie graben zu Ihrem privaten Vergnügen.«

Heinrich trat wieder näher an den Schreibtisch heran. »Wollen Sie mir gerade sagen, dass es die osmanische Regierung nicht interessieren würde, wenn ich das sagenumwobene Troja freilege?«

Der Minister grinste und begann dann laut zu lachen. »Sagenumwoben, Sie sagen es, Herr Schliemann. Der

Krieg um Troja ist eine hübsche kleine Geschichte, eine Sage. Dass Sie daran glauben, es für bare Münze nehmen, ist Ihr Problem, nicht unseres.«

Heinrich schnappte nach Luft. »Ich werde beweisen, dass Troja nicht nur eine Erzählung ist.«

»Tun Sie das, Herr Schliemann, tun Sie das.«

Er lief erneut zur Tür.

»Und ich bin nicht bestechlich, werter Herr Schliemann«, war das Letzte, was er hörte, bevor die schwere Holztür hinter ihm ins Schloss fiel.

Gottverflucht!

Auf der staubigen Straße lief er fast in eine Frau, die Knoblauch verkaufte. Der beißende Geruch der Knollen, die an langen Schnüren hingen, stieg ihm in die Nase. Er wedelte mit der Hand und lief weiter.

Er würde etwas Zeit verstreichen lassen und dann weitergraben, mit oder ohne Ferman. Spontan beschloss er, seine Sachen zu packen und nach London zu reisen. Er würde dort neue Ausrüstung kaufen, Freunde treffen und ein paar Museen besuchen.

Der Ärger fiel von ihm ab, so plötzlich wie er gekommen war.

Er war länger nicht in London gewesen, bestimmt würde ihm der Aufenthalt guttun und ein wenig ablenken.

Vorher würde er noch schnell seiner Frau schreiben. Wie er sie vermisste!

~

Als Sophia las, dass ihr Mann beim türkischen Minister gewesen war und eine Abfuhr erhalten hatte, war sie davon überzeugt, dass er auch versucht hatte, den Mann zu bestechen. »Jeder ist bestechlich«, hatte er irgendwann gemeint. Sich eingeschlossen, so ehrlich war er auch gewesen.

Doch offenbar war nicht jeder bestechlich, denn beim türkischen Minister hatte Heinrich auf Granit gebissen.

Kurz darauf kam ein Brief aus London, dass ihm die Genehmigung nun überraschend doch erteilt worden war. Mit einer Bedingung: Heinrich müsste die Hälfte der Fundstücke, so es denn welche gäbe, an die Regierung abtreten.

Sophia war verblüfft, dass er damit einverstanden war. Aber würde er sich auch daran halten?

Heinrich hatte vor, nach Konstantinopel zurückzureisen, den Ferman entgegenzunehmen und auf die Troas weiterzureisen.

Noch am selben Tag antwortete Sophia ihm, und noch während sie dasaß und schrieb, kam ihr ein Gedanke; zunächst nur sehr vage und flüchtig, dann jedoch drängte er mehr und mehr ins Bewusstsein und machte sie kribbelig: Sie würde ihm folgen.

Alle Bedenken, ihre Tochter bei ihren Eltern zu lassen, erschienen ihr mit einem Mal albern. Andromache war alt genug, um sie ein paar Wochen in die Obhut der Großeltern zu geben.

Sie überlegte, ob sie ihrem Mann davon berichten sollte, entschied sich aber dagegen. Sie wollte ihn überraschen.

~

Heinrich hatte sich überschwänglich beim Minister bedankt – es hatte ihn nicht mal Überwindung gekostet – und sich dann direkt nach Chiblak aufgemacht. Dort, in einer der Lehmhütten, hatte er sein Quartier bezogen, seine neu gekaufte Ausrüstung ausgepackt und war kurz darauf bei einem der ältesten Dorfbewohner vorstellig geworden. »Ich werde auf dem Hisarlik-Hügel Grabungen vornehmen. Dafür brauche ich kräftige, fleißige und äußerst zuverlässige Männer, denen ich vertrauen kann.«

»Sie sind Herr Schliemann.« Der Mann hatte genickt. »Sie sind hier bekannt. Wie viele Männer brauchen Sie?«

»Vorerst etwa fünfzig, außerdem zwei oder besser noch drei Aufseher, einen kompetenten Ingenieur und einen Zeichner.«

Der Mann dachte kurz nach. »Das sollte machbar sein. Einen guten Ingenieur gibt's im Nachbardorf. Darf ich fragen, warum Sie nicht die Männer nehmen, die schon für Sie gearbeitet haben?«

»Ich arbeite lieber mit frischer Mannschaft. Ich erwarte alle in zwei Tagen zum Sonnenaufgang auf dem Hisarlik.«

Minutenlang stand Heinrich wenig später dort und blickte sich um. Es war wie ein Nachhausekommen. Die Sonne ging gerade unter, und irgendwo in der Ferne rief ein Vogel.

Er setzte sich im Schneidersitz ins hohe, feuchte Gras

und stützte das Kinn in die Handfläche. Er vermisste Sophia, wie immer, wenn sie nicht bei ihm war. An dieses Gefühl hatte er sich inzwischen gewöhnt. Es würde wohl für alle Zeit so sein.

Was gäbe ich darum, wenn sie jetzt hier wäre!

Heinrich schloss die Augen. Wie schon zuvor tauchten auch jetzt Bilder vor seinem geistigen Auge auf: Achilles, der den gefallenen Hektor am Streitwagen um die Burganlage schleift. Dessen Frau Andromache, die oben auf der Mauer steht, und es hilflos mitansehen muss.

Königin Hekabe, Priamos' Frau, kommt und legt tröstend den Arm um ihre Schultern. »Sieh nicht hin, mein Kind, sieh nicht hin, was dieser Barbar mit dem Körper deines toten Mannes macht.« Ihrem Sohn.

Heinrich erschauderte. Schon als kleiner Junge hatte ihn dieser Teil der Geschichte ganz besonders gefesselt. Weil er zeigte, wozu Menschen fähig waren. Wie viel Grausamkeit und Unerbittlichkeit sie in gewissen Situationen zeigen konnten. Hektor war sein Held gewesen, der tapfere, mutige Krieger und Anführer der Trojaner. Achilles sein Gegenspieler, der Teufel in Person.

Unten am Fuß des Hügels weideten Schafe, die laut zu blöken anfingen, als hörten auch sie das Rumpeln des hölzernen Streitwagens und die triumphierenden Schreie des Achilles.

Heinrich stellte sich vor, wie tief, ganz tief unter ihm das homerische Troja lag. Wie viele Schichten wohl darüberlagen? *Ich sitze auf ungefähr dreitausend Jahren Geschichte.* Dreitausend Jahre, in denen Menschen diesen

Hügel bevölkert hatten. Wie viele Städte mochte es nach der legendären hier gegeben haben?

Heinrich blieb noch einen Moment sitzen, hoffte auf gutes Wetter für den Grabungsbeginn, und erhob sich dann, um sich nach Chiblak zurückzubegeben. Er war todmüde und freute sich auf ein paar Stunden Schlaf.

KAPITEL 37

Am Morgen der Grabung stand Heinrich ausgeruht und voller Tatendrang auf. Es war noch dunkel, bis Sonnenaufgang würde es noch dauern. Er wusch sich in der Schüssel, die auf der schäbigen Kommode am Fenster stand, zog sich an und frühstückte. Dann füllte er seine Wasserflaschen, packte einen Kanten Gerstenbrot und ein kleines Stück Ziegenkäse ein und verließ die Hütte. Nach wenigen Schritten fiel ihm ein, dass er das Chinin vergessen hatte.

Also lief er rasch zurück, wog vier Gran ab und beeilte sich, zur Grabungsstelle zu kommen.

Die Arbeiter waren bereits da. In kleinen Grüppchen standen sie beisammen, die meisten in wie üblich bunter Tracht. Viele hatten Esel dabei, die an Pflöcken festgebunden waren und Gras rupften.

Ein größerer Mann von kräftiger Statur löste sich aus einer Gruppe und kam auf ihn zu. »Herr Schliemann? Mein Name ist Alexandros. Ich werde als Ingenieur für Sie arbeiten.«

»Alexandros? Du bist Grieche?«

»So ist es, mein Herr.«

Ein Grieche, wie schön. Er lächelte in sich hinein. »Meine Ehefrau ist auch Griechin.«

»Ich weiß, Herr.«

Was wussten sie eigentlich nicht über ihn? »Was ist mit den Aufsehern?«

Alexandros drehte sich halb um und deutete auf die Männer rechts von ihm. »Die drei dort drüben, mein Herr. Ich habe mir erlaubt, sie selbst auszuwählen. Ich hoffe, Sie werden mit meiner Wahl zufrieden sein.« Er machte einen freundlichen, zuvorkommenden und selbstbewussten Eindruck.

Heinrich mochte ihn auf Anhieb. »Das werden wir sehen, Alexandros.« So könnte der junge Odysseus ausgesehen haben, ging ihm durch den Kopf.

Er hob die Hand. Sofort erstarb das Stimmengemurmel, und alle blickten ihn abwartend an.

»Wir beginnen gleich hier.« Er trat einen Schritt zur Seite. »Wer etwas findet, erstattet mir augenblicklich – und das meine ich wortwörtlich – Bericht. Ich werde es mir ansehen und alles Weitere entscheiden. Sollte jemand eine Entdeckung machen und für sich behalten, wird er auf der Stelle entlassen. Ohne Lohn. Denn ich werde es merken, wenn mich jemand hintergeht. Wer faul ist, wird ebenfalls entlassen. Wer sich dagegen fleißig zeigt und mein Vertrauen nicht enttäuscht, wird gut bezahlt werden.«

Er winkte die Aufseher zu sich und versuchte, sich deren Gesichter einzuprägen. Ihre Namen interessierten ihn nicht, er würde sie sich ohnehin nicht merken.

»Arbeitsbeginn ist täglich zum Sonnenaufgang. Ich erwarte Pünktlichkeit. Ihr postiert euch am Rand. Du mit dem langen Kinnbart stellst dich da vorn am Abhang auf.« Er zeigte nach rechts. »Du mit der großen Nase gleich gegenüber und du ...« Er deutete auf den dritten Mann. »Du wirst dort hinten Posten beziehen und achtgeben. Ich erwarte absolute Zuverlässigkeit, habe ich mich klar ausgedrückt?«

Die drei nickten, ohne mit der Wimper zu zucken.

»Gut. Dann lasst uns beginnen.« Er ging zu Alexandros. »Schick mir den Zeichner.«

In diesem Moment schälte sich ein junger Bursche aus der Menge. »Ich bin der Zeichner, Herr. Ich heiße Patroklos.«

»Patroklos?« Heinrich stutzte.

»Wie der Freund des Achilles. Mein griechischer Vater wollte es so.«

Er war überrascht und ein wenig verwirrt. »So, so, nun denn, Patroklos ... Lasst uns anfangen!«

Wenn er das seiner Frau schreiben würde!

Er tat es noch am selben Abend.

Stell Dir vor, der Mann, der als Zeichner für mich arbeitet, heißt Patroklos. Er ist Grieche, genau wie der Ingenieur. Ich glaube, der Mann, der die Arbeiter ausgesucht hat, hat eine gute Wahl getroffen.
Ich fürchte, ich kann heute Nacht vor lauter Aufregung nicht schlafen. Was wird am morgigen Tag sein? Werden

wir etwas entdecken, ausgraben? Oder werden wieder Tage
und Wochen vergehen, ohne dass wir auch nur das kleinste
Stückchen aus dem Erdboden befreien?
Ich hoffe, das Wetter hält sich. Heute war es angenehm kühl,
nur ein einzelner kurzer Regenschauer ließ uns pausieren.
Ich vermisse Dich so sehr, meine Sophia!

Auf ewig
Dein Heinrich

Als er später wie immer die Wanzen aus dem Bett entfernte, eine Wolldecke über die Matratze legte und aus seinen staubigen Kleidern schlüpfte, seufzte er so laut, dass er selbst lachen musste. Er legte sich auf den Rücken und verschränkte die Hände im Nacken.

In einer der Nebenhütten, die Alexandros und die Aufseher bezogen hatten, rumpelte es. Offenbar war ein Stuhl oder Tisch umgefallen. Jemand fluchte, ein anderer lachte.

Irgendwo heulte ein Hund.

Heinrich schloss die Augen. Sophia! Wie sehr er sich nach ihr sehnte, nach dem Duft ihres Haares, ihrer zarten Haut, ihrer schönen Stimme.

Mit einem Mal verstummten das Heulen und auch das Blätterrauschen. Es war so still, dass man meinen könnte, die Welt hätte den Atem angehalten.

Er setzte sich verwundert auf und schaute zum Fenster.

Und dann prasselte ein Regenschauer vom Himmel, der es in sich hatte. Er sprang auf und schloss das Fenster. Regentropfen, groß wie Süßkirschen, schlugen aufs Dach, und Wind kam auf. Er kroch wieder ins Bett und deckte sich mit einer weiteren Wolldecke zu. Es war ungemütlich kalt geworden. Das Wetter war so plötzlich umgeschlagen, wie es hier häufig geschah.

Hoffen wir, dass es morgen wieder vorbei ist, dachte er noch, bevor ihm die Augen zufielen, dem Trommeln der Regentropfen zum Trotz.

Am Morgen darauf war der Himmel wolkenverhangen, doch der Regen hatte – wenigstens vorerst – aufgehört. Windig war es noch immer.

Als Heinrich nach dem wie üblich kargen Frühstück auf dem Hisarlik-Hügel stand und in die Ebene blickte, fegte ihm eine kräftige Böe den Hut vom Kopf. Er sprang hinterher, gerade noch rechtzeitig, bevor der Hut den Abhang hinunterrollen konnte.

»Irgendwann gewöhnt man sich dran«, sagte jemand hinter ihm, und er fuhr herum.

Alexandros stand dort, einen trockenen Grashalm im Mundwinkel. »Im Sommer ist es noch schlimmer.«

Nach und nach kamen die Arbeiter und versammelten sich. Der Wind hatte noch mehr an Fahrt aufgenommen, und die grauen Wolken über ihnen verkündeten weiteren Regen.

Heinrich rief Alexandros herbei, während die Arbeiter Spaten und Hacken holten. »Ich möchte zwei Holzbaracken bauen lassen. Kennst du zuverlässige Schreiner und Zimmerer?«

Sein Ingenieur nickte. »Soll ich mich gleich daranmachen?«

Heinrich überlegte kurz, dann nickte er. »Aber komm bald zurück, ich brauche dich hier. Was ist mit den Plänen?« Er hatte ihn am späten Abend noch beauftragt, genaue Pläne für die Grabungsstelle zu erarbeiten.

Alexandros zog eine Papierrolle aus der breiten Schultertasche, die er bei sich trug. »Hier, mein Herr.«

Heinrich entrollte die Pläne und warf einen Blick darauf.

Alexandros stellte sich neben ihn und zeigte auf das Papier. »Im Norden und Westen fällt der Hügel steil ab, dort müssen wir achtgeben. Die obere Schicht ist lehmig, aber darunter befindet sich Geröll, das schnell wegbricht. Wir sollten mindestens zwei Meter, noch besser drei oder vier Abstand halten.«

Heinrich fuhr sich über den Schnauzbart und machte »Hm.« Genau das hatte er befürchtet. »Gut«, sagte er schließlich. »Ich will in der Mitte beginnen und dann von Norden nach Süden graben.«

Sein Ingenieur nickte. »Dann laufe ich jetzt ins Dorf und suche die Handwerker zusammen.«

»Warte noch. Ich brauche auch jemanden, der die Baustelle bewacht, wenn ich nicht da bin.«

»Sie meinen nachts?«

Er nickte.

»Mir fällt da jemand ein. Mein Bruder Nikólas.«

»Dein Bruder?« Heinrich musste nur kurz überlegen. »Frag ihn.«

Alexandros nickte, wandte sich um und ging mit ausladendem und sicherem Schritt zwischen den Arbeitern und einem kleinen Eselkarren davon. Der Esel schnappte halbherzig nach seinem Ärmel, und er schob ihn lachend weg.

Heinrich knöpfte seine Wolljacke zu, schlüpfte in die Lederstiefel und warf einen misstrauischen Blick in den Himmel. Wäre er religiös, würde er für gutes Wetter beten.

Nikólas war ein angenehmer junger Bursche, und Heinrich hatte beschlossen, es mit ihm zu versuchen. »Du musst die Grabungsstelle bewachen«, sagte er am späten Abend zu ihm. »Ich kann nicht Tag und Nacht hier sein und das selbst tun. Du kannst eine der Holzbaracken haben. Frühmorgens, wenn ich herkomme, kannst du dich zurückziehen.« Er drückte ihm ein paar Münzen in die Hand. »Dein erster Lohn. Solltest du dich als vertrauensvoll erweisen, bekommst du das Doppelte.«

Der junge Mann hob die Augenbrauen, sichtlich überrascht und hocherfreut. »Sie sind sehr großzügig, Herr.«

»Nur, wenn man mich nicht enttäuscht«, stellte Heinrich klar und machte sich auf den Heimweg.

Dieses Mal wartete ein Brief von seiner Frau auf ihn.

Er machte sich frisch, zog die schmutzige Kleidung aus und hängte sie auf, dann legte er sich in Unterwäsche auf die Decke und las.

Geliebter Mann,

wie es mich freut, dass Du wohlauf bist. Wir, Andromache und ich, sind es auch.
Wie war die Ausgrabung? Bitte berichte mir ausführlich, ja? Ich brenne darauf, alles zu erfahren.

Sie schrieb noch ein paar Zeilen über ihr beschauliches – für ihn grenzenlos langweiliges – Leben und beendete ihren Brief mit den zärtlichen Worten *Deine von früh bis spät an Dich denkende, ewiglich liebende Sophídion.*

Heinrich gestand sich ein, dass er manchmal befürchtete, sie könnte ihn vergessen. So wie er sich auch eingestand, dass er kein guter Ehemann war. Er war ein Getriebener, ein Besessener. Jemand wie er konnte kein guter Ehemann sein.

Mit dem Brief auf der Brust schlief er ein.

~

Etwa zur gleichen Zeit lag auch Sophia in ihrem Bett, die Hände im Nacken verschränkt und starrte in die Dunkelheit.

Sie hatte längst bei ihrem Mann sein wollen, es war alles vorbereitet gewesen. Doch dann war ihre Tochter krank geworden, hatte Fieber und Ausschlag bekommen.

Wie könnte sie sie da alleinlassen?

Ach, Heinrich! Sie seufzte und drehte sich auf die Seite.

Wahrscheinlich hatte er gestern oder heute ihren Brief erhalten. Kein Wort hatte sie über ihr Vorhaben geschrieben, nicht mal, dass Andromache krank war. Heinrich sollte sich nicht sorgen.

Sobald ihre Tochter wieder genesen war, würde sie sich aufmachen. Ihre Reisetasche stand fertig gepackt bereit.

Sophia drehte sich auf die andere Seite, unruhig und aufgewühlt. Plötzlich verstand sie Heinrich. Es musste schrecklich sein, sich ständig so zu fühlen.

KAPITEL 38

Hisarlik

Die Arbeiter stöhnten wegen des ständigen Windes, der an ihrer Kleidung riss, trockene Grasbüschel umherwehte und ihnen Erde und Staub in die Augen trieb. Immer wieder mussten sie innehalten und sich das Gesicht reiben.

Rings um die Grabungsstelle türmten sich Halden aus Erde und Steinen.

Heinrich stand breitbeinig inmitten des Grabens und hieb mit der Hacke in den Boden. Dann und wann knirschte es scheußlich, wenn er wieder auf einen Stein stieß.

Er hieb auf die feine Gesteinsschicht zu seinen Füßen, als ein grollendes Geräusch zu hören war. Die Arbeiter brüllten etwas, einige sprangen instinktiv zur Seite.

Er ließ die Spitzhacke fallen. »Was war das?«

»Ein großer Steinblock!«, rief irgendwer.

Die Männer waren zur Ostseite gerannt. Heinrich lief zu ihnen und sah noch, wie sich ein Felsbrocken den Hügel hinunter ins Tal wälzte. Es rumpelte und dröhnte, Staub und Erde wurden aufgewirbelt, und die Schafe, die friedlich in der Ebene grasten, stoben blökend auseinander.

»Ich wette, dass er zwei erwischt!«, rief einer der Männer, und die anderen johlten.

Heinrich sah, dass der Felsbrocken liegen blieb und ein unerschrockenes Schaf vorsichtig näher kam und ihn beschnüffelte. Dann graste es weiter, und die anderen taten es ihm nach.

»Weiter, Männer!« Er wischte sich die schmutzigen Hände an der Hose ab, trank einen Schluck Wasser und kehrte zur Grabungsstelle zurück.

Es geschah häufiger, dass Felsblöcke den Abhang hinunterrollten. Die Schafe schienen sich daran gewöhnt zu haben, und für die Arbeiter war es keinen weiteren Gedanken an einen Wetteinsatz wert.

Mehrere Erdschichten hatten sie inzwischen mit ihren Hacken und Schaufeln durchstoßen, die Schuttberge neben der Grabungsstelle wuchsen. Heinrich hatte Schubkarren aus London kommen lassen, in denen sich größere Erdklumpen befanden, die in regelmäßigen Abständen von ihm in Augenschein genommen wurden. Bisher jedoch war nichts dabei, was seine Aufmerksamkeit erregte, und gelegentlich kam so etwas wie Ernüchterung auf. Doch noch konnte er das Gefühl wieder abschütteln. Er würde nicht aufgeben, bis sie etwas gefunden hatten.

An diesem Vormittag, an dem es wie gewohnt sehr windig war, stieß Heinrich mit der Hacke auf etwas, was ihn innehalten ließ. Er hockte sich hin, tastete mit den Händen und nahm die Schaufel. War er endlich auf etwas gestoßen, was ihn weiterbrachte? Hatte er eine Spur gefunden?

Er trieb die Schaufel in den Boden, und als es nicht mehr ging, wechselte er zur Spitzhacke. Nach einiger Zeit hatte er einen großen Steinquader freigelegt.

Heinrich grub weiter. Er blickte nicht auf, nahm kaum wahr, dass es zu regnen begonnen hatte. Ein zweiter Steinquader kam zum Vorschein, danach ein weiterer und ein vierter. Sie schienen zu einer Mauer zu gehören.

Er rief die Arbeiter zusammen. »Kommt her und helft mir! Ich habe eine Mauer freigelegt!«

Etwas später wusste Heinrich, dass es sich um ein zwanzig Meter langes und vierzehn Meter breites Gebäude handelte. Laut einer Inschrift musste es ein Rathaus gewesen sein. Patroklos hatte eine Skizze angefertigt, wie es vermutlich einmal ausgesehen haben könnte.

Heinrich hatte sich für einen Augenblick auf einen Stein gesetzt, um zu verschnaufen und etwas zu trinken. Von hier aus hatte er die Arbeiter gut im Blick.

Wie weit noch bis Troja?, dachte er und rang die Erschöpfung nieder, die ihn übermannen wollte. Vier Schichten, fünf?

Mehr? Um dorthin zu gelangen, mussten sie das Gebäude abtragen, es half nichts.

Er schraubte die Feldflasche zu, holte tief Luft und erhob sich, um weiterzumachen.

Am Nachmittag begann es zu regnen. Erst nieselte es leicht, dann zog der Himmel sich zusammen, schwarze Wolken türmten sich auf und öffneten die Schleusen. Die Arbeiter zogen sich die Hüte und Kappen ins Gesicht, manche trugen Umhänge mit Kapuzen.

Alexandros stand missmutig zwischen ihnen und versuchte, die Pläne trocken zu halten. Einer der Aufseher – Heinrich nannte ihn den Einäugigen, weil er sein rechtes Auge stets zusammenkniff – herrschte zwei Arbeiter an, die miteinander redeten und dabei immer lauter wurden. Offenbar stritten sie.

Er konnte nicht genau verstehen, worum es ging, er fing einzelne Worte und Satzfetzen auf und reimte es sich schließlich zusammen. Es schien um ihn zu gehen.

Er steckte die Schaufel in einen aufgeschütteten Erdwall, stieg aus der Grube und klopfte sich die Hände ab. Mit wenigen Schritten war er bei den beiden Männern. »Wenn ihr mir etwas zu sagen habt, tut das gefälligst in meinem Beisein!«

Einer der beiden wurde leuchtendrot, der andere scharrte mit der Fußspitze in der Erde. »Wir sind müde, Herr, und wollen ausruhen«, murmelte er.

»Ihr hattet gerade Zeit, euch auszuruhen.«

»Nicht genug Zeit.«

»Nicht genug, ach ja?« Er stemmte die Hände in die

Hüften. »Dann gebe ich euch jetzt ausreichend Zeit. Ihr könnt beide verschwinden.«

Die Männer schauten ihn erschrocken an. »Herr, wir ...«

»Verschwindet, hab ich gesagt!«

Die beiden kraxelten aus dem breiten Graben, der mittlerweile entstanden war, und beeilten sich davonzukommen.

»Ist noch jemand hier, der sich gern ausruhen möchte?«

Die anderen Arbeiter senkten den Kopf und gruben weiter.

Alexandros kam herbeigeeilt. »Tut mir leid, Herr, ich hätte ...«

»Ich denke nicht, dass du einen Fehler gemacht hast«, unterbrach Heinrich ihn. Er mochte den jungen Mann, hatte ihn, möglicherweise mehr als vernünftig war, ins Herz geschlossen. *Ich bin nicht mehr objektiv*, dachte er. »Was meinst du, wird der Regen bald wieder aufhören?«

»Ich fürchte, nein, Herr. Wir haben Herbst, da regnet es in dieser Region immer recht stark.«

Ein weiterer Aufseher kam angelaufen. »Einer der Arbeiter sagt, dass das Wasser sich an manchen Stellen sammelt!«

»Auch das noch«, murrte Heinrich und schlug den Kragen seiner Jacke hoch.

»Es könnte noch schlimmer werden, Herr.«

Er stieß einen Fluch auf Deutsch aus und rang sich zu einem Entschluss durch. »Wir machen Schluss für heute.«

Alexandros nickte. »Ich gebe den Männern Bescheid.«

»Und morgen, Herr?«, fragte der Aufseher schüchtern. »Machen wir morgen weiter?« Er deutete in den dunklen Himmel.

»Warten wir ab. Sollte es tatsächlich weiterregnen, sehen wir uns in drei Tagen wieder.«

Der Aufseher verbeugte sich und verschwand.

Ich bin so nah am Ziel, dachte Heinrich voller Wut und Enttäuschung. Auch wenn er wusste, dass »nah am Ziel« bedeutete, dass noch etliche Schichten abgetragen werden mussten. Aber Troja lag hier unter seinen Füßen, das spürte er. Sein ganzer Körper vibrierte, wenn er sich nur vorstellte, dass er auf den Mauern von Priamos' Palast stand.

~

Von alldem ahnte Sophia in Athen nichts. Sie war an Scharlachfieber erkrankt, hatte sich offenbar bei ihrer Tochter angesteckt. Seit Tagen lag sie im Bett und fühlte sich so elend wie selten zuvor. Was nicht nur an ihrer Krankheit lag, sondern auch daran, dass sie ihren Mann seit Monaten nicht gesehen hatte. Er schrieb regelmäßig und ließ sie an seinen Erlebnissen und auch Enttäuschungen teilhaben.

Ich sollte bei ihm sein, ihm Trost spenden, dachte sie jedes Mal.

Ihre gepackte Reisetasche stand wie ein Mahnmal neben dem Kleiderschrank. Immer wieder fiel ihr fiebriger Blick darauf. *Ich wollte längst bei dir sein, Heinrich.*

Sie träumte viel von ihm, oft waren es Fieberträume,

in denen sie sich hin und her warf und seinen Namen flüsterte.

Ihre Mutter oder Marigó saßen die ganze Zeit an ihrem Bett und erzählten hinterher, dass sie wieder nach ihrem Mann gerufen hatte.

KAPITEL 39

Hisarlik

An diesem trüben, wolkenverhangenen Tag, an dem man glauben konnte, die Sonne würde sich nie wieder zeigen, stand Heinrich auf dem Hügel, eine Hand über den Augen. Er hatte einen Augenblick in die Ferne geblickt, gedankenverloren und selbstvergessen.

Patroklos war atemlos angelaufen gekommen. »Einer der Arbeiter hat etwas gefunden.«

Augenblicklich war er zurück im Hier und Jetzt. »Was? Was hat er gefunden?«, fragte er atemlos, während er dem Zeichner eilig folgte.

»Tonkrüge, Herr. Riesige Tonkrüge.«

Schon wieder wollte sich Enttäuschung breitmachen. Tonkrüge, das war in der Tat nicht sonderlich aufregend.

»Die meisten sind ganz, praktisch unversehrt.« Patroklos war stehen geblieben und deutete nach rechts, wo drei Arbeiter beisammenstanden und auf die Erde zu ihren Füßen blickten.

»Unversehrt«, murmelte Heinrich verwundert. Das war dann doch ungewöhnlich. Bislang hatte er nur Scherben von Krügen oder anderen Gefäßen gefunden.

Er sprang in die Vertiefung und landete in einer Pfütze. Das Wasser spritzte zu allen Seiten, und es gab ein schmatzendes Geräusch. Er hockte sich hin und betastete den Hals eines Kruges, der hervorschaute. Auch ein Teil des bauchigen Körpers war zu sehen. Daneben schienen sich tatsächlich weitere Gefäße zu befinden. »Das ist interessant.« Er wedelte mit der Hand. »Schaufel!«

Jemand reichte ihm eine, und er begann den Tonkrug auszugraben. Als er zu gut zwei Dritteln freigelegt war, zog er mit zwei, drei Rucken daran, bis das Gefäß sich mit einem satten Geräusch aus dem lehmigen Erdboden löste.

Um ein Haar hätte er das Gleichgewicht verloren. »Sieh dir das an«, sagte er zu niemand Bestimmtem. »Er ist tatsächlich heil.«

»Was glauben Sie, Herr, stammt der Krug aus derselben Zeit wie das Gebäude? Das Rathaus?«, fragte Patroklos, der das Gefäß genauso begeistert bestaunte wie er.

»Ich denke schon.« Das Rathaus musste aus der Zeit Alexanders des Großen stammen, wie er vermutete. »Vielleicht etwas später.« Der Krug war groß, bestimmt ein Meter hoch, er musste ihn mit beiden Händen halten. »Ist er nicht prächtig?«

»Das ist er, Herr.«

»Weitermachen!«, befahl er. »Und seid vorsichtig, ich will auch die anderen Krüge im Ganzen haben!«

Er stellte das Gefäß auf den Rand des Grabens und versuchte aus der Kuhle zu klettern. Doch er rutschte immer wieder ab. Schließlich reichte Patroklos ihm die Hand.

Alexandros war ebenfalls gekommen, um den Fund zu bewundern. »Unversehrt, Herr, das ist ungewöhnlich.«

»Das ist es in der Tat, Alexandros.« Sein Ingenieur war der Einzige, den er mit Vornamen ansprach. »Und es gibt noch mehr.«

»Wer weiß, was wir noch finden werden.« Alexandros kniff die Augen zusammen und blickte in den Himmel. »Wenn das Wetter uns keinen Strich durch die Rechnung macht.«

»Verflucht«, murmelte Heinrich. Daran hatte er auch schon gedacht. Das verdammte Wetter! Ausgerechnet jetzt!

Missmutig stapfte er los, griff im Vorbeigehen nach einer Spitzhacke, die irgendwer in einen kleineren Erdhaufen gesteckt hatte, und begann seine Arbeit dort fortzusetzen, wo er aufgehört hatte.

Wieder stieß die Hacke auf etwas, und er bückte sich, um mit den Händen weiterzugraben. Wieder eine Speerspitze.

Er warf sie zu den anderen in die Schubkarre.

In diesem Moment begann es zu regnen, und er hob den Kopf und fluchte laut. Vielleicht hörte es gleich wieder auf.

Doch das geschah nicht, im Gegenteil, es regnete immer stärker. Auch der Wind hatte wieder aufgedreht, ein ungemütlicher kalter Wind, der durch alle Kleidungsschichten drang.

»Wir machen weiter!«, rief Heinrich laut.

Die Arbeiter zogen sich die Kapuze über oder drückten ihren Hut tiefer ins Gesicht.

Stumm und verdrießlich grub er weiter.

Schließlich – er hatte vollkommen die Zeit vergessen – kam Alexandros zu ihm. »Herr, ich bitte um Verzeihung, aber der Regen spült einen Teil der Erde weg, sodass es immer schwieriger wird, sie wegzuschaffen. Und in den Gruben sammelt sich das Wasser.«

»Sind die Krüge aus der Erde?«, fragte er, ohne aufzublicken.

»Ja, Herr. Es sind sechs an der Zahl. Ich habe selbst nachgesehen und glaube, dass darunter noch mehr sind. Aber der Boden ...«

Heinrich seufzte und hielt inne. »Ja, schon gut, Alexandros. Du hast ja recht. Es hilft nichts, wir müssen abbrechen.« Er schaute sich suchend um. »Wo steckt Nikólas?«

»Ich habe bereits nach ihm geschickt.«

»Gut.« Auf seinen Ingenieur war Verlass. Am liebsten würde er ihn auch als Aufseher und Bewacher einsetzen.

Einer der Aufseher kam mit wehendem Umhang angelaufen. »Ein Arbeiter hat sich verletzt, Herr.«

»Auch das noch!« Heinrich rammte die Spitzhacke in einen Schutthaufen, wischte sich die Hände an der Hose ab und folgte ihm.

Ein Mann, nicht mehr ganz jung, lag gekrümmt auf der Erde und wand sich mit schmerzverzerrtem Gesicht.

»Was ist mit ihm?«

»Er hat sich mit der Hacke verletzt«, sagte der Aufseher. »Hat zu weit ausgeholt.«

Heinrich schüttelte den Kopf. War das zu fassen? Er hockte sich neben den Mann und sah, dass dessen Hose am Oberschenkel blutdurchtränkt war. »Kannst du aufstehen?«

Der Mann schüttelte den Kopf.

Sofort standen zwei Arbeiter bereit, um ihm aufzuhelfen.

»Bringt ihn nach Hause. Die Wunde muss ausgewaschen und gut verbunden werden«, ordnete Heinrich an.

Der Mann schrie auf, als er stand und versuchte, einen Schritt zu machen.

»Zieh die Hose aus«, befahl Heinrich.

Die Arbeiter starrten ihn entgeistert an.

»Nun mach schon!«

Der Mann knöpfte den Bund auf und ließ die Hose zu Boden gleiten. Verschämt zupfte er mit einer Hand an seinem Unterhemd und versuchte, das Nötigste zu verdecken.

»Hab dich nicht so. Glaubst du, wir haben noch nie einen nackten Kerl gesehen?«

Die Wunde sah übel aus, offenbar war die Spitze der Hacke tief in den Schenkel gedrungen. Es blutete stark.

Er drückte zwei Finger an eine Stelle neben der Wunde, und der Mann stieß einen gellenden Schrei aus. »Sieht nicht gut aus. Bringt ihn zu einem Arzt.«

Alexandros legte für den Bruchteil eines Moments die Hand auf seine Schulter. Eine Berührung, die er nicht übergriffig, sondern als erstaunlich tröstlich empfand.

»Herr, ich fürchte, er wird die Strecke bis zu einem Doktor nicht schaffen. Darf ich einen Vorschlag machen?«

»Nur zu.«

»Wir könnten ihn in eine der Baracken bringen, und
ich mache mich auf den Weg und hole den Doktor.«

Heinrich schüttelte den Kopf. »Er soll in die Baracke
gebracht werden, aber nicht du wirst den Doktor holen,
sondern jemand anders.«

»Wie Sie wünschen.« Alexandros nickte und gab den
beiden Arbeitern einen Wink. »Folgt mir! Und macht
langsam und gebt acht.«

Der Verletzte wurde in die Baracke gebracht – sie
schleiften ihn mehr, als dass er ging –, und Alexandros
suchte anschließend einen Arbeiter aus, der den Doktor
herholen sollte.

Heinrich ging zur Baracke und öffnete die quiet-
schende Holztür, die schief in den Angeln hing.

Der verletzte Mann lag auf einer Pritsche, die nur aus
einem breiteren Brett und einer alten Decke bestand. Er
hatte die Augen geschlossen. Vielleicht war er kurzfristig weggetreten. Die beiden Männer, die ihn hergebracht
hatten, standen betreten daneben.

»Wird er sein Bein verlieren?«, fragte einer, den Kopf
gesenkt. Sie vermieden es meistens, ihm ins Gesicht zu
sehen.

»Unsinn. Die Wunde muss nur gründlich gereinigt
und gut verbunden werden. Sie darf sich auf keinen Fall
entzünden. Bis auf Weiteres ist er von der Arbeit ent-
bunden.«

Der Regen trommelte aufs Dach. So wie es sich gerade anhörte, würden sie vorerst ohnehin sehr wahrscheinlich nicht weiterarbeiten können.

Die beiden Arbeiter warfen sich einen unbehaglichen Blick zu.

»Ich verlange eine ehrliche Antwort: War er ungeschickt?«

Sie blinzelten, schauten sich erneut flüchtig an, und einer der beiden sagte schließlich leise: »Nein, Herr. Ich stand genau neben ihm. Er musste weiter ausholen, das stimmt. Das lag aber daran, dass der Boden so matschig war.«

Heinrich nickte. »Dann soll er seinen Lohn bekommen und wieder nach Arbeit fragen, wenn er sich erholt hat.« Er sah den Verletzten an, dessen Brust sich hob und senkte. Er lebte also ganz offenbar noch, war vermutlich nur kurzfristig ohnmächtig geworden. »Gebt ihm Bescheid.«

»Jawohl, Herr.« Die beiden verneigten sich.

An der Tür blieb er kurz stehen. »Und den Doktor werde ich bezahlen.« Er hörte nicht mehr, was sie sagten, ob sie überhaupt etwas sagten, weil er rasch die Tür schloss.

Heinrich ahnte, was die Arbeiter über ihn dachten: Der Deutsche hat ja doch ein Herz.

Natürlich hatte er eins, er ließ sich nur nicht gern hineinschauen. Sein Herz war auch nicht aus Stein, er versuchte nur stets, streng zu erscheinen, weil es ihm Respekt verschaffte.

Für ihn war es ganz selbstverständlich, die Rechnung zu bezahlen. Der Verletzte hatte Frau und Kinder und konnte sich vermutlich keinen Arzt leisten. Hätte er sich tölpelhaft verhalten und seine Unversehrtheit aufs Spiel gesetzt, sähe es anders aus.

Am Abend schrieb Heinrich Sophia einen langen Brief, erstattete ihr genauestens Bericht, so wie sie es sich gewünscht hatte. Er wusste, dass ihr seine Großzügigkeit sehr gefallen würde.

Kapitel 40

Noch immer regnete es unablässig, die ganze Nacht hatte es geschüttet. Heinrich schlug an den Fensterrahmen und fluchte.

Nach einem Frühstück, das heute nur aus starkem Kaffee bestand, machte er sich auf zur Grabungsstelle.

Nikólas sprang herbei, kaum dass er den Hügel erklommen hatte. »Sie sind früh, Herr.«

»Ich bin immer früh.« Er warf einen Blick über Nikólas' Schulter und runzelte die Stirn.

Die Ausgrabungsstelle glich einer Moorlandschaft. In unzähligen Pfützen hatte sich das Wasser gesammelt, die Schutt- und Erdhalden waren zum Teil abgerutscht. Die Stelle des Grabens, an der die Tonkrüge gefunden worden waren, war vollgelaufen. Die Schubkarren, in denen sich die Fundstücke befanden, standen gottlob geschützt in einer der Baracken.

»Gibt's irgendetwas zu vermelden?«, erkundigte er sich.

»Nein, Herr, alles war ruhig. Bis auf den fürchterlichen Regen.«

»Weißt du etwas über den Mann, der sich gestern verletzt hat?«

Nikólas nickte eifrig. »Der Doktor war da und hat die Wunde versorgt.«

»Und? Was hat er gesagt? Er wird doch irgendwas gesagt haben.«

»Dass es wieder wird, Herr. Er sagt, die Wunde sei tief, aber nicht zu tief. Der Mann wird bald wieder laufen können.«

»Gott sei Dank.«

Nikólas sah ihn fragend an, schien auf weitere Anweisungen zu warten.

Heinrich wollte gerade etwas sagen, als er Alexandros entdeckte. »Gut, dass du da bist. Wir sollten die Grabungsstelle abdecken und sichern.«

»Der Gedanke kam mir auch, Herr.« Alexandros blickte sich um und seufzte kopfschüttelnd.

Auch zwei der Aufseher und die ersten Arbeiter kamen und versammelten sich mit ratlosen Gesichtern. Zwei dürre Esel standen da und ließen die Ohren hängen.

»Schick alle wieder nach Hause«, ordnete Heinrich an. »Wir können hier heute nichts beschicken. Sobald der Regen nachlässt, werden wir weitermachen.«

Patroklos gab den Aufsehern ein Zeichen.

Alexandros trat neben ihn und senkte die Stimme. »Wenn ich etwas anmerken darf, Herr ...«

»Nur zu.«

»Meine Großmutter ist eine weise alte Frau.« Sein Ingenieur grinste flüchtig. »Und sie kennt sich wie niemand sonst im Dorf mit dem Wetter aus. Sie sagt, der Regen würde so bald nicht aufhören. Sie will es an den

Wolken und einem seltsamen Kraut gesehen haben, das aus der Erde gekommen ist.«

»Du willst also sagen, dass wir vorerst nicht weiterarbeiten können?«

»Ich fürchte, ja, Herr.«

Heinrich dachte einen Moment nach, dann nickte er ergeben. »Wir decken hier alles ab.«

Patroklos kam und brachte Planen, zwei Aufseher folgten, auch sie hatten Planen dabei.

»Schafft das Werkzeug in die Baracke und legt Bretter über den Graben«, wies er sie an. »Darüber breiten wir dann die Planen aus. Sammelt größere Steine, damit wir sie fixieren können.«

Die Männer nickten und trollten sich.

»Wenn wir weiterarbeiten können, werden wir die Grabungsstelle mit einer Art Baldachin abdecken«, sagte er zu Alexandros. »Das hätten wir gleich machen sollen.«

Ich war wieder mal zu voreilig, dachte er. Er sollte mehr Vorkehrungen treffen, mit Bedacht bei der Sache sein. Er preschte immer zu schnell vor, eine seiner großen Schwächen.

»Das hätte die Grabungen nicht retten können«, sagte Alexandros, als ahnte er, was ihm gerade durch den Kopf ging. »Dazu regnet es zu stark und zu lange.«

»Du hast recht, Alexandros. Aber künftig wollen wir es so machen.«

Ein paar Stunden später, nachdem alles abgedeckt und gesichert war, standen sie betrübt beisammen. Die Arbeiter hatten sich in mehreren Grüppchen versammelt, die Esel neben ihnen.

Dünne Regenfäden, die sich wie kleine Nadelstiche auf der Haut anfühlten, rannen vom Himmel. Heinrichs Kleidung war völlig durchnässt, er spürte die Feuchtigkeit bis in die Unterwäsche. Seine Stiefel quietschten beim Gehen. Der Regen war ihm in den Kragen und in die Ohren gelaufen. Der unangenehme Wind sorgte zusätzlich dafür, dass man sich am liebsten am warmen Feuer verkriechen würde.

»So wie es aussieht, werden wir in diesem Jahr nicht weiterarbeiten können«, sagte er nach einer ganzen Weile, in der er gegrübelt hatte, ob es sich vielleicht doch noch abwenden ließ. »Ich werde nach Athen zurückreisen und im Frühjahr wiederkommen.«

Dann hoffentlich mit Sophia, dachte er.

Alexandros schenkte ihm ein flüchtiges Lächeln. »Geben Sie mir Bescheid, sobald Sie wieder da sind. Dann werde ich alles Nötige veranlassen.«

»Danke, Alexandros, auf dich ist Verlass.«

Der junge Mann errötete vor Freude. »Vielen Dank, Herr.«

Ihm war heute nach Lob und freundlichen Worten, auch wenn seine Stimmung einen Tiefpunkt erreicht hatte. Dennoch wollte er sich erkenntlich zeigen. Seine Arbeiter konnten nichts für das miserable Wetter. »Patroklos?«

»Ja, Herr?«

»Das gilt auch für dich. Ich bin sehr zufrieden. Auch mit euch.« Er deutete auf die Aufseher, die ganz rote

Ohren bekamen. Möglicherweise war aber der Regen schuld daran.

»Ihr alle habt gut gearbeitet!«, rief er laut. »Alexandros, sei so gut und zahl alle aus.« Er nahm zwei dicke Umschläge aus den Jackentaschen.

Die Arbeiter begannen leise zu murmeln und sich gegenseitig anzustoßen.

»Dachtet ihr, ich würde euch ohne Lohn nach Hause schicken?«

Sofort verstummte das Gemurmel, und alle senkten den Kopf.

»Wir sehen uns im Frühjahr! Vermutlich werde ich dann noch weitere Arbeiter brauchen.« *Weil ich dann endlich das tun werde, wovon ich seit meiner Kindheit träume,* fügte er in Gedanken hinzu. Er war davon überzeugt, im kommenden Frühjahr so weit vorgedrungen zu sein, Troja freilegen zu können. Die gefallene Stadt würde dann zu seinen Füßen liegen.

Er holte tief Luft. »Gemeinsam mit meiner Frau werde ich zurückkehren und Troja ausgraben!«

KAPITEL 41

Athen, Anfang des Jahres 1872

Als Sophia an diesem frühen Morgen die Augen aufschlug, machte ihr Herz einen kleinen Satz. Ihr Mann lag neben ihr, hatte ihr den Rücken zugewandt und schien noch fest zu schlafen.

Es war noch immer etwas ungewohnt, neben ihm aufzuwachen.

Das muss ein Ende haben, dachte Sophia. *Wir sind Mann und Frau und sollten jeden Morgen nebeneinander aufwachen.*

Sie schmiegte sich an seinen Rücken und schlang den Arm um seinen Oberkörper.

In der Nacht zuvor hatten sie sich zärtlich und vorsichtig geliebt, als wären sie beide aus Glas und könnten bei einer innigeren Umarmung in unzählige Stücke zerspringen.

Danach war Heinrich sofort eingeschlafen, während sie bis in die Nacht hinein wach gelegen hatte. Sie hatte seinem Atem gelauscht, den Kopf auf seiner Brust.

Vielleicht hatte sie endlich wieder ein Kind empfangen. Sie würde Heinrich so gern einen Sohn schenken.

Als sie ihm von ihrer gepackten Reisetasche erzählt hatte, war er sprachlos gewesen. »Du wolltest zu mir kommen?«

»Mehr als ein Mal.«

Heinrich hatte sie in die Arme genommen und gehalten. »Und ich dachte schon, du könntest mich vergessen. Manchmal befürchtete ich sogar, du könntest dich einem anderen zuwenden.«

Sophia war empört gewesen. »Einem anderen? Wofür hältst du mich, Heinrich? Für eine ehrlose Frau?«

Er hatte den Kopf geschüttelt und traurig wie nie ausgesehen. »Nicht ehrlos, Sophia, höchstens enttäuscht und ernüchtert. Ich werde mich wohl nie ändern, sosehr ich auch wollte.«

»Das weiß ich längst«, hatte sie entgegnet und ihn zärtlich betrachtet. »Ich nehme dich so, wie du bist, Heinrich. Wir wollen uns beide nicht verbiegen, nicht wahr?«

»Du bist schon wach?«, murmelte Heinrich schläfrig, und sie konnte hören, dass er lächelte.

»Schon eine ganze Weile. Als ich aufgewacht bin, musste ich mir erst wieder ins Gedächtnis rufen, dass du hier bei mir bist.«

Er drehte sich zu ihr um, legte die Arme um sie und zog sie fest an sich. »Ich weiß, dass ich ...«

Sie legte den Finger auf seine Lippen. »Schsch. Du bist ein Getriebener, ich weiß, und ich habe dir gesagt, dass ich dich so nehme, wie du bist.« Sie zeichnete die Form seiner Lippen nach. »Ein Entdecker.« Sie machte eine Pause, bevor sie weitersprach. »Ich werde dich begleiten, wenn du wieder aufbrichst, Heinrich. Diesmal komme ich mit.«

»Wirklich?«

Sophia nickte und deutete mit vielsagendem Blick auf die Reisetasche.

KAPITEL 42

Athen im Frühjahr

Sophia war endlich wieder guter Hoffnung, hatte es aber vorsichtshalber noch für sich behalten.

An diesem Morgen saß sie neben Heinrich am Frühstückstisch. Ihr war furchtbar übel, sie würde keinen Bissen herunterbekommen.

»Was ist mit dir?« Heinrich schaute sie besorgt an.

»Mir ist übel.«

Er legte die Gabel beiseite und wischte sich den Mund ab. »Seit Tagen bist du müde und fühlst dich nicht wohl. Und jetzt Übelkeit? Du wirst mir doch nicht krank?«

Sophia schüttelte den Kopf, und er schien zu verstehen. »Bist du ...?«

Zögernd nickte sie.

Heinrich sprang auf, der Stuhl kippte um. »Bist du sicher?« Er hockte sich vor sie hin.

»Inzwischen schon.« Sie nahm seine Hand und legte sie auf ihren flachen Bauch. »Diesmal wird es ein Sohn, ich spüre es.«

Heinrich strahlte. »Unser Odysseus.«

»Ich fürchte, ich werde dich in meinem Zustand nicht begleiten können«, damit sprach sie das aus, was ihr auf der Seele lag. »Ich weiß, wie enttäuscht du bist. Aber ...«

Er hob die Hand und schüttelte den Kopf. »Ich bin nicht enttäuscht. Du erwartest unser Kind, Sophia, unseren Sohn. Wie könnte ich enttäuscht sein?«

Sie holte tief Luft. »Wann wirst du abreisen?« Sie hasste es, das fragen zu müssen. Aber sie würde ihn ziehen lassen, ohne Bitten und Flehen, bei ihr zu bleiben. Sie hatte sich geschworen, ihn so zu nehmen, wie er nun mal war.

Heinrich blickte zum Fenster, runzelte die Stirn. »Sobald das Wetter beständig ist.«

»Es zieht dich schon jetzt dorthin, nicht wahr?« Sie musste seine Antwort nicht hören, sie kannte sie längst.

Er nickte. »Aber ich wäre auch gern hier bei dir und unserem Kind.«

Seine Worte rührten sie. »Wie schön, dass du das sagst.«

»Es ist die Wahrheit.« Er seufzte schwer und setzte sich wieder. »Aber manchmal muss man eben das tun, was einen mehr drängt.«

Sophia verzog das Gesicht, als erneut Übelkeit aufstieg. »Ich glaube, ich muss mir etwas kaltes Wasser über die Handgelenke laufen lassen.« Sie erhob sich und wollte zur Tür gehen. Doch etwas ließ sie innehalten. Bevor sie recht begriff, wie ihr geschah, sank sie zurück auf den Stuhl, eine Hand auf ihrem Bauch.

»Was ist denn, Sophia?«

»Mir ist ... Oh ...« Ihr wurde schwarz vor Augen, und sie wusste, dass sie fallen würde.

Als sie die Augen aufschlug, stand Heinrich über ihr mit besorgter Miene und gerunzelter Stirn. »Du warst ohnmächtig. Ich habe den Arzt rufen lassen.«

»Ich brauche keinen Arzt.« Sie wollte sich aufsetzen, schaffte es aber nicht. Ihre Beine zitterten wie Espenlaub, und ihr Herzschlag ging so schnell, so holprig, dass sie Angst hatte, sich zu bewegen.

Heinrich trug sie zur Chaiselongue, dann horchte er und lief zur Tür. »Ich glaube, der Arzt ist da.«

Sophia schloss die Augen. Sie hörte Stimmen. In diesem Moment spürte sie etwas Warmes an ihrem Schenkel. Abrupt setzte sie sich auf und blickte an sich hinab. Blut.

Stunden später lag Sophia in ihrem Bett, die Laken frisch bezogen. Es war viel Blut gewesen, zu viel.

»Tut mir sehr leid«, hatte der Arzt gesagt, bevor er gegangen war. »Was du jetzt brauchst, ist viel Ruhe, Sophia. Du wirst wieder ein Kind haben, du bist jung und gesund.«

Sie hatte den Kopf zur Wand gedreht, und er war ohne ein weiteres Wort gegangen.

Kurz darauf klopfte es zaghaft, und Heinrich trat ins Zimmer. Die Vorhänge waren geschlossen, Sophia hatte auch keine Lampe gewollt.

Langsam kam er näher und setzte sich zu ihr ans Bett. »Würdest du dich umdrehen und mich ansehen?«

Sie schluchzte erstickt und rührte sich nicht.

»Gut, dann bleibe ich einfach hier sitzen.«

Sie spürte seine Hand auf der Schulter, und irgendwann schlief sie ein.

Sie wurde von einem Geräusch wach und setzte sich auf. Jemand hatte geschrien, furchtbar geschrien. Und geschluchzt.

Hände umfassten ihre Schultern. »Du hast schrecklich geweint. Komm her.«

Sie warf sich an seine Brust und weinte.

»Es ist nicht deine Schuld, Sophia.«

Hatte sie das hören wollen? Hatte sie selbst sich etwa Vorwürfe gemacht? »Es tut mir so leid«, flüsterte sie.

»Es ist nicht deine Schuld«, sagte er erneut und küsste sie aufs Haar. »Es ist dumm, sich die Schuld zu geben.«

»Das kann nur ein Mann sagen.«

»Wie kommst du darauf?«

»Ein Mann weiß nicht, wie es ist, ein Kind in sich zu tragen.«

»Dennoch kann ich behaupten, es sei dumm, sich mit Schuldgefühlen zu quälen.« Er küsste sie aufs Haar.

Sophia lehnte den Kopf an seine Schulter, lauschte seinem Herzschlag und schlief irgendwann wieder ein.

Wenige Wochen später packte Heinrich seine Sachen, und Sophia sah ihm dabei zu. Sie saß auf dem gemachten Bett, die Hände im Schoß. Seit sie das Kind verloren hatte, hatte sie kaum eine Nacht durchgeschlafen.

Als er das letzte Kleidungsstück in seine Reisetasche gepackt hatte, sank er neben sie aufs Bett und nahm ihre Hand in seine Hände. »Sei nicht so hart mit dir.«

»Ich bin nicht hart zu mir.«

»Das bist du doch, mach mir nichts vor. Du hast keine Schuld, Sophia, hör auf, es dir einzureden.«

Sie hatte nichts getan, was das Leben ihres ungeborenen Kindes gefährdete, dennoch fühlte sie sich schuldig.

Heinrich legte den Arm um ihre Schultern und zog sie sacht an sich. »Ich werde dir schreiben, jeden Tag.«

Unter Tränen musste sie lächeln. »Das wirst du nicht, weil du gar keine Zeit dazu haben wirst. So ist es doch immer.«

Sie hob das Gesicht und sah ihn an. Prägte sich seine Gesichtszüge ein, die sie doch längst so gut kannte, die sie sich jederzeit ins Gedächtnis rufen konnte. »Pass auf dich auf, hörst du?«

»Das weißt du doch.«

Sie küssten sich.

Anschließend strich Sophia mit dem Finger über seine Sorgenfalte. »Sorg dich nicht um mich, Heinrich.«

»Ich sorge mich jeden Tag um dich.«

»Aber das musst du nicht.«

Er lachte. »Wer soll mich davon abhalten?«

Wieder küsste er sie, und sie sog den Kuss in sich auf, ganz tief in ihre Seele hinein.

Als er sie freigab, sagte er leise: »Ich wünschte, wir könnten gemeinsam gehen.«

»Das wünschte ich auch.«

»Wirst du nachkommen?«

Mit ernster Miene nickte Sophia, und wieder fiel ihr Blick auf ihre Reisetasche.

Heinrich folgte dem Blick und lächelte. »Ich glaube es dir.«

KAPITEL 43

Hisarlik, einige Wochen später

Auch Heinrich schmerzte der Verlust seines ungeborenen Kindes, aber er sah es pragmatischer. So
etwas geschah nun einmal. Sophia würde wieder ein
Kind unter dem Herzen tragen, und dann würde es gut
gehen.

Breitbeinig stand er auf dem grasbewachsenen Hügel,
den Hut in der einen, die Spitzhacke in der anderen
Hand. Er schaute auf die Ebene hinab, die unter ihm lag.
Schafe weideten friedlich dort. Die grelle Sonne blendete
ihn, keine Wolke war zu sehen.

Wie gewöhnlich blies ein kräftiger, warmer Wind, der
ihnen auch an diesem Tag zu schaffen machte. Es war
erst Mai, und an den meisten Tagen war es so heiß und
stickig, dass sie nur schleppend vorankamen. Etwas Aufsehenerregendes hatten sie seit Wochen nicht aus der
Erde gezogen.

Heinrich war todmüde, seit etlichen Nächten hatte er
kaum mehr als zwei Stunden am Stück geschlafen, ge-
plagt von unerträglicher Hitze, Mücken und Bettwan-
zen.

Nikólas kam zu ihm, das Gesicht schweißnass. »Das Essen ist fertig, Herr.«

»Ich habe keinen Hunger.«

»Aber Sie müssen etwas essen. Sie müssen bei Kräften bleiben.«

»Sag du mir nicht, was ich zu tun habe«, knurrte er, rang sich aber dann ein Lächeln ab und bat um Verzeihung. »Das Wetter zerrt an meinen Nerven.«

»Wie an uns allen, Herr.« Nikólas gab ihm einen Wink und ging voran.

Mit einem belustigten Grinsen folgte Heinrich ihm. Dann und wann übernahm sein Bewacher gleich mehrere Rollen auf einmal, und er verzichtete inzwischen darauf, ihn zurechtzuweisen. Nikólas meinte es nur gut, und er verstand sich nicht nur auf die Rolle des Bewachers, er kochte auch recht passabel, sorgte für gute Stimmung und war ein ausgezeichneter Streitschlichter.

Die Arbeiter saßen auf Steinen und Felsblöcken oder auf der bloßen Erde, ihre Schüssel mit dampfendem Hammeleintopf im Schoß. Sie blickten nicht auf, als er kam und etwas abseits Platz nahm.

Einer der Esel, die als Lasttiere für den Abtransport der Erde und des Schutts dienten, warf den Kopf zurück und begann herzzerreißend zu wiehern.

Heinrich musste erneut grinsen. »Was hat er denn?«, fragte er in die Runde.

»Hunger«, antwortete Patroklos, der links von ihm saß.

»Und wieso bekommt er dann nichts?«

»Weil noch keine Fütterungszeit ist, Herr.«

Er runzelte die Stirn und schüttelte den Kopf.

Das Wiehern des Esels wurde noch lauter.

»Das kann man ja nicht mit anhören«, murrte Heinrich. »Füttert das arme Tier, verflucht noch eins!«

Drei Arbeiter sprangen zugleich auf und stürzten zu dem Esel, der sofort nach einem schnappte.

Heinrich lachte herzlich, und alle Köpfe flogen zu ihm herum.

Er wurde verdattert und ungeniert angestarrt.

»Was guckt ihr mich so an? Habt ihr mich noch nie lachen sehen?«

Alle konzentrierten sich wieder auf ihr Essen.

Eine ganze Weile herrschte unbehagliches Schweigen bis auf das laute Schmatzen der Esel, die den Kopf tief in die Futtersäcke gesteckt hatten.

»Vergesst nicht, ihnen auch Wasser hinzustellen!«, rief Heinrich und stocherte in seinem Eintopf.

Der war gut, wirklich gut und kräftig gewürzt, dennoch hatte er keinen rechten Appetit.

Aber er aß alles auf und zeigte anschließend Nikólas die leere Schüssel. »Zufrieden?«

Der junge Mann lächelte. »Ein Nachschlag, Herr?«

Er stand auf und klopfte sich die Hosen ab. »Nein, ich bin satt.« Er legte die Hand über die Augen.

Am Himmel, der bis eben noch klar und wolkenlos gewesen war, braute sich etwas zusammen. Graue Wolken hatten sich aufgetürmt, und der Wind frischte noch mehr auf.

»Gott noch mal«, brummte er. »Kann es nicht einen Tag windstill sein!«

Von irgendwoher, er konnte die Richtung nicht orten, drangen Geräusche herüber; Stimmen, Hufgeklapper. Besuch? Womöglich jemand von der Zeitung, der einen Artikel schreiben wollte? Über den verrückten deutschen Kaufmann, der sich in den Kopf gesetzt hatte, das legendäre Troja auszugraben?

In diesem Augenblick kam Alexandros angelaufen. »Sie haben Besuch, Herr.«

Er verzog unwillig das Gesicht. »Ich habe niemanden herbestellt. Wenn das jemand von der Zeitung oder womöglich vom Ministerium ist ...«

»Nein, Herr.« Sein Ingenieur grinste übers ganze Gesicht. »Es handelt sich um Besuch, über den Sie sich freuen werden.«

»Woher willst du das wissen?« Heinrich runzelte die Stirn und schaute in die Ferne. Dann begriff er, dass die Stimmen aus der anderen Richtung gekommen waren, und wandte sich um.

Er glaubte seinen Augen nicht zu trauen, als er seine Frau erblickte. Den Rock mit beiden Händen gerafft, erklomm sie den Hügel an einer sanfter abfallenden Stelle. Der Hut rutschte ihr vom Kopf, und sie griff danach und schob ihn sich unter den Arm. Träumte er? War das wirklich und wahrhaftig Sophia, die da auf ihn zukam?

Langsam ging er näher. Vielleicht hatte er Fieber? »Heinrich!«, rief sie in diesem Moment und winkte ihm zu. »Da staunst du, nicht wahr?« Sie kam angelaufen und warf sich in seine Arme.

»Sophia?« Er hielt sie etwas von sich und sah sie verblüfft an. »Stehst du wirklich hier vor mir? Warum hast du nicht geschrieben, dass du kommst?«

»Ich wollte dich überraschen«, sagte sie atemlos, machte sich frei und blickte sich neugierig um. »Wie aufregend!«

Nie hatte er sie schöner, weiblicher gefunden. »Ich kann nicht glauben, dass du da bist.«

Mit einem strahlenden Lächeln setzte sie ihren Hut auf, blickte sich erneut um und gab ihm dann einen langen Kuss.

Irgendjemand hüstelte, andere räusperten sich.

»Nicht hier vor den Arbeitern«, flüsterte er, genoss es aber dennoch.

»Aber wieso denn nicht, *Errikáki*? Ich bin deine Ehefrau, wir tun nichts Ungehöriges.«

Er grinste, er konnte nicht anders. Sie war wirklich hier, stand leibhaftig vor ihm, und sie sah wunderschön aus. So schön, dass es ihm den Atem verschlug. Dabei hatte sie eine längere Reise hinter sich, musste erschöpft und verschwitzt sein.

»Freust du dich denn gar nicht?«

Konnte er das so schlecht zeigen? Er zog sie rasch an sich. »Ob ich mich freue? Und ob, Sophia, und ob. Ich bin sprachlos vor Freude.«

»Das merkt man«, sagte sie trocken, und er lachte laut.

Spät in der Nacht lag sie in seinem Arm, und er musste sich wieder und wieder vergewissern, dass er nicht doch vielleicht träumte oder fieberte. Er roch an ihrem Haar und seufzte.

Nein, kein Traum und auch kein Fieber.

Als sie zu Bett gegangen waren – es war schon weit nach Mitternacht gewesen –, hatte Sophia das ganze Zimmer nach Wanzen und anderem Getier abgesucht. »Ach du Schreck, was um alles in der Welt ist das dort drüben?«, rief sie erschrocken, als sie einen Tausendfüßler entdeckte, der gerade unter das Bett kriechen wollte.

Heinrich fing ihn ein und warf ihn vor die Tür. »Nur ein Tausendfüßler.«

»Nur?« Sie schnaubte angewidert. »Er sieht scheußlich aus.«

»Warte, bis du die Kakerlaken siehst.«

Kreischend flüchtete sie sich aufs Bett, und er verschluckte sich vor Lachen.

»Da gibt's es nichts zu lachen, Heinrich, schäm dich!« Doch auch sie musste lachen. »Was erwartet mich hier sonst noch?«, fragte sie kurz darauf, als sie nebeneinander im Bett lagen, die dünne Decke am Fußende.

»Riesige Spinnen, Schlangen und kleine Skorpione«, antwortete er wahrheitsgetreu.

Sie setzte sich auf. »Du flunkerst mich an.«

»Nein, absolut nicht.« Er hatte den Arm nach ihr ausgestreckt. »Willst du jetzt wieder abreisen?«

Seine Frau hatte sich an ihn gekuschelt und den Kopf auf seine Brust gelegt. »Auf gar keinen Fall. Ich will nirgendwo anders sein.«

KAPITEL 44

Tage später bewegte sich Sophia bereits ganz selbstverständlich inmitten der Arbeiter. Anfangs war sie skeptisch beäugt worden, doch das hatte sich recht schnell gegeben. Dann nämlich, als die Arbeiter begriffen hatten, dass sie weder sonderlich zimperlich noch unfreundlich war. Im Gegenteil, Sophia hatte für jeden ein nettes Wort, sorgte sich um die einzuhaltenden Pausen und sprang unerschrocken in jede Grube. Sie scheute sich auch nicht, ihre Kleidung oder Gesicht und Hände zu beschmutzen. Sie ließ sich nicht anmerken, wie unangenehm es war, wenn ihr Schnürstiefel in der Erde stecken blieb, wie es sie ärgerte, als sie auf den Rocksaum trat, der an mehreren Stellen riss. Wie sie schlucken musste, wenn wieder mal eine der kleinen, so harmlos aussehenden Schlangen in einem Gebüsch ganz in der Nähe verschwand.

Denn harmlos waren die Tiere nicht. Gleich am ersten Tag hatte Nikólas sie gewarnt. »Nehmen Sie sich in Acht, Herrin. Sie sehen ungefährlich aus, aber das sind sie nicht. Sie schlüpfen in den kleinsten Winkel, und wenn man nicht damit rechnet, springen sie hervor und zwicken einen. Und ihr Biss ist äußerst schmerzhaft. Aber man stirbt nicht daran.«

»Wie beruhigend«, hatte sie erwidert und sich nervös umgeblickt.

»Wir versuchen immer, sie frühmorgens einzufangen.« Er hatte mit den Schultern gezuckt. »Aber sie sind gewitzt und verstecken sich. Sie müssen sich auch vor den Skorpionen hüten, Frau Schliemann, die sind wirklich gefährlich.«

»Skorpione?« Wieder hatte sie geschluckt. »*Wie* gefährlich?« Eigentlich hatte sie das gar nicht wissen wollen, gefährlich genügte ihr vollkommen.

»Ihr Stachel ist giftig.«

»Giftig.« Sophia hatte Gänsehaut am ganzen Körper, dabei aber ein gleichmütiges Gesicht gemacht. »Wenn's weiter nichts ist.«

»So eine Ausgrabung ist nichts für eine Dame«, hatte sie Patroklos Alexandros zuraunen hören. »Er sollte sie zurückschicken. Was hat sie bloß hierhergetrieben?«

»Vielleicht die Liebe zu ihm«, meinte der Ingenieur, den sie vom ersten Tag an ins Herz geschlossen hatte. Er war so höflich und zuvorkommend, und er behandelte sie nicht wie ein rohes Ei. Sie verstand, warum auch Heinrich ihn so mochte.

»Liebe, pah!« Patroklos schnaubte.

»Das kann nur jemand sagen, der noch nie verliebt war«, hatte Alexandros erwidert und gelacht.

An diesem Nachmittag war es so windig, dass Sophia den Hut hatte festbinden müssen, damit er ihr nicht ständig vom Kopf gefegt wurde. Wie hielt Heinrich das nur dauernd aus? Hin und wieder hatte er sich beklagt, dass das Wetter ihm den letzten Nerv rauben würde. Dennoch stand er Morgen für Morgen in aller Herrgottsfrühe auf, um einen Spaziergang zu machen und anschließend ein paar Runden zu schwimmen. Oft ritt er auch aus.

Heinrich war in ausgesprochen guter körperlicher Verfassung, ansonsten hätte er der Hitze, dem Wind und der täglichen Anstrengung wohl kaum trotzen können.

Sophia litt unter dem Wetter, dem Schlafmangel, dem kargen Essen, das meistens nur aus hartem Gerstenbrot und einem immerhin nahrhaften Eintopf bestand, und dem widerlichen Getier, das überall zu finden war. Doch es war noch immer so, wie sie am ersten Abend behauptet hatte: Sie wollte nirgendwo anders sein. Selbst inmitten der schwitzenden, derb fluchenden Männer, die knietief im Schutt standen, die sie nach wie vor misstrauisch ansahen, fühlte sie sich wohl. Es war ein einziges großes Abenteuer, an dem sie teilhaben durfte.

Hatte sie nicht vor ihrer Hochzeit darüber nachgedacht, wie es an der Seite Heinrichs sein mochte? Wie aufregend das Leben mit ihm wäre, und dass sie es als Wink des Schicksals sah, ein Teil davon sein zu dürfen?

Zu der Zeit war Troja für sie noch eine Sage, eine Illusion gewesen, nun aber war es Wirklichkeit, etwas, nach dem sie mit bloßen Händen greifen konnte.

Nie zuvor hatte Sophia sich ihrem Mann so nah, so vertraut gefühlt. Da war eine besondere Innigkeit zu spüren, manchmal genügten ein flüchtiger Blick, eine kleine Geste, ein Lächeln. Wir beide, du und ich.

Es war, als hätte Troja und ihr gemeinsames Abenteuer das Band zwischen ihnen noch fester gewebt und so dick verknotet, dass es für alle Zeit unauflösbar war. Erneut rüttelte eine Böe an ihrem Hut, und sie lachte triumphierend. »Das hast du dir wohl so gedacht!«

»Herrin?« Einer der Arbeiter, der in ihrer Nähe stand und einen Felsbrocken bearbeitete, hatte aufgeblickt.

»Gar nichts. Ich habe mit mir selbst geredet.« Wahrscheinlich würde er sie nun für noch seltsamer halten.

Sophia keuchte, als sie den Eimer mit Schutt abstellte. Einige Scherben befanden sich darin. Sie würde sie später abspülen und gemeinsam mit ihrem Mann in Augenschein nehmen.

Er stand weiter entfernt im Graben und sprach laut mit einem Arbeiter. Offenbar tadelte er ihn.

Sie machte weiter, hockte sich hin und lud Schutt in den nächsten Eimer. Ihr Rock war über und über mit Erde beschmutzt und hatte bereits einige Löcher. Es kümmerte sie nicht.

Ob sie wohl etwas Interessantes finden würde? Und würde sie es überhaupt bemerken? Ihr fehlten der sichere Blick und die Erfahrung, etwas Interessantes von etwas Wertlosem zu unterscheiden.

»Das kommt mit der Zeit«, hatte ihr Mann gemeint.

»Aber was, wenn ich etwas übersehe? Etwas, das von Wichtigkeit wäre?«

»Was du übersiehst, werde ich erspähen.«

Und da war es wieder gewesen, die Selbstverständlichkeit zwischen ihnen: Was dir entgeht, sehe ich. Ich helfe dir, du hilfst mir. Zusammen sind wir ein Ganzes.

Der Eimer war bereits voll, und Sophia hievte ihn

neben den anderen. Direkt unter ihren Füßen lag die sagenhafte Stadt, das spürte sie mit jeder Faser ihres Körpers. Wann immer sie eine dunkle Scherbe, eine schwarze Brandspur entdeckte, erschauderte sie. Hier lag die große wohlhabende Stadt Troja, dreitausend Jahre alt. Von den Griechen zehn Jahre umkämpft, bis der schlaue Odysseus die glorreiche Idee hatte, ein hölzernes Pferd bauen zu lassen. So wurde die Stadt mit den hohen unüberwindbaren Mauern schließlich bezwungen.

Vielleicht stehe ich gerade auf dem Tempel der Athena, dachte Sophia mit einem wohligen Schauder. Dort, wo Kassandra jeden Morgen betete und Blumen ablegte.

»Herrin?« Alexandros stand plötzlich neben ihr, und sie fuhr zusammen. »Verzeihung, ich wollte Sie nicht erschrecken.«

»Schon gut. Was gibt es denn?« Sie wischte sich den Schweiß von der Stirn und löste den Hut für einen Moment. Die Hitze sammelte sich darunter und verursachte unangenehmes Jucken.

»Ihr Mann hat mich beauftragt, Ihnen zu sagen, dass Sie einen kleinen Trupp Arbeiter beaufsichtigen sollen.« Er hatte die Stimme gesenkt. »Er traut den Arbeitern nicht.«

Ihr Herz klopfte vor Aufregung und Freude. Sie reckte den Hals und hielt nach Heinrich Ausschau. Sie entdeckte ihn inmitten eines kleinen Trupps, den Rücken ihr zugewandt. Sie hätte ihm gern mit einem Blick zu verstehen gegeben, wie glücklich sie war, dass er ihr eine solche wichtige Aufgabe zutraute.

Traue ich es mir zu?, überlegte sie und schob die Bedenken rasch beiseite. Dafür war jetzt keine Zeit.

»Gewiss.« Sie nahm Alexandros' Hand und stieg aus dem schmalen Graben. »Aber ich spreche kein Türkisch.«

»Einer der Männer spricht ganz passabel Griechisch.«

Sie trat wie so oft auf den Rocksaum, strauchelte und wäre beinahe gestürzt. »Verfluchter Rock!«

»Wir Männer haben es da leichter«, sagte er ein wenig verschämt, den Blick gesenkt.

»O ja, in der Tat.« Männer wussten vermutlich gar nicht, wie viel leichter sie es in so vielen Dingen hatten.

Sophia klopfte sich den Rock ab und schaute sich um. »Wo sind die Arbeiter, auf die ich ein Auge werfen soll?«

Wie würden die Männer wohl reagieren, wenn sie erfuhren, dass sie unter ihrer Beobachtung standen? Würden sie sie überhaupt für voll nehmen?

Nun, dafür werde ich schon sorgen, dachte sie selbstbewusster, als ihr zumute war.

»Dort drüben, Herrin.« Der Ingenieur deutete nach rechts. »Die drei dort.«

Sophia nickte. »Danke, Alexandros.«

»Soll ich Sie hinbringen?«

»Nicht nötig.« Sie machte sich auf den Weg, und mit jedem Schritt wuchs ihr Selbstvertrauen. *Ich schaffe das!*

Vor den Männern blieb sie stehen, die Miene freundlich und entschlossen. »Ich hörte, dass einer von euch meine Sprache spricht.«

Drei dunkle Augenpaare waren auf sie gerichtet. Die Gesichter der Männer waren so verdreckt, dass ihre

Mimik kaum auszumachen war. Als hätten sie sich im Dreck gesuhlt.

»Ich, Herrin«, murmelte einer, den Kopf gesenkt.

»Wie ist dein Name?«

»Angelos, Herrin.«

»Wie kommt es, dass du so gut Griechisch sprichst?«

»Meine Mutter ist Griechin, Herrin.«

Ihr Herz machte einen Satz, und sie hätte ihm gern ein Lächeln geschenkt, doch er hielt weiterhin den Kopf gesenkt. »Macht nur weiter.« Sie war ein wenig angespannt, aber nicht verunsichert. »Worauf wartet ihr?«

Angelos übersetzte den beiden anderen, die sich einen flüchtigen Blick zuwarfen. Dann machten sie weiter wie befohlen.

Sophia setzte sich auf einen Felsbrocken und nahm die Feldflasche aus der Umhängetasche, die sie immer bei sich trug. Während sie zwei große Schlucke trank, ließ sie den Blick über das Feld schweifen. Heinrich hatte ihr eine Zeichnung gezeigt, wie er sich Troja vorstellte. Fasziniert hatte sie neben ihm gestanden, den Finger auf der Skizze. »Unglaublich, dass die Stadt zehn Jahre standgehalten hat.«

Ihr Finger war über die Zeichnung geglitten bis zum königlichen Palast. »Eindrucksvoll.«

»Priamos war ein reicher Mann«, hatte Heinrich gemeint.

»Reich auch an Kindern«, hatte sie entgegnet. »Neunzehn soll allein Hekabe ihm geschenkt haben.« Sie hatte sich geschüttelt. Neunzehn Kinder!

»Ich unseliger Mann! Die tapfersten Söhn' erzeugt ich

weit in Troja umher, und nun ist keiner mir übrig!«, hatte ihr Mann Homer rezitiert. *»Fünfzig hatt' ich der Söhn', als Argos' Menge daherzog ...«*

»Ihrer neunzehn wurden von einer Mutter geboren, und die anderen zeugt' ich mit Nebenfraun im Palaste«, hatte Sophia ergänzt.

Sie hatten sich angelächelt, als teilten sie ein großes, ganz besonderes Geheimnis. Als hätten sie sich gegen den Rest der Welt verschworen.

Aus dem Augenwinkel bemerkte Sophia, wie einer der Arbeiter sie beäugte, als wäre ihr ein zweiter Kopf gewachsen.

Sie wandte ihm den Blick zu, und sofort konzentrierte er sich wieder auf seine Arbeit.

Eine Weile saß sie still da und ließ ihren Gedanken freien Lauf. Dennoch verpasste sie keine Bewegung, kein Blinzeln der Männer. Sie waren fleißig und achtsam, das würde sie später Heinrich berichten. Aber noch immer etwas misstrauisch ihr gegenüber.

Sophia trank einen weiteren Schluck, und als sie die Feldflasche in ihre Tasche zurücksteckte, fragte sie Angelos: »Wann hattet ihr zuletzt eine Pause?« Er erinnerte sie an ihren jüngsten Bruder, und ein wehmütiges Gefühl überkam sie.

Er wischte sich mit dem Handrücken übers Gesicht. »Vor etwa drei Stunden, Herrin.«

Dann hatten sie vermutlich in dieser Zeit nichts getrunken. Es war wichtig, dass die Arbeiter bei Kräften blieben. Niemandem war geholfen, wenn sie zusammenbrachen.

»Dann macht jetzt Pause.« Sophia erhob sich und zupfte an ihrem verdreckten Rock. Könnte sie doch nur Hosen tragen wie die Männer. »Und trinkt ausreichend. Lasst eure Flaschen nachfüllen.«

Nachdem Angelos übersetzt hatte, legten alle ihre Spitzhacken beiseite.

»Von nun an werdet ihr jede Stunde ein paar Schlucke trinken. Die Arbeit geht leichter von der Hand, wenn man nicht durstig ist.« Sophia raffte den Rock und ging an ihnen vorbei.

»Und?«, erkundigte sich Heinrich am Abend, als die ersten Arbeiter ihre Sachen nahmen und sich auf den Heimweg machten. »Wie war dein Eindruck von den Burschen?«

»Sie sind fleißig. Gibt es einen Grund, weshalb du ihnen nicht traust?«

»Einer der anderen Arbeiter ist bestohlen worden. Sein Lohn steckte in seiner Jackentasche, und als er sie am Abend anziehen wollte, fehlten ein paar Scheine.«

»Und du denkst, einer der drei hat sie genommen?«

Heinrich zuckte die Schultern. »Oder sie machen gemeinsame Sache.«

»Aber warum ausgerechnet sie? Hat jemand sie bezichtigt?«

»Sagen wir so: Mir sind da gewisse Dinge zu Ohren gekommen. Ich ziehe in Erwägung, sie zu entlassen.«

»Tu das nicht, Heinrich! Angelos, der junge Bursche, der meine Sprache spricht, ist noch ein halbes Kind.

Aber er ist der Fleißigste, und er gibt Acht auf das, was er tut. Ich glaube, ihm entgeht nichts.«

»Du legst dich mächtig für den Jungen ins Zeug.«

»Er erinnert mich an meinen Bruder Panajótis, als er in dem Alter war.«

Heinrich betrachtete sie und nickte schließlich. »Gut. Wenn er sich beweist, darf er bleiben.«

»Und die anderen?«

»Das gilt auch für sie.«

»Möchtest du, dass ich mich irgendwo auf die Lauer lege?« Sie wusste nicht, ob sie es ernst meinte, aber die Vorstellung gefiel ihr.

Ihr Mann lachte. »Hab einfach nur ein Auge auf sie.«

»Das werde ich.« Sophia schlang die Arme um seinen Hals. »Ich freue mich, dass du mir die Aufsicht zuge-traut hast.«

»Ich vertraue dir wie niemandem sonst.«

In dieser Nacht liebten sie sich zärtlich und leidenschaft-lich. Im Zimmer war es so heiß, dass sie das Fenster weit offen gelassen hatten. Es interessierte sie nicht, ob jemand sie hören konnte.

Anschließend lagen sie eng aneinandergeschmiegt da, die Augen geschlossen.

»Heinrich?«, flüsterte Sophia. »Ich wünsche mir so sehr ein zweites Kind.«

Er küsste sie aufs feuchte Haar. »Ich weiß. Ich auch.«

Vielleicht hatte sie in dieser oder einer der letzten

Nächte einen Sohn empfangen. Heinrich war ein feuriger, unersättlicher Liebhaber gewesen.

»Ich würde unserem Sohn alles beibringen, was ich weiß. Vielleicht würde er eines Tages auch losziehen und versunkene Städte ausgraben.« Er seufzte. »Ich möchte nach Mykene reisen.«

»Mykene?«, fragte sie überrascht.

»Ich will Agamemnons Palast finden.«

»Ich möchte dabei sein, Heinrich. Unbedingt!«

»Doch zuerst werden wir Troja ausgraben.«

KAPITEL 45

Schon bald fühlte Sophia sich wie ein Archäologin. Morgen für Morgen stand sie mit Heinrich in der Frühe auf, begleitete ihn manchmal auf seinen Spaziergängen und sah zu, wie er seine Bahnen schwamm. Gelegentlich tauchte sie einen Fuß ins Wasser und schnappte nach Luft. Sie konnte sich für das Schwimmen einfach nicht erwärmen. Meistens setzte sie sich dann in den herrlich warmen Sand und ließ sich die Sonne aufs Gesicht scheinen.

Später frühstückten sie gemeinsam und brachen anschließend auf zur Grabungsstelle. Abends saßen sie in ihrer Hütte; Heinrich schrieb in seinem Tagebuch und notierte die täglichen Funde, während Sophia die Scherben mit Wasser abspülte. »Sieh nur, könnte das ein Krug für Getreide gewesen sein?«, fragte sie, eine größere Scherbe in der Hand, die sie von allen Seiten betrachtete.

»Gut möglich. Siehst du die Verzierung am Hals? Was für eine feine Arbeit.«

So ging es tagein, tagaus, und beide genossen es.

Mit der Zeit begann Sophia ebenfalls, die Funde zu notieren und zu katalogisieren, während in den umliegenden Sümpfen das laute Quaken der Frösche zu vernehmen war. Hin und wieder hörten sie auch Nikólas singen, der die Grabungsstelle zusammen mit zwei anderen Männern, denen Heinrich vertraute, bewachte.

»Hör nur«, flüsterte sie dann. »Was für eine schöne Stimme er hat.«

»Wusstest du, dass er geheiratet hat?«, sagte Heinrich eines Abends.

»Nein.« Sie hielt die Scherbe, die sie von Erde befreit hatte, gegen das flackernde Licht der Petroleumlampe.

Ihr Mann saß am Tisch am Fenster, das aufgeschlagene Tagebuch vor sich. »Er kam neulich morgens und verkündete, dass er zwei Tage zuvor geheiratet habe.« Er schüttelte den Kopf. »Er heiratet mal eben, hat keine große Sache daraus gemacht.«

Es klopfte, und beide fuhren zusammen.

»Wer kann das sein?«, flüsterte Sophia. »Es ist fast Nacht.«

»Die Leute hier sind bis spät in die Nacht hinein auf«, sagte Heinrich und erhob sich, um zur Tür zu gehen. »Wegen der Hitze.«

Er öffnete, und Sophia versuchte, an ihm vorbeizuspähen. Sie hörte, wie er mit jemandem sprach. Einem Mann. Es musste sich um etwas Dringliches handeln.

Er schloss die Tür wieder und kam zu ihr. »Die Leute glauben, dass wir Krankheiten heilen können.«

»Wie bitte?« Sophia ließ die Scherbe sinken.

»Es hat sich herumgesprochen, dass wir Mittel gegen die Fieberkrankheit und andere Beschwerden haben.«

»Aber wir sind doch keine Ärzte, Heinrich.«

Er zuckte die Schultern. »Das ist ihnen egal. Der

Mann hat einen kranken Sohn zu Hause. Der Junge fiebert seit zwei Tagen.«

Sophia stand auf, ging ein paar Schritte, um nachzudenken, und blieb stehen. »Wir könnten ihm von dem Chinin geben.«

Heinrich hatte sich wieder dem Tagebuch gewidmet und schien kaum zuzuhören.

Sie ging zu der kleinen verkratzten Kommode und zog die obere Schublade auf. Sie nahm das Fläschchen heraus und kniff die Augen zusammen. Viel Pulver war nicht mehr darin. »Du musst neues in Konstantinopel bestellen.«

Er blickte nicht auf. »Was?«

»Neues Chinin. Ich werde dem Mann etwas geben.«

»Wie du meinst.« Er schrieb weiter in sein Tagebuch.

Sophia nahm ein Blatt Papier, teilte es in zwei Hälften und schüttete in eine etwas von dem Chinin. Dann faltete sie ein Tütchen daraus, verschloss es und verließ die Hütte.

Heinrich hatte nicht einmal den Kopf gehoben.

Ein paar Schritte entfernt stand ein Mann und sah sie ängstlich an. Er verbeugte sich tief und murmelte etwas.

»Ich verstehe leider kein Türkisch«, sagte sie. »Hier, das ist für Ihr Kind.« Sie gab ihm das Tütchen.

Er starrte es an, verbeugte sich erneut und redete wie ein Wasserfall.

»Es tut mir leid, ich verstehe Sie nicht.« Hätte sie doch nur ihren Mann gebeten, ihr etwas Türkisch beizubringen. Wie schön wäre es, wenn sie sich jetzt verständigen könnte.

Der Mann entfernte sich, und noch als er nicht mehr zu sehen war, konnte sie ihn reden hören.

Mit einem Lächeln kehrte sie in die Hütte zurück und schloss die Tür. »Er sah so glücklich aus. Du hättest ihn sehen sollen.«

»Wer?«

»Der Mann.«

»Welcher Mann?«

»Heinrich.« Sie musste lachen. »Ich habe ihm etwas von dem Chinin gegeben. Hast du wirklich nichts von alldem mitbekommen?«

»Ich habe geschrieben.« Er hatte sich die Haare gerauft, und sie ging hin, um sie wieder glatt zu streichen. Sie küsste ihn auf die Stirn. »Lass uns schlafen gehen. Wir können beide Ruhe gebrauchen.«

Es wurde zur Gewohnheit, dass spät am Abend die Leute aus dem Dorf kamen und um Arznei baten.

Heinrich hörte sich an, um welche Beschwerden es ging, und Sophia verteilte anschließend die Arznei. Schon bald war sie die fürsorgliche, überaus freundliche junge Ehefrau des Deutschen, die für jeden ein nettes Wort hatte.

Als Heinrich ihr davon erzählte, lachte sie. »Ich spreche noch immer kein Wort Türkisch, aber das muss sich ändern. Bring es mir bei«, bat sie ihn. »So viel, dass ich mich mit den Leuten unterhalten kann.«

An diesem schwülen Vormittag stand sie wie üblich auf dem Hügel und band ihren Hut fest. Um sie herum wurde eifrig gearbeitet. Die Sonne stand grell und gleißend am Himmel, es würde wohl noch heißer werden an diesem Tag.

Heinrich hatte am Tag zuvor eine bronzene Gürtelschnalle gefunden und hoffte auf weitere Funde dieser Art. Doch bisher hatte er nichts weiter entdeckt. Entsprechend missgelaunt war er. Er stauchte einen jungen Mann zusammen, der eine unerlaubte Trinkpause gemacht hatte. »Beim nächsten Mal bist du entlassen!«

Der Arme nickte und trollte sich.

Er tat Sophia leid, Heinrich war zu hartherzig. Bei Gelegenheit würde sie ihn darauf ansprechen.

»Kommt her!«, rief mit einem Mal jemand, und sie wirbelte herum.

Genau wie ihr Mann, der innerhalb weniger Sekunden aus dem Graben geklettert und losgerannt war.

Sophia raffte ihren Rock und folgte ihm.

Einer der Aufseher hatte ganz offenbar etwas Interessantes gefunden. Zusammen mit Heinrich stand er über etwas gebeugt, das sich zu seinen Füßen befand. Die beiden sprachen leise miteinander. Sophia wusste, dass der Aufseher Jórgos hieß und mehrere Jahre als Bergbauingenieur gearbeitet hatte, also eine Menge Erfahrung besaß. Ihr Mann hatte in den höchsten Tönen von ihm gesprochen.

»Was ist denn, Heinrich?«, rief sie, doch er drehte sich nicht zu ihr um. Es schien sich wirklich um etwas Aufsehenerregendes zu handeln. Hatte Jórgos etwa einen Teil des Palastes freigelegt? Oder kostbaren Schmuck gefunden?

Sie verrenkte sich den Hals und sah, dass auch viele der Arbeiter innegehalten hatten und zu ihnen herüberschauten.

»Sag den Männern, sie sollen weitermachen! Und dann komm her, Sophia!«, rief Heinrich ihr zu, und sie nickte und gab den Arbeitern einen Wink.

Sofort widmeten sie sich wieder ihren Aufgaben.

Sophia schluckte vor Aufregung, als sie in den Graben sprang und sich neben ihren Mann stellte. Jórgos war noch damit beschäftigt, etwas freizulegen. Viel konnte sie nicht sehen, besser gesagt, sie wusste nicht, wie sie das, was sie zu sehen bekam, deuten sollte. »Was ist das?«, wisperte sie.

»Möglicherweise der Teil einer Säule.«

»Vom Tempel der Athena?«

»Ja, vielleicht.«

Sie griff nach Heinrichs Hand. »Wie aufregend!«

Auch er musste Aufregung spüren, aber er ließ sich nichts anmerken.

Nach und nach war ein marmornes Reliefbild zum Vorschein gekommen, darauf der Sonnengott Helios auf einem Streitwagen, den vier Pferde zogen. Die Arbeiter hatten sie nach Hause geschickt, nur Sophia und Heinrich waren geblieben.

Sophia war sprachlos vor Ehrfurcht, und auch Heinrich sagte kein einziges Wort. Lange stand er nur vor dem Relief, den Kopf geneigt, die Augen glänzend vor kindlicher Freude und euphorischem Triumph.

»Das muss der Tempel der Athena sein«, flüsterte Sophia, den Tränen nahe, so bewegt war sie. Wieder und wieder strichen ihre Finger vorsichtig über den kalten Stein, der dreitausend Jahre unter der Erde gelegen hatte. Auch Kassandra hatte ihn berührt. Es war alles wahr!

Sophia schluckte und strich erneut über das Relief. »Was geschieht jetzt damit?«

Heinrichs Gesicht war grau vor Erschöpfung, doch seine Augen leuchteten. »Wir werden es retten, außer Landes schaffen lassen.«

»Und wohin?«

»Nach Griechenland natürlich. Bevor die osmanische Regierung Wind davon bekommt und es sich unter den Nagel reißt.«

Sophia wollte etwas entgegnen, etwas wie: »Aber dürfen wir das? Machen wir uns nicht strafbar?«, doch sie ließ es bleiben, weil sie die Antwort bereits kannte.

KAPITEL 46

Hisarlik, zu Beginn des Jahres 1873

Heinrich kannte die Winter auf den Dardanellen, und er wusste, was ihn erwartete. Dennoch hatte er verdutzt die Luft angehalten und war tiefer in seinen Mantel gekrochen, als er am Morgen die Hütte verlassen hatte. Herr im Himmel, war das eisig! Mit eiligem Schritt hatte er sich auf den Weg gemacht und kurz darauf nicht weniger verdutzt festgestellt, dass es auf dem Hisarlik so kalt war, dass das Wasser in den Krügen gefror. Er verfluchte den Wind, der einem ins Gesicht blies und Augen und Nase tränen ließ, und er verfluchte sich selbst, weil er es einfach nicht lassen konnte.

Im vergangenen Frühsommer hatte er – nun gut, es war sein Aufseher Jórgos gewesen – die Helios-Metope freigelegt und damit ein weiteres Stück Sicherheit gewonnen, Troja gefunden zu haben. Aber das genügte ihm nicht. Schon wenige Wochen später, nachdem sie die Metope per Schiff außer Landes gebracht hatten, war er wieder kribbelig geworden.

Sophia war nach Athen zurückgekehrt, im Gepäck Berichte für die Athener Zeitungen, die er während der

Ausgrabungen angefertigt hatte, beseelt vor Glück, an diesem aufregenden Abenteuer teilgenommen zu haben, und er hatte am Hafen gestanden und gedacht: *Wieso kann ich nicht einfach auch glücklich sein? Mich uneingeschränkt über diesen Erfolg freuen?*

Sie schrieb fast täglich, berichtete von Andromaches Fortschritten und wie sehr die Kleine ihn vermisste.

Und ich erst, Errikáki! Ich sehne mich jeden Tag und jede Nacht nach Dir. Wann kommst Du? Wie lange werde ich noch warten müssen?

Seine Antwort darauf war knapp ausgefallen:

Sobald ich hier alles erledigt habe. Sei nicht ungeduldig, mein Liebes.

Dabei kannte er Ungeduld selbst nur zu gut.

Als sie sich am Hafen voneinander verabschiedet hatten, hatte seine Frau ihm zugeflüstert, dass sie möglicherweise wieder guter Hoffnung war. Er hatte sich daran festgehalten, Tag für Tag. Vielleicht würde er endlich den ersehnten Sohn haben, den er sich von ihr wünschte.

Doch Wochen darauf war ein Brief gekommen.

Kein Kind, Heinrich, ich bin unendlich traurig, und ich weiß, dass Du es auch bist. Lass uns nach vorn schauen.

Alexandros kam den Hügel heraufgeklettert. »Verzeihung, Herr, ich habe mich etwas verspätet. Mein Vater ist krank, ich habe die ganze Nacht an seinem Bett gesessen.«

»Was fehlt ihm denn?«

»Er schont sich nicht, tut, als wäre er ein junger, kraftstrotzender Mann.«

Heinrich schluckte. Im Monat zuvor war er einundfünfzig geworden, nicht wirklich alt, aber auch kein junger, kraftstrotzender Mann mehr. *Ich sollte ebenfalls nicht so tun, als wäre ich das noch.*

Sophia hatte ihm einen Dattelkuchen geschickt, dazu einen Liebesbrief, bei dem ihm heiß und kalt geworden war.

Gott noch mal, er sollte in Athen sein, bei ihr und seiner Tochter!

»Gib gut auf deinen Vater acht, Alexandros«, murmelte er und war selbst ganz erstaunt über seine Worte.

Genau wie sein Ingenieur, der ihn verwundert von der Seite anschaute. »Das werde ich, Herr.« Er rieb sich die Hände. »Ist das kalt heute!«

Heinrich nickte grimmig. Am vorherigen Abend hatte er in seiner Baracke gesessen, dick eingemummelt in Jacke, Schal und eine zusätzliche Decke, und seinen täglichen Bericht verfasst.

Meine arme Frau und ich frieren entsetzlich. Die Winter hier auf dem Hisarlik sind grausam.

Er hatte sich angewöhnt, Sophia in so gut wie jedem seiner Berichte zu erwähnen. Als begleite sie ihn auf allen Ausgrabungen und könne somit jede seiner Entdeckungen bezeugen. Den Zeitungen gefiel es, dass seine griechische Frau stets an seiner Seite war, und er stellte sich vor, dass es auch die Nachwelt beeindrucken würde. Heinrich und Sophia Schliemann, das deutschgriechische Archäologenpaar.

Sophia dagegen gefiel es weniger. Sie fand, er dürfe

nicht so ungeniert lügen, wollte es aber auch nicht richtigstellen.

Heinrich schlug den Kragen seiner Wolljacke hoch, die er gegen den unbequemen Mantel eingetauscht hatte, und blies in seine kalten Hände. Mit einem kurzen Blick in den wolkenverhangenen Himmel wurde klar, dass ihnen auch an diesem Tag nichts anderes übrig bleiben würde, als dem Winter zu trotzen.

Mehr und mehr Arbeiter trafen ein, sie alle sahen ebenfalls nicht sonderlich begeistert aus, bei diesem grässlichen Wetter arbeiten zu müssen. Aber er zahlte nun mal gut, und für Geld taten die meisten Menschen noch ganz andere Dinge.

Am Nachmittag stieß Heinrich mit der Spitzhacke auf etwas, das seine Aufmerksamkeit erregte. Es war kein gewöhnlicher Stein und auch keine große Scherbe. Er grub weiter, nahm schließlich wie üblich seine eiskalten Hände zu Hilfe. Sein Herz flatterte vor Aufregung. Was hatte er da gefunden?

Am späten Abend hatte er gemeinsam mit Alexandros den Teil eines Tores freigelegt. Er schickte die Arbeiter nach Hause, und die beiden gruben bis in die Nacht hinein weiter.

Heinrich hätte am liebsten die ganze Nacht weitergemacht, doch der Wind war mittlerweile so heftig und eisig, dass sie kaum noch vorankamen. »Geh heim,

Alexandros«, sagte er schließlich matt und dehnte sein Kreuz. »Es nützt nichts, wir müssen morgen weitermachen.«

Er winkte Nikólas heran und wankte todmüde und kraftlos in seine Hütte.

In der war es kaum weniger kalt als draußen, und er zog über seine Jacke den Mantel und hüllte sich in eine Decke.

Es klopfte, und Nikólas brachte eine Schale mit herrlich dampfendem Eintopf. »Sie müssen essen, Herr, sonst fallen Sie eines Tages um.«

Er aß gierig und mit großem Appetit. Tatsächlich hatte er den ganzen Tag so gut wie nichts gegessen.

Anschließend schrieb er seinen Bericht zu Ende – in dem er wie gewohnt erwähnte, dass auch Sophia bei der Freilegung des Stadttores dabei gewesen war – und ging danach auf zittrigen Beinen schlafen.

Drei Stunden später kroch er aus dem klammen Bett, steckte ein Stück altes Brot ein und kehrte zur Ausgrabungsstelle zurück.

Es war noch dunkel, und er hörte Jórgos, der sich mit Nikólas abwechselte, in einer der Baracken schnarchen.

Nikólas saß, in mehrere Decken gewickelt, auf einem Klappstuhl, den Kopf auf der Brust, und schreckte wie von der Tarantel gestochen hoch. »Ich bin nur kurz eingenickt, Herr!«

Heinrich nickte träge. »Schon gut. Ich glaube nicht,

dass sich bei diesem Wetter irgendwer aufmacht, um auf Raubzug zu gehen.«

»Alexandros kommt auch gerade.« Sein Aufseher deutete nach links, wo soeben der Haarschopf des Ingenieurs auszumachen war.

Mit schwerfälligem Gang holte Heinrich Spitzhacke, Schaufel und eine der Schubkarren aus der Baracke und machte sich an die Arbeit.

Zwei Tage später hatten sie eine breite Straße freigelegt, die vom Tor zu einem Gebäude führte.

»Der Palast des Priamos«, flüsterte Heinrich. Sein Herz hüpfte. Das musste der berühmte Palast von König Priamos sein!

»Für einen Palast ist es eigentlich zu klein«, meinte Alexandros und runzelte die Stirn. Er zeigte nach rechts und dann nach links. »Das Gebäude misst gerade mal ein paar Meter, Herr. Und sehr opulent erscheint es mir auch nicht.«

Doch davon wollte Heinrich nichts hören. »Das werden wir sehen. Wir machen weiter!«

KAPITEL 47

Hisarlik im Frühjahr desselben Jahres

Diesmal hatte Sophia sich angekündigt, auch wenn sie ihren Mann gern wieder überrascht hätte.

Als er ihr in einem seiner letzten Briefe vom Fund des Stadttores und des Gebäudes erzählt hatte, wäre sie am liebsten sofort auf ein Schiff gestiegen. Hatte er tatsächlich den Palast von König Priamos gefunden?

Inzwischen befürchte ich, mich geirrt zu haben, hatte er wenig später geschrieben. *Alexandros hat recht, das Gebäude ist zu klein für einen Palast. Manchmal bin ich resigniert, Sophia, und kann mich morgens nur mühsam aufraffen. Alles erscheint mir sinnlos. Dann wieder fühle ich, spüre mit jeder Faser meines müden, in die Jahre gekommenen Körpers, dass ich auf dem richtigen Weg bin! Dass Troja direkt zu meinen Füßen liegt! Dass ich nur weitermachen muss, bis ich endlich einen Beweis gefunden habe.*

Kribbelig vor Freude, ihn bald wiederzusehen, war Sophia an Bord gegangen und prompt seekrank geworden. Inzwischen hatte sie sich daran gewöhnt. Kreidebleich und schwankend verließ sie das kleine Schiff und ließ sich von einem Karren zum Hisarlik bringen. Sie drückte dem zahnlosen alten Mann ein paar Münzen in die Hand, nahm ihre Reisetasche und brachte sie in die Holzhütte.

Es roch nach Schweiß und abgestandener Luft, und sie zwang sich dazu, nicht erst aufzuräumen und zu lüften. Dazu war später noch Zeit, erst wollte sie ihren Mann begrüßen und sich über sein überraschtes Gesicht freuen, dass sie einen Tag früher als verabredet angekommen war.

Es war ein herrlicher Tag, warm und sonnig, nur der Wind blies wie üblich recht kräftig. Ob es hier jemals windstill war?

Sie raffte den langen Rock und erklomm den Hügel an der Stelle, die sie immer nahm. Etwas außer Atem stand sie kurz darauf auf dem Hügel und betrachtete den riesigen Graben, der mittlerweile entstanden war. Ihr ging durch den Kopf, wie viele Generationen hier gelebt hatten, wie viele Menschen hier geboren und auch gestorben waren, wie sich das lebhafte Treiben angehört haben mochte. Ein eigenartiges Gefühl beschlich sie – und eine Frage, die sie durchzuckte: Wie konnte Heinrich sicher sein, die Stadt, das Troja finden zu können oder vielleicht sogar bereits gefunden zu haben, nach dem er so verzweifelt, so begehrlich suchte?

Unzählige Menschen hatten hier gelebt, wie wollte er Homers Troja unter all den Erdschichten finden?

Erneut empfand sie tiefe Bewunderung für ihn, der sich nie hatte aufhalten lassen, der so fest an sein Vorhaben glaubte, dass er andere damit anstecken konnte.

In diesem Augenblick sah sie ihn unter all den Männern, hielt den Atem an und rief laut seinen Namen.

Strahlend lief sie auf ihn zu, rannte ihn um ein Haar um und lachte. »Ich bin da, *Errikáki*, ich bin da!«

»Du kommst früh.« Mehr sagte er nicht, und eine Welle der Enttäuschung durchflutete sie.

»Ich dachte, du freust dich.«

»Ich habe erst morgen mit dir gerechnet.«

Sie zwickte ihn übermütig. »Du könntest dich einfach freuen. Ich konnte es nicht mehr erwarten, dich zu sehen, deshalb bin ich heute schon da.«

»Ich freue mich ja.« Seine Gesichtszüge entspannten sich merklich, und er zog sie an sich. »Lass dich umarmen.« Er roch an ihrem Haar und seufzte. »Wie hab ich dich vermisst.«

Sie lehnte sich an ihn, schnupperte an seinem Hemd und an seiner Weste, die voller Erde war. »Andromache wäre am liebsten mitgekommen.« Sie hob das Gesicht.

Mit dem Zeigefinger zog er ihre Nase und ihre Lippen nach, lächelte, als begreife er erst jetzt, dass sie leibhaftig vor ihm stand. »Ich vermisse unsere kleine Tochter. Wir werden eine kleine Archäologin aus ihr machen, was meinst du?«

»Das würde ihr bestimmt gefallen.«

Er schaute sie an, lächelte wieder und nahm ihre Hand.

Während sie langsam an dem breiten Graben entlanggingen, sagte er: »Ich habe mir überlegt, dass du eine eigene kleine Ausgrabung leiten könntest. Was meinst du?«

»O, das ist wundervoll, Heinrich!«

»Ich wusste, dass du das sagst.«

»Aber dann brauche ich Angelos zum Übersetzen. Die paar Worte Türkisch, die ich gelernt habe, werden nicht ausreichen.«

»Du sollst ihn haben.«

Vor Aufregung über diese neue Herausforderung hatte Sophia schlecht und nur sehr kurz geschlafen.

Noch vor ihrem Mann stand sie auf, wusch sich mit kaltem Wasser in einer schmuddeligen Schüssel, schlüpfte in das Kleid, das sie bereits tags zuvor getragen hatte, und verließ auf Zehenspitzen die Hütte. Heinrich würde Augen machen, wenn er erfuhr, dass sie vor ihm wach gewesen und aufgestanden war.

Spontan beschloss sie, einen kleinen Spaziergang zu machen. Die klare, frische Luft würde ihr guttun, und sie könnte sich auf den Tag und ihre neue Aufgabe vorbereiten.

Als sie ein paar Schritte gegangen war, hielt sie inne. Sie hörte Heinrich schon sagen: »Dass ich das noch erleben darf! Ich wusste, dass du eines Tages auf mich hören und Freude an körperlicher Ertüchtigung haben wirst.«

Gönnen wir ihm den kleinen Triumph, dachte sie. *Er hat ja recht, es tut mir ungeheuer gut.*

Sophia blickte sich unentschlossen um, dann machte sie kehrt. Nach nur wenigen Schritten kam ihr Heinrich entgegen, die Arme schwenkend, der Gang federnd und flott.

»Hier bist du. Ich mochte meinen Augen nicht trauen, als ich sah, dass du bereits aufgestanden warst. Fühlst du dich nicht wohl? Fehlt dir etwas?« Es klang aufrichtig besorgt.

»Mir geht es wunderbar, mein lieber Mann.« Sie gab ihm einen Kuss auf die Wange. »Mir war nur nach etwas Zerstreuung.«

Sie freute sich, dass ihr das Wort eingefallen war und sie nicht doch »Bewegung« gesagt hatte.

»Wir könnten gemeinsam spazieren gehen«, schlug er vor, und sie schüttelte den Kopf.

»Wenn ich ehrlich bin, würde ich lieber ein bisschen allein sein.«

»Ganz wie du willst, mein Liebling.« Er schloss sie in seine Arme und gab sie rasch wieder frei. »Dann sehen wir uns in einer Stunde auf dem Hügel?« Er blinzelte und warf einen prüfenden Blick in den Himmel. Die Sonne ging gerade auf. »Ist das nicht herrlich? Sieh nur, *Sophídion.*«

»Du hast recht, es ist atemberaubend.«

»Es erfreut mich jeden Tag wieder.«

Sie schickte ihm eine Kusshand, als er weitermarschierte, und lachte in sich hinein über seinen Bewegungsdrang. Heinrich würde wohl als greiser Mann den Spazierstock schwingen und so weit ausschreiten, wie es ihm noch möglich war.

Als ahnte er, dass sie ihn beobachtete, drehte er sich im Gehen um und hob die Hand. »Bis später!«

Ich habe ihn verändert, dachte sie. *Er ist umgänglicher, heiterer als früher.*

»Bis später, mein geliebter Heinrich«, sagte sie mit einem Lächeln.

Die Ausgrabung, die Sophia leiten sollte, war nicht weit entfernt von der auf dem Hisarlik. Sie sollte in der Ebene unter dem Hügel stattfinden, wo sich einige Grabhügel befanden. Heinrich glaubte, dass die Gräber von Achilles und seinem besten Freund Patroklos darunter waren.

Sophia glaubte nicht daran. Sie konnte sich nicht vorstellen, dass man die beiden griechischen Krieger unterhalb der Palastmauer bestattet hatte. Hätte man sie nicht in ihre Heimat gebracht? Hätten ihre Familien sie nicht nah bei sich haben wollen?

Doch ihr Mann war unbeirrt. »Sie wurden hier begraben. Man hätte ihre toten, geschundenen Leiber nicht den weiten Weg in die Heimat zurückgebracht. Die Fliegen und Würmer hätten sich darüber hergemacht und ...«

»Genug, Heinrich.« Sie hatte die Hand gehoben, das Gesicht angewidert. »Wenn du möchtest, dass ich den Hammeleintopf, den Nikólas vermutlich wieder zubereiten wird, nicht zurückgehen lasse, behältst du den Rest besser für dich.«

Er hatte ihr fünf Arbeiter geschickt, die nun vor ihr standen, Spitzhacken, Schaufeln und Eimer zu ihren Füßen. Einer hatte einen Esel dabei, der an einem Grasbüschel zupfte.

Angelos kam herbeigeeilt und entschuldigte sich mit hochrotem Kopf.

»Schon gut, Angelos, ich bin froh, dass du da bist.

Mein Türkisch ist noch überaus mäßig.« Sie wandte sich den Arbeitern zu. »Hat mein Ehemann euch gesagt, was zu tun ist?«

Angelos übersetzte, und die Männer nickten.

»Gut.« Sophia gab ihnen einen Wink. »Dann fangt an.«

Sie blieben stehen und sahen sich betreten an.

»Ich glaube, sie wissen nicht wo, Herrin.«

»Na, am ersten Grabhügel, würde ich vorschlagen.« Sie deutete auf die beiden Männer, die auf der rechten Seite standen. »Ihr zwei fangt rechts an, die anderen links.«

War das klug?, überlegte sie. *Sollten sie besser zu fünft an einem Hügel graben?*

Nein, befand sie nach kurzem Nachdenken, vermutlich war es gut, wenn sie sich aufteilten.

Der Esel blieb stehen, die Ohren zurückgeklappt.

Der Mann, der ihn am Strick hatte, zerrte daran und redete auf Türkisch auf ihn ein. Sophia verstand Worte wie »dämlich« und »verrückt werden« und musste sich das Lachen verkneifen.

Heinrichs Unterricht zahlte sich aus.

Angelos lachte. »Er versteht kein Türkisch, du Ochse, da kannst du lange reden.« Er tätschelte den Kopf des Esels und sprach leise zu ihm.

Das Tier schaute ihn an und trottete los. Die anderen Männer wollten sich vor Lachen ausschütten. Auch Sophia lachte mit.

Angelos griff nach dem Seil des Esels, der brav hinter ihm herzockelte.

Vor den Grabhügeln machten sie halt, steckten die Hacken ins Gras und legten die Schaufeln nebeneinander. Angelos band den Esel an einer krummen, kümmerlichen Kiefer fest, wo er sich sogleich über das Gras hermachte. Er würde später den Schutt abtransportieren.

Hoffentlich auch ein paar Fundstücke, dachte Sophia. Doch wenn sie ganz ehrlich war, war es nichts weiter als ein Funken Hoffnung. Hier unter ihren Füßen waren Menschen begraben, aber sehr wahrscheinlich nicht die, die ihr Mann vermutete.

Am Abend, wenige Tage darauf, saß Sophia mit Heinrich in der Hütte und wusch bei schummerigem Licht der flackernden Petroleumlampe die Scherben, die sie auf dem Hisarlik gefunden hatten. Es waren auch kleinere, eher schlichte Schmuckstücke darunter, außerdem Spangen und Werkzeug.

In den Gräbern, die sie und die fünf Arbeiter nach und nach freilegten, waren bislang nur ein paar Gürtelschnallen gefunden worden. Es schienen keine Gräber von bedeutenden Menschen zu sein, sonst wären kostbare Beigaben zum Vorschein gekommen.

Heinrich hockte wie üblich über seinem Tagebuch und schrieb mit grimmigem Gesicht.

»Welche Laus ist dir über die Leber gelaufen?«, fragte sie und hielt eine Umhangspange ins Licht. »Hübsch, aber davon haben wir bereits unzählige«, murmelte sie vor sich hin.

»Das ist es ja.« Er war aufgestanden und ging in der Hütte umher. »Ich habe mir mehr erhofft, so viel mehr.«

Sie betrachtete sein Profil, den dunklen Schnauzbart. »Wir *werden* mehr finden, Heinrich«, sagte sie sanft.

»Glaubst du wirklich?«

»Ja, das tue ich. Ich weiß, wie schwer es dir fällt, aber du musst geduldig sein.«

»Ich habe ausreichend Geduld bewiesen.« Er seufzte auf. »So viel Geduld, Sophia! Sie ist erschöpft.«

Du bist erschöpft, dachte sie liebevoll.

Er sollte sich ausruhen, es langsamer angehen lassen, doch dazu war er nicht fähig, würde es auch wohl niemals sein. In dieser Hinsicht änderte er sich nicht.

Er stellte sich neben sie und zeigte auf den Korb, in dem die Fundstücke lagen, die sie bereits gereinigt hatte. »Sieh doch selbst, wir holen Scherben in Hülle und Fülle aus der Erde. Würde man all die Scherben wieder zusammenflicken, entstünden so viele Tonkrüge, dass man ...« Er sprach nicht weiter, holte tief Luft und stieß sie zischend wieder aus. »All das ist kein Beweis für Homers Troja, das weißt du genauso gut wie ich. All die Spangen, das Werkzeug und auch der Schmuck beweisen rein gar nichts. Sie beweisen nur, dass über Jahrtausende hier Menschen gelebt haben.« Wieder seufzte er schwer. »Aber das wusste ich schon vorher. Das ist kein Beweis für Troja!« Er hatte die letzten Worte fast geschrien. »Ich will der Welt zeigen, dass es die Stadt gab! Ich brauche einen Beweis!« Aufgebracht durchquerte er die Hütte, schlug mit der Faust an die Wand, sodass das Holz bebte und knirschte.

»Heinrich, ich bitte dich ...«

Er stand da, mit dem Rücken zu ihr. »Und die Grabhügel«, sagte er, mit einem Mal ganz leise. »Nicht Achill und Patroklos liegen darunter begraben. Ich wollte daran glauben, ich wollte es so sehr.«

»Das kann man noch gar nicht wissen.« Sie stand auf und umarmte ihn fest. Sie wollte ihm die Hoffnung nicht nehmen. »Das werden wir sehen. Verlier nicht den Mut und die Hoffnung, *Errikáki*. Wer weiß, vielleicht entdecken wir ja doch ihre Gräber.«

»Du glaubst doch selbst nicht daran«, sagte er müde. »Du hast nie daran geglaubt, nicht wahr?«

Sie schwieg, mochte ihn nicht anlügen.

»Du möchtest mir Mut machen, dafür danke ich dir, mein Liebling. Und jetzt lass uns schlafen gehen.«

Am frühen Morgen stand Heinrich auf und verließ die Hütte.

Sophia blieb liegen und verschränkte die Hände im Nacken.

Es gefiel ihr, eine Ausgrabung zu leiten, und sie liebte es, Dinge, ob wertvoll oder nicht, aus der Erde zu ziehen und in Augenschein zu nehmen. Dann und wann entpuppte sich ein Gegenstand als interessant, der auf den ersten Blick ganz unscheinbar dahergekommen war. Sie stellte sich die Menschen vor, die die Broschen und Schnallen getragen hatten. Sie hatte Bilder vor Augen, Gesichter, hörte die Menschen reden und lachen, sah Kinder in der Ebene umherlaufen und spielen.

In diesen Momenten wurde die Sehnsucht nach ihrem eigenen Kind überwältigend. Andromache fehlte ihr so sehr!

Auch an diesem Morgen war die Sehnsucht groß, doch sie nahm sich zusammen, stand auf, wusch sich und klopfte den dunklen Rock aus, dem sie am vorherigen Tag getragen hatte.

Gerade als sie hinausgehen wollte, wurde mehrmals angeklopft.

Es klang dringlich. »Herrin? Seid Ihr auf?«

Sie öffnete die Tür. Vor ihr stand Nikólas, ein Telegramm in der Hand. »Für mich?« Sie nahm es entgegen und sah sofort, dass es von ihrer Mutter war. Ihr Magen machte einen schmerzhaften Satz. Ein Telegramm von ihrer Mutter bedeutete nichts Gutes.

Wie angewurzelt stand sie da und las die wenigen Worte.

Nein!

Sie schlug die Hand vor den Mund und stieß einen wimmernden Laut aus. »Papa ...«

Nikólas, der noch in der Nähe war, stand plötzlich neben ihr. »Herrin? So schlechte Nachrichten?«

»Mein Vater ...«, stammelte sie. »Er ist tot.«

KAPITEL 48

Heinrich saß im Schneidersitz auf der breiten Mauer, die sie freigelegt hatten, das Kinn in die Handfläche gestützt.

Die Sonne ging soeben auf und tauchte die Ebene unter ihm in ein sattes Gelb. Ein Blaukehlchen hüpfte auf seinen dünnen Beinchen auf einem Felsbrocken ganz in seiner Nähe und sang sein Morgenlied. Heinrich lächelte, gleich darauf war er wieder tief in Gedanken und Schwermut versunken. Wie schon tags zuvor. Und dem Tag davor. Jegliche Hoffnung und aller Mut hatten ihn verlassen. Was machte er hier überhaupt?

Sollte er nicht bei seiner Frau sein, die in Athen den überraschenden Tod ihres Vaters beweinte? Hätte er sie nicht begleiten müssen? Er hatte die verwunderten Blicke der Männer gesehen, als er nach Sophias Abschied zur Grabungsstelle zurückgekehrt war und weitergemacht hatte. Er hatte geahnt, was sie dachten: Wieso lässt er seine Frau allein nach Athen zurückkehren? Wieso ist er nicht bei ihr und spendet ihr Trost?

Er lehnte sich ein wenig zurück, den Kopf im Nacken, und blickte in den wolkenlosen Himmel. Ein warmer, womöglich heißer Tag lag vor ihnen, ein Tag, der früh begann und spät in der Nacht enden würde. Wie jeder gottverdammte Tag, seit er hier in der Troas war. Er schlug auf den Steinquader neben ihm und verzog das Gesicht. Wieso konnte er nicht einfach aufhören? Er könnte den Männern sagen, dass es vorbei war, dass sie ohnehin nichts weiter als Werkzeug, Spangen, Speerspitzen und Scherben finden würden. Wie jeden gottverdammten Tag. Er könnte seine Sachen packen und auf ein Schiff nach Piräus gehen. Oder nach Italien. Oder nach England.

Aber ich kann es nicht, dachte er beklommen und wütend zugleich. Weil es ein Aufgeben wäre. Und Heinrich Schliemann gab nicht auf, er machte weiter, bis etwas geschah, das einen Abschluss ermöglichte.

Wenn er doch nur nicht so deprimiert wäre!

Sein Zeichner Patroklos kam den Hügel hoch, das Klemmbrett unterm Arm. »Guten Morgen, Herr!«, rief er schon von Weitem.

»Patroklos.« Heinrich nickte ihm zu.

»Heute wird es windstill, Herr, ich spür's.«

Ein Hoffnungsschimmer, wenigstens das.

Heinrich stand schwerfällig auf und klopfte sich die Hosen ab. »Dein Wort in Gottes Ohr.«

»Das sagt meine Großmutter auch immer.«

»Meine hat immer gesagt: Der Herr kann nicht alles richten.«

Der Zeichner stutzte, grinste dann.

Alexandros kam gemeinsam mit Aufseher Jórgos. Der Ingenieur hatte die Post dabei, einen kleinen Stapel Briefe.

Heinrich streckte die Hand danach aus, würdigte sie jedoch keines Blickes. Sie interessierten ihn nicht, selbst wenn ein Brief von Sophia dabei wäre. Er wollte nicht wissen, wie sehr sie litt, wie sehr ihr Vater ihr fehlte.

Und wie sehr ich ihr fehle.

Er wusste, dass er als Ehemann wieder mal versagt hatte.

Am späten Nachmittag war Heinrich an einem weiteren Tiefpunkt angelangt, dem guten, windstillen Wetter zum Trotz, das einem kleinen Wunder glich. Nichts, rein gar nichts Aufsehenerregendes hatten sie der Erde entlockt. Nur Scherben, Scherben und nochmals Scherben. Er konnte sie schon nicht mehr sehen und war öfter drauf und dran, sie in hohem Bogen ins Tal hinabzuschleudern. Doch er tat es nicht, legte sorgsam jede einzelne in den Eimer oder die Schubkarre und tat so, als wäre sie von äußerster Wichtigkeit. Darin war er gut.

Doch nun ballte er die Fäuste und knirschte mit den Zähnen. Genug! Es reichte!

Er würde die Zelte abbrechen, aufhören, endgültig!

»Herr?« Alexandros stand plötzlich neben ihm. »Die Mauer dort hinten neben dem Gebäude droht einzubrechen.«

Auch das noch! Heinrich grub die schmutzigen Fingernägel in die Handballen. Sollte sie doch einstürzen, gottverdammt! Sollte sie alles unter sich begraben, es war ihm gleich.

Er holte tief Luft, nahm sich zusammen. »Ich komme.«

Er folgte seinem Ingenieur mit schnellem Schritt, bewegte sich sicher und zielstrebig über all das lose Gestein, den Schutt und die trockene Erde.

Drei Arbeiter standen am Fuß einer Mauereinfassung, die Köpfe zusammengesteckt und sprachen laut miteinander. Er sprang hinunter zu ihnen, und sie fuhren zusammen.

»Lasst mich mal sehen.« Er drängte sie beiseite und betrachtete die Quadersteine. Einige hatten sich in der Tat gelöst und verschoben. Es war nur eine Frage der Zeit, bis sie vollständig auseinanderrutschen würden. »Verflucht! Steht nicht herum, helft mir!«

Zusammen mit Alexandros und den Arbeitern versuchte er, die oberen Mauersteine vorsichtig in die Reihe zurückzuschieben. »Nicht so fest!«, rief er warnend, als sich die untere Reihe bedrohlich bewegte.

Schließlich hatten sie es geschafft, ließen los und schnauften. Die Sonne brannte unerbittlich, und Heinrich zog sich den Strohhut tiefer ins Gesicht. »Holt Holzstämme und stützt die Mauer von der anderen Seite!«, wies er an.

Die Männer eilten davon.

Er sank auf einen Felsbrocken und schloss für einen Moment die Augen. Als er sie wieder öffnete und die Mauer betrachtete, sah er weiter unten in der aufgewühlten Erde etwas blinken. Er sprang auf und beugte sich hinunter.

Tatsächlich! Ganz unten lag etwas, ein kupferfarbener Gegenstand. Sein Herz schlug hart gegen den oberen Rippenbogen. Rasch blickte er sich um, die Arbeiter waren beschäftigt, Patroklos saß auf einem Felsen und fertigte eine Zeichnung an, Alexandros hatte sich zu einem kleineren Trupp gesellt und sprach mit den Leuten.

Heinrich kletterte aus dem Graben, holte die Ledertasche mit seinem Werkzeug und nahm ein langes Messer heraus.

Damit stieg er wieder hinunter, blickte sich erneut um und begann den Gegenstand der Erde zu entreißen. Was schwierig war, denn er war tief eingegraben unterhalb der Befestigungsmauer. Heinrich schabte und kratzte. Dann und wann hob er den Kopf und betrachtete die Mauer über ihm. Hoffentlich kam sie nicht ins Rutschen und würde ihn unter sich begraben.

Endlich lag der Gegenstand, der so verheißungsvoll blinkte und eine eigenartige Form hatte, so frei, dass er mit dem Messer die Erde ringsherum wegkratzen konnte. Ein Armband?

Mit einem heftigen Ruck beförderte er das Stück aus der Erde. Tatsächlich, ein Armband aus purem Gold – für Heinrich bestand kein Zweifel.

Sein Herz galoppierte vor Aufregung. Lag dort unten noch mehr?

Er hockte sich hin und stocherte weiter mit dem Messer in der Erde herum. Dabei musste er sich sehr zusammenreißen, nicht noch energischer vorzugehen. Kurz darauf kam der Henkel einer Kanne zum Vorschein, sie war aus Silber und so atemberaubend schön, dass er nach Luft schnappte.

Er stand auf, stieg aus dem Graben und rief laut: »Pause!«

»Aber wir haben erst vor einer knappen Stunde Pause gemacht, Herr!« Jórgos, der ganz in der Nähe stand, schaute ihn überrascht an.

»Dann macht ihr jetzt eine weitere!« Heinrich wartete, bis sich alle zurückgezogen hatten und zu essen und zu trinken anfingen. Am liebsten würde er alle davonschicken, aber das würde nur Aufsehen erregen. Und genau das wollte er am allerwenigsten.

Am späten Abend hatte er so viele Gegenstände ausgegraben, dass er mehrere Körbe und Kisten holen musste, um alles zu verstauen. Goldene Becher, die schwer in der Hand wogen, Siegelringe, silberne Schalen, hohe, schmale Gefäße mit Eulengesichtern, Halsketten und Diademe, gefertigt aus hauchdünnen aneinandergehefteten Goldplättchen.

Er hatte Alexandros und Nikólas herbeigerufen, ihm behilflich zu sein. Er vertraute den jungen Männern, und er musste ihnen auch vertrauen, weil er wusste, dass es ihm allein niemals gelingen würde, den Schatz fortzuschaffen. Er hatte kurz überlegt, auch Jórgos einzuweihen, es dann aber gelassen. Je weniger Zeugen, desto besser. Die Arbeiter hatte er schon vor Stunden heimgeschickt.

»Ein prächtiger Fund, Herr.« Alexandros hockte neben ihm und verstaute einen weiteren Becher in einer Holzkiste, die mit Stoff ausgeschlagen war. Er ging dabei äußerst umsichtig vor.

Zu dritt wollten sie die Kisten auf ein Schiff nach Piräus bringen. Dort sollten Sophia und ihre Brüder sie in Empfang nehmen und nach Athen schaffen. Es galt, keine Zeit zu verlieren, je früher der Schatz in Griechenland und damit in Sicherheit war, desto besser.

Heinrich wusste noch immer kaum, wie ihm geschah. Träumte er das alles nur? Auf den Knien hockte er auf der Erde und kratzte weiter mit dem Messer. War noch mehr dort unten? Die Gegenstände, die er bereits gefunden hatte, mussten noch gezählt werden. Er hatte eine gewaltige Summe im Kopf.

Er musste für einen Augenblick innehalten, er war ganz außer Atem. »Das muss der Schatz eines mächtigen Herrschers sein, Alexandros«, sagte er mit leiser, ehrfürchtiger Stimme. »Ich denke, ich habe den Schatz von König Priamos gefunden.«

Im Morgengrauen schrieb Heinrich in sein Tagebuch.

Mit einem Messer habe ich den herrlichen Schatz aus der Erde gekratzt. Der Schatz des Priamos! Es muss so sein, ich hege keinerlei Zweifel. Meine geliebte Frau war mir eine große Hilfe, ohne sie hätte ich es wohl nicht geschafft. Damit habe ich endlich den Beweis erbracht, dass es Homers Troja wirklich gab!

Anschließend telegrafierte er nach Athen und gab seiner Frau genaue Anweisungen. Und er zweifelte keine Sekunde daran, dass sie sie befolgen würde.

KAPITEL 49

Athen im Monat darauf

S eit dem Tod ihres Vaters fand Sophia Trost bei ihrer Familie.

Dass ihr Mann in der Troas geblieben war, hatte sie weder enttäuscht noch überrascht. Sie hatte damit gerechnet, und das machte es so viel leichter. Für Heinrich war die Arbeit nun mal das Wichtigste im Leben, und sie wusste, dass er trotzdem an ihrer Seite war, wenn auch nicht körperlich, so doch gedanklich. Und das genügte ihr, weil sie gelernt hatte, ihn zu nehmen, wie er war.

Ihre Mutter dagegen war empört gewesen, fassungslos. »Wie kann er dich in dieser schweren Stunde alleinlassen, *Sopháki*? Ich finde das ungeheuerlich!«

»Er weiß, dass ihr mir ein größerer Trost seid«, hatte Sophia erwidert.

Die Bestattung war der dunkelste Tag ihres bisherigen Lebens gewesen. Doch die Familie Engastroménos hatte der Verlust noch mehr zusammengeschweißt.

Daher war es für Sophias Brüder auch selbstverständlich, Heinrichs Anweisungen, die per Telegramm eingetroffen waren, zu befolgen. Sie machten sich auf nach Piräus, um die Kisten entgegenzunehmen, die laut ihrem Schwager einen unglaublichen Schatz beherbergen sollten. Weiter hatte er sich nicht dazu geäußert. Doch Sophia war sicher, dass er etwas äußerst Aufsehenerregendes gefunden hatte.

Ich berichte ausführlich, sobald ich bei Dir bin, mein Herz, hatte er ihr geschrieben. *Mehr wage ich auf diesem Weg nicht preiszugeben.*

Der Sommer war über die Stadt hereingebrochen, und es wurde zunehmend unangenehm in der schwarzen Kleidung. Sophia suchte deswegen so oft wie möglich einen schattigen, halbwegs kühlen Platz auf.

So auch an diesem sonnigen und sehr warmen Vormittag. Sie saß in der Laube ihres Gartens, die von Weinreben berankt war.

In den Bäumen bauten Vögel ihre Nester, und eine schwarze Katze strich ihr um die Beine. Seit dem Tod ihres Vaters kam das Tier täglich in den Garten, als wollte auch es sie trösten. Sophia streichelte es gedankenverloren.

Andromache kam angelaufen und kletterte auf ihren Schoß. »Mama, wann kommt Papa?«

»Er wird bestimmt bald da sein, mein Liebling.«

»Und wann?«

»Sehr bald.«

Ihre Tochter kuschelte sich an sie, und sie spürte, wie ihr der Schweiß am ganzen Körper ausbrach. Normalerweise liebte sie es, wenn der zarte kleine Körper sich so eng an sie schmiegte.

»Du zerdrückst mein Kleid, *Andromacháki*«, murmelte sie, während sie aufgehorcht hatte.

Da war ein Geräusch an der Tür, eine männliche Stimme. Heinrich? Konnte das sein?

Sie hob ihre Tochter hoch und setzte sie sich auf die Hüfte. »Ich glaube, dein Papa ist gerade gekommen, Schatz.« Sophia lief ihm entgegen.

An der Außentür trafen sie aufeinander.

»Heinrich! Du bist es wirklich!«

»Sophia, mein Engel!« So hatte er sie bisher nur einmal genannt. Es war in einem Brief gewesen, sie erinnerte sich noch gut daran.

Sie setzte ihre Tochter ab, die Heinrichs Beine mit beiden Ärmchen umklammerte.

Er lächelte und nahm die Kleine auf den Arm. »Du bist mächtig gewachsen, Andromache. Bald bist du so groß wie ich.« Er räusperte sich. »Nun, vielleicht kommst du ja auch nach deiner Mutter.«

Sophia rettete die ein wenig peinliche Situation, indem sie ihm einen langen Kuss gab. Andromache, die sich zwischen ihnen befand, kicherte. »Ich bin so froh, dass du da bist, Heinrich.«

Er machte sich los und stellte Andromache auf die Füße. »Ist alles so geschehen, wie ich angeordnet hatte?«

»Natürlich.«

Er nickte zufrieden. »Gut. Wo sind die Kisten jetzt?«

»In deinem Arbeitszimmer.« Sie blickte hinauf zum Fenster seines Zimmers, und er folgte ihrem Blick.

»Dort können sie nicht bleiben.« Er kratzte sich den Schnauzbart, während Andromache der schwarzen Katze nachlief, die durch den Garten streunte. »Ich werde alles genauestens dokumentieren und katalogisieren und dann ...« Er verstummte und dachte nach. »Wirst du mir helfen?«

»Selbstverständlich. Was ist in den Kisten?«

Ein verschmitztes, glückliches Lächeln huschte über sein Gesicht. »Geduld, Sophia, Geduld.« Er nahm ihre Hand und führte sie zur Laube. »Erst wirst du deinem Mann doch sicher ein bisschen verschnaufen lassen, oder? Und mir wäre sehr danach, etwas Kühles zu trinken.«

»Der Schatz des Priamos!«, rief Sophia wenig später aus und schlug die Hand vor den Mund.

»Ich bin ganz sicher.« Ihr Mann hatte die Beine ausgestreckt, den leeren Becher in der Hand.

Er hatte ausführlich erzählt, wie alles vonstattengegangen war, hatte sicherlich das eine oder andere ein wenig ausgeschmückt. Es störte Sophia nicht, im Gegenteil, für sie war es eine Abenteuergeschichte, der sie lauschen durfte.

Und im Grunde war es das ja auch. Heinrich hatte Homers Troja gefunden und ausgegraben, auch für sie gab es nicht den leisesten Zweifel. »Wann darf ich alles sehen?«

Heinrich stand mit einem breiten Lächeln auf. »Jetzt.«

Sophia konnte sich nicht sattsehen. Wieder und wieder nahm sie einen Becher, eine Kanne oder einen der Ringe in die Hand, hielt sie gegen das Licht und bestaunte und bewunderte sie gebührend. Sie mochte sich kaum vorstellen, dass das alles Jahrtausende tief unten in der Erde gelegen hatte.

»... und die Mauer wäre tatsächlich früher oder später hinabgestürzt«, erzählte ihr Mann ein weiteres Mal. »Ich hatte ungeheures Glück. Wir mussten äußerst rasch arbeiten. Gut, dass ich Alexandros und Nikólas an meiner Seite hatte.«

Sie stand am Fenster, eine Silberkanne in der Hand. »Wie wunderschön sie ist. Sieh nur diese feine Arbeit. Wie geschickt die Menschen damals waren.«

Heinrich kam und nahm ihr die Kanne aus der Hand. »Sie ist herrlich, ja, aber willst du dir den Schmuck der Helena nicht genauer ansehen?«

Das hatte sie bereits, und ein seltsames Gefühl hatte sie beschlichen. Es war Ehrfurcht gewesen und noch etwas, was sie nicht benennen konnte. Der Schmuck war aus purem Gold und so feingliedrig, dass sie Angst gehabt hatte, ihn zu berühren.

Am wundervollsten und außergewöhnlichsten war das Diadem. Allein der Gedanke, dass die Frau, die damals als schönste Frau der Welt galt, es getragen hatte, hatte ihr den Atem genommen. Paris, Priamos Sohn, war es wohl genauso ergangen. Er hatte Helena, die Frau von Spartas König Menelaos, einfach mit nach Troja genommen.

Sophia hatte oft darüber nachgedacht, ob Liebe so sein

konnte. Paris hatte sie ganz offenbar so blind gemacht, dass ihm die Konsequenzen gleichgültig gewesen waren. Diese Liebe hatte einen Krieg ausgelöst, der mehr als zehn Jahre gedauert und schreckliches Leid gebracht hatte. *Ich wäre zu so etwas nicht fähig*, hatte sie gedacht. *Mir wäre das Schicksal so vieler Menschen nicht egal.* Sie hätte sich lieber das Herz aus der Brust gerissen.

»Willst du das Diadem nicht mal anlegen, *Sophídion?*«

Sie erstarrte. Nein, das wollte sie lieber nicht. Es hatte Helena gehört, und es würde sie auf der Stelle der Schlag treffen, sollte sie sich erdreisten, es ihr gleichzutun. Der Schmuck sollte in einem Museum in einer gläsernen Vitrine liegen, damit die Menschen ihn bewundern konnten.

»Nein«, flüsterte sie. »Ich glaube, ich kann das nicht, Heinrich.«

Er lachte verständnislos. »Wie bitte? Jede Frau würde sich darum reißen, ihn tragen zu dürfen.«

»Möglich, aber ich kann es nicht. Der Schmuck hat Helena gehört, niemand sonst sollte ihn tragen.«

»Ich verlange ja nicht, dass du ihn als deinen ansiehst, Sophia.«

Sie hatte nicht damit gerechnet, dass er sie verstehen würde. Möglicherweise benahm sie sich ja wirklich gerade sonderbar, aber sie brachte es nicht übers Herz.

»Du glaubst doch nicht etwa, dass ein Fluch auf dem Schmuck liegt.« Heinrich schaute sie belustigt an. Als er ihr bestürztes Gesicht sah, hob er die Augenbrauen. »Du glaubst es tatsächlich. Wenn ein Fluch darauf läge, hätte er mich wohl als Ersten getroffen.«

»Bitte sag so was nicht, das klingt gruselig.«

Er lachte unbekümmert und nahm das Diadem aus der Holzkiste. Er ließ die dünnen Goldplättchen durch die Finger gleiten und stellte sich hinter sie.

Sophia war wie erstarrt. Eine Gänsehaut kroch ihre Wirbelsäule hoch, und sie glaubte, wenn sie einen Blick in den Spiegel werfen würde, sähe sie, wie ihr Haar zu Berge stand.

»Tu es mir zuliebe, ja?«, bat er sie mit leiser Stimme.

»Und wenn du dich auf den Kopf stellst. Ich kann nicht, Heinrich.«

»Herrgott noch mal!«, fluchte er. »Du benimmst dich wie ein kleines Kind, Sophia. Ich habe den Schatz des Priamos gefunden und werde in die Geschichte eingehen. Ich bitte dich lediglich darum, ein Diadem zu tragen, das Helena gehört hat. Ich bitte dich nicht darum, von nun an Helena zu sein. Ich habe auch nicht vor, den Paris zu geben. Ist das so schwer zu begreifen? Für mich steht so viel auf dem Spiel. Alles!«

»Aber das hängt doch nicht davon ab, ob ich dieses Diadem trage«, gab sie aufgebracht zurück.

»Und ob.« Sie spürte seinen Atem an ihrem Hals. »Tu mir doch diesen einen kleinen Gefallen, Sophia.«

»Der kleine Gefallen, wie du es nennst, kommt mir riesenhaft vor.«

»Du machst etwas Riesenhaftes daraus!«, polterte er. »Das ist lächerlich! Ich sollte jemand anders fragen.«

»Ach ja und wen? Dachtest du etwa an meine Schwester?«, erwiderte sie heftig.

Heinrich stieß ein Schnauben aus.

Sie drehte sich zu ihm um und sah ihn an. »Wir streiten wegen eines Diadems, Heinrich, *das* ist lächerlich. Wir waren uns die letzte Zeit so nah, es war so ... berauschend, an deiner Seite zu sein, so aufregend und bewegend. Und jetzt sieh uns an. Wir zanken und werfen uns unschöne Dinge an den Kopf.«

Er stutzte, dann nickte er. »Du hast recht.« Mehr sagte er nicht. Aber er sah traurig aus, richtig niedergeschlagen.

Das war der Augenblick, in dem Sophia umschwenkte. Er verlangte nichts Unmögliches von ihr, er wollte sie doch nur mit dem Diadem anschauen und sich vielleicht vorstellen, wie Helena damit ausgesehen hatte.

Sie drehte ihm den Rücken zu und schloss die Augen. »Gut, ich bin einverstanden.«

»Wie ...«, setzte er an, verstummte aber wieder. Flink und sehr behutsam setzte er ihr das Diadem auf und strich zärtlich über ihre Schultern. »Sei so lieb und sieh mich an, ja?«

Langsam wandte sie sich ihm zu, die Augen noch immer geschlossen.

»Mach die Augen auf, Sophídion.«

Das Diadem war so leicht, so zart, dass sie es nicht einmal spürte. Eine Hand tastete vorsichtig danach, und als sie es fühlte, zuckte sie zurück.

»Du siehst wunderschön aus, atemberaubend.«

»Würdest du es wieder abnehmen?« Ihre Stimme zitterte.

»Erst wenn du dich im Spiegel angeschaut hast.«

In diesem Moment kam ihre Tochter hereingestürmt, obwohl Heinrich ihr eingebläut hatte, dass er nicht gestört werden wollte. Sie kam zu Sophia gelaufen und blickte sie mit großen Augen an. »Mama! Du siehst so schön aus!«

»Da hörst du es. Wollen wir deiner Mama zeigen, wie schön sie aussieht?« Er nahm Sophias Hand und zog sie mit sich. Widerstrebend folgte sie ihm. Vor dem Spiegel in ihrem Schlafzimmer blieben sie stehen. Heinrich stellte sich hinter sie, die Hände auf ihren Schultern.

War das wirklich sie? Die ängstlich blickende Frau in Schwarz mit den dunklen Ringen unter den Augen? Sie sah viel älter aus, als sie war, und in ihrem Blick lag nicht nur Furcht, sondern auch das, was sie vorhin bereits empfunden hatte und nicht benennen konnte. Nun konnte sie es. Es war Scham.

Heinrich hatte lange auf Sophia eingeredet, sich mit dem Diadem ablichten zu lassen. »Ich werde das Foto an die Zeitungen in Griechenland und Deutschland schicken. Damit alle sehen, dass ich Troja gefunden habe. Dass ich kein Verrückter bin. Würde ich die Fundstücke einfach nur fotografieren lassen, hätten sie nicht die Wirkung, die sie so zweifellos haben werden.«

Schließlich hatte sie nachgegeben. »Gut, ich bin einverstanden, auch wenn es mir nicht leichtfällt. Aber ich nehme an, du hast recht, und ich möchte ebenfalls, dass alle erfahren, wer du bist und was du erreicht hast.«

Er hatte sie fest umarmt. »Ich danke dir, mein Liebling, ich danke dir sehr. Ich weiß, wie viel es dir abverlangt.«

Das wusste er sehr wahrscheinlich nicht, aber Sophia murrte nicht, als der Fotograf kam und die Fotos machte.

Als sie sie später in Augenschein nehmen durfte, erschrak sie. Die Fotos zeigten genau das, was sie bei der Entstehung empfunden hatte.

Ihr Mann jedoch schien nichts dergleichen zu sehen, er sah nur seine bildschöne Frau, die den Schmuck einer ebenfalls sehr schönen Frau trug.

KAPITEL 50

Athen im Winter desselben Jahres

Das Foto der strahlend schönen Sophia Schliemann, die den Schmuck der Helena trug, war um die Welt gegangen, genauso wie Heinrich es gehofft hatte. Es war der Triumph seines Lebens, und er genoss ihn und sonnte sich darin. Er war berühmt, endlich bezeichnete man ihn nicht mehr als Besessenen, der einer Legende nachjagte. Er hatte bewiesen, dass Homers Troja wirklich existiert hatte.

Ohne meine geliebte Frau wäre es mir wohl nicht gelungen, den ganzen Schatz zu bergen, hatte er in seinem Bericht verfasst. Sophia war die Zeugin, die er brauchte.

Schriftsteller, Wissenschaftler und Botschafter aus der ganzen Welt kamen nach Athen, um den Schatz anzuschauen. Heinrich schmückte seine Erzählungen mehr und mehr aus, bis er selbst glaubte, dass es sich genauso zugetragen hatte. Und selbstverständlich war seine Frau dabei gewesen, er hatte direkt vor Augen, wie sie jedes einzelne Fundstück sorgsam und mit vor kindlicher Freude leuchtenden Augen in Stoffe wickelte und davontrug. So hatte er es in seinem Bericht geschrieben.

Irgendwann begann das Blatt sich zu wenden. Heinrich wusste nicht mehr, wann es angefangen hatte, dass seine Berichte angezweifelt wurden. Besonders in Deutschland – seiner Heimat! – munkelte man, dass vieles womöglich so nicht stimmte. Hatte er den Schatz tatsächlich aus einem Hügel in der Troas geborgen? War der wirklich so wertvoll, wie er behauptete? War der Schatz überhaupt echt? Als Nächstes würde er noch behaupten, in Worms den Schatz der Nibelungen gefunden zu haben. Man überschüttete ihn mit Spott und Hohn.

Heinrich war außer sich.

Und dann las er in einer Zeitung, dass seine Frau vielleicht doch gar nicht dabei gewesen war. Wer außer ihm konnte das schon beweisen?

Heinrich schäumte, und er fühlte sich bis auf die Knochen gedemütigt. Er versuchte verzweifelt, sich zu rechtfertigen, die gemeinen Behauptungen, die über ihn kursierten, aufzuklären und richtigzustellen. Er bezahlte Zeitungen sogar dafür, dass sie seine Erklärungen auf der ersten Seite druckten.

»Du solltest das nicht tun«, meinte Sophia, die noch immer wacker zu beschwichtigen versuchte. »Lass sie schreiben, was sie wollen, Heinrich. Du allein weißt, dass das alles nicht stimmt. Niemand wird je erfahren, dass ich nicht dabei war.«

»Das allein ist es doch nicht, Sophia. Man blamiert mich.«

»Nur wenn du dieses Gefühl zulässt«, gab sie zurück.

Dann und wann warf er etwas durch die Gegend und fühlte sich danach kurzfristig etwas besser. Manchmal marschierte er durchs Haus, die Fäuste geballt, die Lippen aufeinandergepresst, und schwor, dass er jeden Einzelnen, der derart unmögliche Behauptungen aufstellte, zur Rechenschaft ziehen würde.

Seine Wutausbrüche steigerten sich von Woche zu Woche.

An diesem Vormittag hatte er derart laut geflucht und gebrüllt, dass Sophia sein Arbeitszimmer verließ und kurz darauf mit Andromache das Haus.

Heinrich sank in sich zusammen. Er setzte sich auf einen Stuhl am Fenster und vergrub das Gesicht in den Händen. Das hatte er nicht verdient! Er hatte nicht verdient, dass man ihn so behandelte. Als wäre er ein Lügner und Betrüger. Er heulte auf, biss in seinen Handrücken. Gottverflucht!

Er stand auf und durchquerte den Raum. Was sollte er tun? Er blieb an der Wand stehen, die Stirn an der kühlen Tapete, die er vor Jahren extra aus Paris hatte kommen lassen. Tränen rannen ihm übers Gesicht, und er wischte sie ärgerlich weg. Er würde nicht flennen wie ein Weib!

Es klopfte, und seine Dienerin kam herein. Er hatte sie gegen Sophias Willen eingestellt, weil er nicht wollte, dass seine Frau niedere Dienste tun musste. Mit Engelszungen hatte sie auf ihn eingeredet, doch dieses Mal hatte er sich durchgesetzt.

»Die Post, Herr.« Die Dienerin – er hatte ihr den Namen Polyxena gegeben – reichte ihm einen Stapel Briefe.

»Ich will bis zum Abend nicht gestört werden. Auch nicht mit dem Essen.«

»Und was soll ich der Köchin sagen, Herr?«

»Lass dir irgendwas einfallen.«

Sie schloss die Tür, und Heinrich setzte sich mit der Post an seinen Schreibtisch. Er blätterte die Briefe durch, einer erregte seine Aufmerksamkeit. Er war vom Direktor des Kaiserlichen Museums in Konstantinopel.

Heinrich riss ihn auf und überflog die ersten Zeilen. »Das ist doch ...«, murmelte er und las den Brief in Ruhe.

Der Direktor des Kaiserlichen Museums in Konstantinopel verklagte ihn auf Herausgabe des Schatzes.

Er ließ den Brief sinken und runzelte die Stirn.

Er hatte damals dem osmanischen Minister zugesichert, die Hälfte aller Funde abzutreten, um an die Grabungsgenehmigung zu gelangen. Er hätte noch ganz andere Zugeständnisse gemacht.

Heinrich lief zur Tür und rief nach seiner Frau. Dann las er den Brief ein zweites Mal. Kein Zweifel, er steckte in der Zwickmühle. Die osmanische Regierung verlangte den Schatz, die griechische wollte ihn aber vermutlich behalten.

Wo war Sophia, zum Teufel! Er wollte sich mit ihr beraten. Wieder ging er zur Tür und brüllte ihren Namen.

Schließlich kam Polyxena und erklärte schüchtern, dass die Herrin das Haus verlassen habe, gemeinsam mit dem Kind.

Ach ja, das hatte er ganz vergessen.

Er setzte sich wieder an den Schreibtisch und dachte nach.

~

Am Abend kehrte Sophia mit ihrer Tochter in die Moussón-Straße zurück. Die Wutanfälle ihres Mannes waren nicht auszuhalten, und sollte es nicht besser werden, würde sie ihm noch heute eröffnen, dass sie mit Andromache vorerst wieder in ihr Elternhaus ziehen würde. Sie verstand seinen Unmut, seine Gekränktheit ja, dennoch durfte er sich nicht so aufführen.

»Ist Papa noch böse?«, flüsterte Andromache, als sie die Diele betraten.

»Ich fürchte ja.«

Die Dienerin kam aus der Küche, um ihnen die Mäntel abzunehmen.

»Ist mein Mann noch in seinem Arbeitszimmer?« Sophia vermied es, die junge Frau mit Namen anzusprechen. Niemandem gefiel es wohl sonderlich, einen Namen präsentiert zu bekommen, auf den er nicht getauft worden war. Aber sie wollte Heinrich auch nicht in den Rücken fallen. Er mochte es nun mal, der Dienerschaft homerische Namen zu geben.

»Nein, Herrin, er ist in der Bibliothek.«

Gott sei Dank, das konnte bedeuten, dass er nicht mehr ganz so aufgebracht war. »Bring Andromache zu Bett.«

»Natürlich, Herrin.«

»Aber ich bin noch gar nicht müde!«, protestierte das Mädchen.

»Ich muss mit deinem Vater sprechen, mein Liebling. Sei brav und geh schlafen, ja? Ich sehe später nach dir.«

Andromache fügte sich, und Sophia strich ihr liebevoll übers seidige dunkle Haar. »Du bist mein kleiner Engel.«

Die Kleine warf ihr eine Kusshand zu, und die Dienerin nahm sie an die Hand.

Sophia schaute rasch in den großen Spiegel, richtete Haar und Kleidung und ging dann die Treppe hinauf.

Sie klopfte einmal an und betrat die Bibliothek.

Heinrich saß im Sessel am Fenster, die Augen geschlossen. Nanu, er war doch nicht etwa eingeschlafen? »Ich bin zurück, Heinrich.«

Er schlug die Augen auf, lächelte frostig und deutete auf den Sessel neben sich. »Setz dich. Ich habe dir etwas zu sagen.«

»Ich dir auch.« Sie nahm Platz, strich ihren dunklen Rock glatt und holte Luft. Er würde sie sicher zuerst sprechen lassen.

Doch dem war nicht so. Ihr Mann war aufgestanden und ging umher. So kannte sie ihn, immer unruhig, immer in Bewegung. »Ich werde von der osmanischen Regierung verklagt«, begann er. Ihm war nicht anzuhören, ob es ihn aufwühlte, verärgerte oder eher amüsierte. »Ich soll den Schatz des Priamos herausgeben. Man meint, er gehöre ihr.«

»Aber das ist nicht wahr!«, empörte sie sich. »Er gehört hierher, nach Griechenland! Du hast ihn gefunden.«

»*Wir* haben ihn gefunden.« Heinrich hatte sich zu ihr umgedreht und schaute sie eindringlich an.

»Natürlich. Wir haben ihn gefunden, du hast recht.«

»Dann wirst du mich unterstützen?«

»Worin genau?«

»Ich werde nicht kleinbeigeben«, erklärte er entschieden. »Ich denke nicht daran, den Schatz herauszugeben.«

»Aber wenn du wirklich zur Herausgabe verklagt wirst?«

»Darauf werde ich es ankommen lassen.« Er setzte sich wieder und griff nach ihrer Hand. »Wirst du an meiner Seite sein, Sophia?«

»Ich bin immer an deiner Seite, Heinrich, das weißt du doch.« *Jetzt ist ein guter Zeitpunkt*, dachte sie.

»Aber ich möchte nicht, dass du dich in meiner und Andromaches Gegenwart so aufführst. Du machst ihr Angst, Heinrich, und mir auch. Bei allem Verständnis für deine Lage. Aber du benimmst dich so, als wäre ich dafür verantwortlich. Du lässt deine Wut, deinen Ärger an mir aus, und das ist ungerecht.«

Sie sah ihn abwartend an. Wie würde er reagieren?

Sollte er toben, würde sie aufstehen und gehen. Und vorerst nicht wiederkommen.

»Du hast recht, Sophia. Ich habe mich schlecht benommen, dafür entschuldige ich mich.«

Überraschter hätte sie kaum sein können.

»Ich bin keineswegs stolz auf mein Verhalten. Manchmal kann ich einfach nicht aus meiner Haut.« Er streckte die Hand nach ihrer aus. »Sei mir nicht böse.«

Ihr Zorn war augenblicklich verraucht, und sie wollte etwas entgegnen.

Doch er kam ihr zuvor. »Du bist mir nicht nur in all den Jahren eine gute Ehefrau gewesen, auf die ich mich verlassen kann, du bist auch mein Kamerad und eine Gesprächspartnerin, mit der ich mich beraten kann.«

Sie schenkte ihm ein Lächeln und drückte seine Hand. »Und ich war all das gern, Heinrich, sehr gern sogar. Ich wollte nichts anderes sein.«

Eine Zeit lang schwiegen sie. Heinrich war in Gedanken versunken, und Sophia betrachtete ihn.

»Was wird nun geschehen?«, fragte sie schließlich. »Was hast du vor?« Sie deutete auf den Brief.

»Wir werden den Schatz verstecken. Niemand darf wissen, wo er sich befindet.« Er schaute sie an, und sie nickte.

Sie hatte verstanden. Ihre Brüder würden dafür sorgen, dass der Schatz an einen Ort kam, an dem er gut aufgehoben war.

Bis Gras über die Sache gewachsen wäre.

»Es wird eine Hausdurchsuchung geben, nehme ich an. Wirst du all dem gewachsen sein, Sophia?«

Erneut nickte sie ohne das geringste Zögern. »Der Schatz wird sich selbstverständlich nicht hier im Haus befinden.«

»Selbstverständlich nicht.«

Sie tauschten ein verschwörerisches Lächeln.

»Wenn jemand fragt, wo der Schatz abgeblieben ist, werde ich sagen, König Priamos sei höchstpersönlich gekommen, um ihn fortzuschaffen.« Heinrich sagte es wie nebenbei, noch immer ein Lächeln auf den Lippen.

»Und ich werde es bestätigen. Du hast es geschafft,

Heinrich, du hast es wirklich geschafft. Du hast dir deinen Traum erfüllt und Troja gefunden. Ich bin stolz, deine Frau zu sein.«

»Ohne dich hätte ich es nicht geschafft, Sophia.«

Sie war überrascht, dass er das sagte, und zu sehr gerührt, um ihrer Stimme zu trauen.

»Auch wenn du nicht dabei warst, in Gedanken warst du stets an meiner Seite. Du hast an mich geglaubt, du hast meine Träume, meine Hoffnungen geteilt.«

Sophia nickte. »Das habe ich, und ich tue es noch immer.«

NACHWORT

Heinrich Schliemann starb infolge einer Ohrenerkrankung am zweiten Weihnachtstag 1890 in Neapel. Er hatte das Schiff nach Piräus nehmen wollen, um bei seiner Familie in Athen zu sein. Zuvor hatte er sich in Halle operieren lassen, die Erkrankung aber nicht ernst genommen und sich wie üblich keine Erholung und Schonung gegönnt.

Sophia hatte ihm noch einen Sohn geschenkt. Er erhielt nicht den Namen Odysseus, sondern Agamemnon, benannt nach dem griechischen Anführer im Trojanischen Krieg.

Sophia überlebte ihren Mann um zweiundvierzig Jahre. Sie vervollständigte seine Autobiographie und hielt das Ansehen ihres berühmten Mannes in Ehren. Sie starb im Oktober 1932 und wurde mit einem Staatsbegräbnis bestattet.

Lange Zeit galt Heinrich Schliemann als wüster, rücksichtsloser Zerstörer. Inzwischen ist er rehabilitiert, und man spricht von ihm als Wegbereiter der Archäologie als Feldarbeit.

Meine Begeisterung für Geschichte und Archäologie begann im Alter von einundzwanzig Jahren. Was mein Geschichtslehrer nicht geschafft hatte, schaffte Marion

Zimmer Bradley mit ihrem Buch *Die Nebel von Avalon*.
Ich habe es verschlungen. Danach las ich *Die Feuer von
Troia* und wollte mehr über die versunkene Stadt wissen. War sie nur Legende, oder hatte es sie wirklich gegeben?

Wer sich für Troja interessiert, kommt an seinem Entdecker Heinrich Schliemann nicht vorbei. Er war ein
hochinteressanter, unglaublich ehrgeiziger Mann, auf
den die Bezeichnung »Vom Tellerwäscher zum Millionär« zutrifft wie auf kaum einen anderen. Schliemann
war intelligent und gerissen und soll 15 Sprachen gesprochen haben, die er sich selbst beigebracht hatte.

Ich glaube, er war ein schwieriger Mensch und kompliziert, was menschliche Beziehungen anging. Ich
glaube auch, dass seine Liebe zu der so viel jüngeren
Sophia, die seine Ehefrau wurde, aufrichtig war.

Wie sie zu ihm stand, konnte ich anfangs nicht einschätzen. Ich wurde nicht recht aus ihr schlau. Aber je
mehr ich recherchierte und über sie erfuhr desto überzeugter war ich: Sophia hat auch ihn geliebt, obwohl es
anfangs alles andere als einfach zwischen ihnen war.
Heinrich war ein Getriebener, ein rastloser Mensch, der
nur dann glücklich war, wenn er etwas zu tun hatte. Er
war ein Abenteurer, ein Visionär, der von Anfang an
davon überzeugt war, dass es Troja wirklich gegeben
hatte, und der das unbedingt beweisen wollte. Natürlich
wollte er auch Ruhm und Anerkennung, aber ich denke,
das, was ihn wirklich antrieb, war seine Leidenschaft.

Im Laufe der Zeit hatte er seine Frau damit angesteckt, sie glaubte an ihn, und sie glaubte an Troja.

Weil Heinrich ständig unterwegs war und durch die halbe Welt reiste, schrieben sie sich unzählige Briefe. Briefe, in denen deutlich wird, wie sehr sie einander zugetan waren und sich nacheinander sehnten. Aber auch wie oft sie nicht einer Meinung waren und wie sehr Sophia zu Anfang in ihrer Ehe litt.

Heinrich war kein liebevoller Vorzeige-Ehemann, er war rechthaberisch, ein wenig selbstverliebt, gelegentlich streitsüchtig und bevormundend. Er wollte seiner jungen, seiner Meinung nach unbedarften Ehefrau ein Lehrer sein. Er wollte sie erziehen, zurechtstutzen und in ihre Schranken weisen. Mehrmals haben sie sich gegenseitig an den Kopf geworfen, nicht miteinander leben zu können, und die Trennung verlangt. Sophia wollte sogar lieber sterben, als mit diesem schwierigen, anstrengenden Mann leben zu müssen, bei dem sie sich verbiegen musste und der sie ständig alleinlassen würde. Weil ihm seine Reisen, seine Pläne und Abenteuer wichtiger waren.

Und dann näherten sie sich doch einander an, wurden erst zu Freunden und schließlich zu Liebenden, die sich aufeinander verlassen konnten. Ich glaube, Sophia hatte im Laufe der Zeit gelernt, mit ihrem Mann auszukommen und ihn so zu nehmen, wie er nun mal war.

Bei ihm war es nicht anders. Als er begriffen hatte, dass seine Frau einen eigenen Kopf besaß, mit dem sie zu denken vermochte, hörte er auf, sie verbiegen zu wollen.

Sophia stand ihm bis zu seinem Tod zur Seite und hat

ihm den Rücken freigehalten, loyal und wie ein Fels in der Brandung.

Es stimmt nicht und ist auch längst widerlegt, dass sie bei den meisten Ausgrabungen dabei war. Heinrich hat das viele Jahre vehement behauptet, und sie hat es nie aufgeklärt. In Wahrheit war sie die meiste Zeit in Athen, weil sie entweder krank oder schwanger war oder sich um ihre gemeinsame Tochter kümmern wollte.

Auch während Heinrichs größtem Triumph, der Entdeckung des Goldschatzes des Priamos, war Sophia entgegen seiner Behauptung nicht anwesend. Ihr Vater war gestorben und sie nach Athen zurückgekehrt. Erst Wochen später zeigte Heinrich ihr den imposanten Schatz, und sie ließ sich ihm zuliebe mit einem Diadem fotografieren. Das Foto ging um die Welt: Sophia Schliemann trägt den Schmuck der Helena.

Was Sophia dabei empfunden hat, weiß ich natürlich nicht, aber ich finde, dass sie auf den Fotos nicht glücklich aussieht. Auf mich wirkt sie verschreckt und beschämt, als geschähe etwas mit ihr, das ihr nicht behagt.

Inzwischen weiß man, dass der Schmuck mehr als tausend Jahre älter ist. Heinrich Schliemann hatte zu tief gegraben.

Bei der späteren Ausgrabung in Mykene war Sophia dabei. Doch auch hier irrte Heinrich wieder: Er fand nicht die Goldmaske des Agamemnon, sondern die eines griechischen Fürsten, der etwa dreihundert Jahre früher gelebt hatte.

Bei anderen Grabungen hatte Sophia sogar die Lei-

tung übernommen. Wie zum Beispiel bei den Hügel-
gräbern, unter denen ihr Mann Achilles und Patroklos
vermutete. Er hatte seine junge Frau zu einer »richtigen
Archäologin« gemacht, ganz so, wie er es sich erträumt
hatte.

Auch wenn sie bei den wichtigsten Ausgrabungen
nicht dabei war, war sie für ihren Mann längst unver-
zichtbar geworden; geliebte Ehefrau, treuer Kamerad
und wichtiger Gesprächspartner, so nannte er sie in
einem Brief.

Nach seinem Tod, der Sophia schwer traf, begann sie,
seine schriftlichen Ausführungen und seine Autobiographie zu vervollständigen. Und sie hat nie wieder geheiratet.

In einem Brief verspricht Heinrich Sophia die Ehe für
das künftige Leben.

Ob sie ein weiteres Mal Ja gesagt hätte?

Bei meinen Recherchen waren mir folgende Bücher eine
große Hilfe: *Sophia Schliemann* von Hans Einsle, Heinrich Schliemanns Selbstbiographie, *Der Krieg um Troja*
von Michael Wood und allen voran das hervorragende
und äußerst unterhaltsame Buch *Schliemann und Sophia*
von Danae Coulmas. Um meine Troja-Kenntnisse wieder ein bisschen aufzufrischen, war *Der Trojanische
Krieg – Mythos und Geschichte* von Alexander Krawczuk
sehr hilfreich.

Mein Dank geht an den Aufbau Verlag für eine wunderbare Zusammenarbeit, im Besonderen an Anne
Scholz für ein feinfühliges Lektorat.

Ich danke meiner Familie, die mich unterstützt und trägt.

Und ich danke Marion Zimmer Bradley, die meine Begeisterung für Geschichte weckte.

Susanne Lieder
Agatha Christie
In der Liebe sucht sie nach Hoffnung, mit ihren Krimis erobert sie die Welt
Roman
383 Seiten. Klappenbroschur
ISBN 978-3-7466-4094-5
Auch als E-Book lieferbar

»Mein lieber Poirot, Sie waren in der Tat oft eine echte Plage. Aber dank Ihnen, werter Hercule, mag ich mich nun doch Schriftstellerin nennen.«

Agatha will eigentlich Pianistin werden. Doch der große Erfolg bleibt aus. Mehr zum Zeitvertreib beginnt sie, Geschichten zu schreiben. Als sie bei ihrer Arbeit in der Apotheke mit Giften zu tun hat, drängt sich ihr die Idee zu einer Kriminalgeschichte mit einem Giftmord auf, die sie nicht mehr loslässt, bis sie sie aufs Papier gebannt hat. Der Detektiv Hercule Poirot ist fortan ihr ständiger Begleiter, auch die scharfsinnige Miss Marple gesellt sich zu ihr – und Agatha Christie wird als Krimiautorin weltberühmt.

Regelmäßige Informationen erhalten Sie über unseren Newsletter.
Jetzt anmelden unter: www.aufbau-verlag.de/newsletter

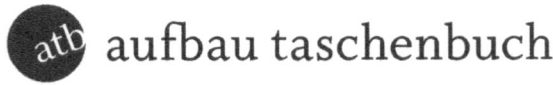

aufbau taschenbuch

Lena Johannson
Coco und die Revolution der Mode
Roman
383 Seiten. Klappenbroschur
ISBN 978-3-7466-4140-9
Auch als E-Book lieferbar

»Mode ist vergänglich.
Stil niemals.« Coco Chanel

Die junge Gabrielle Chanel hat große Träume. Sie probiert sich aus, wird zu Coco, der Durchbruch bleibt jedoch zunächst aus. Dann lernt sie Boy Capel kennen und mit ihm die Liebe. Mit seiner Hilfe eröffnet sie ein Modehaus und besinnt sich schließlich auf ihr größtes Talent – ihren ganz eigenen Stil. Schon bald begeistern ihre Entwürfe die Frauen von Paris. Doch erweist Boy sich tatsächlich als der Mann, der sie darin unterstützt, die Modewelt zu revolutionieren?

Der große Roman von Bestsellerautorin Lena Johannson über die Gründung des Modeimperiums von Coco Chanel und die Liebe ihres Lebens

Regelmäßige Informationen erhalten Sie über unseren Newsletter.
Jetzt anmelden unter: www.aufbau-verlage.de/newsletter

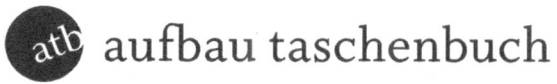

aufbau taschenbuch